PRUDE À *Frange*

Ce livre est une fiction. Les noms, caractères, professions, lieux, événements ou incidents sont les produits de l'imagination de l'auteur utilisés de manière fictive. Toute ressemblance avec des personnages réels, vivants ou morts, serait totalement fortuite.

Collection dirigée par Franck Spengler
Ouvrage dirigé par Marine Flour

Image de couverture : Shutterstock © Artem Furman
Couverture : Christophe Petit

Département de Hugo Publishing
34-36, rue La Pérouse
75116 Paris
www.hugoetcie.fr

ISBN : 9782755637151
Dépôt légal : avril 2018
Imprimé en Espagne

C.S. QUILL

PRUDE À Frange

SECOND ROUND

Hugo Poche

NEW ROMANCE®

CHAPITRE 1

Cadence

J'avais quinze ans le jour où j'ai failli perdre ma virginité.

Perdre... Drôle de choix de mot... L'offrir dans le meilleur des cas, la miser parfois. Ou bien se la faire voler.

Mike était quelqu'un d'important au foyer, il avait cette facilité à fédérer les gens autour de lui. Il était plus vieux que moi et avait confiance en lui, du moins, c'est ce qu'il laissait croire pour cacher aux autres ses faiblesses. Il cherchait en réalité à recouvrir sa nocivité manifeste. Je n'étais pas dupe, je crois que c'est ce qui l'a excité. J'étais l'une des rares à lui tenir tête, presque la seule à ne pas ricaner bêtement devant ses paroles. Ingrid était la première à craquer pour lui et ne comprenait pas pourquoi je lui résistais. Il me cherchait constamment, essayait de me faire succomber à ses charmes.

Déjà à cette époque, je n'avais pas la présence d'esprit de me mouler correctement pour faire comme tout le monde. Il aurait suffi que je joue son jeu, leurs jeux, juste un peu pour être épargnée. Si Ingrid n'avait pas fini par remarquer combien son comportement devenait douteux, il serait parvenu à ses fins.

Il avait réussi à me calmer en fracassant une bouteille sur mon crâne et les brûlures de ses cigarettes infectes étaient en train de terminer le travail au creux de mes cuisses. On était en pleine journée, les surveillants étaient en train de faire le point dans leur bureau et les autres enfants vaquaient à leurs occupations en dehors du foyer. J'étais seule, à sa merci et à celle de ses deux compères tordus. Il y était presque, déjà à moitié nu, quand Ingrid a forcé la porte pour m'arracher à ses griffes. Jamais je ne l'avais vue dans un état pareil. Jamais je n'aurais cru qu'elle réagirait si violemment, qu'elle prendrait tant de risques. *Pour moi*.

Elle n'a pas réfléchi à ce qu'elle mettait en jeu en le frappant avec cette batte, en s'acharnant sur son visage et sur ses parties génitales. Les deux autres se sont enfuis juste avant que les surveillants ne se pointent. Elle aurait pu être renvoyée, assignée dans un nouveau foyer minable, subir les représailles de ce taré. Mais elle s'est lancée tête baissée, pour me protéger. Je ne serais pas celle que je suis sans elle.

C'était mon tour de lui rendre la pareille et j'ai échoué.

Je suis entrée au Round pour la retrouver. J'étais persuadée que quelque chose clochait. Ingrid ne m'avait jamais laissée sans nouvelles aussi longtemps. Ce pressentiment collant m'a convaincue d'intégrer cette horrible organisation qui modèle des prostituées pour des mecs blindés et totalement fous.

Neuf semaines que je vis au rythme d'un jeu pervers, dans les griffes du Round, entre les bras de mon tuteur. Je suis allée au-delà de moi-même, éveillant une part de moi que je ne soupçonnais pas. Le pire, c'est que dans un recoin de mon âme, cette fille que je deviens ne me rebute pas tant que ça. J'ai cherché à grappiller toutes les informations à ma portée. Tout ça a pris bien plus de temps que ce que j'avais espéré.

Alors que j'avais l'impression de stagner, je suis en fait allée trop vite. Résultat : j'ai perdu mon tuteur, ma seule clef pour atteindre le sommet et retrouver ma meilleure amie. J'ai sous-estimé les risques que j'encourais en perdant Master. *Seigneur, il me manque alors que ça fait seulement une journée qu'il m'a jetée ici.*

Quand il est parti en trombe, je n'ai pas osé me retourner tout de suite pour découvrir qui se tenait derrière moi. Un nouveau tuteur ? Un dresseur de pute mal élevée ? Un exécuteur ? Heureusement pour moi, j'ai reconnu le visage de Tara et mon cœur s'est un peu allégé. Même si je donnerais tout ce que j'ai pour que Master revienne me chercher, mon hôtesse se montre accueillante et pas contrariée par la déprime minable que je me tape sur son canapé.

Je la devine m'observer, je devrais me reprendre, mais j'en suis incapable. Je me sens lentement tomber au fond d'un précipice jonché d'épines. Je souffre et je déteste les raisons pour lesquelles je ressens cette douleur lancinante.

Je reste immobile à attendre que ça passe. Inlassablement silencieuse, ce qui ne semble pas non plus déranger mes « collègues », qui viennent d'arriver chez Tara à leur tour.

– Tu verrais ta tête, me lance une rousse dont je n'arrive jamais à me rappeler le prénom.

– Et toi t'as vu ta chatte ? lui rétorque une autre avant d'éclater de rire.

Charmant.

Je m'enfonce davantage dans le fauteuil et regarde une fois de plus par la fenêtre. Je devrais m'estimer heureuse, Mas aurait pu me balancer chez un tuteur affreux, dans le genre Harvey. Je frissonne rien qu'en imaginant la soirée qu'il m'aurait fait passer, allongée, les cuisses écartées sur sa table à manger.

– Tu bois quoi, Virgin ?

Je hausse les épaules, mes yeux scrutant toujours la rue. Peut-être qu'une centaine de tours de pâtés de maisons à fond la caisse, suivie d'une nuit à se calmer, auront suffi à le faire revenir. Chaque fois qu'une voiture passe, mon ventre se crispe avant de se tordre douloureusement.

J'ai tout détruit. Mas est parti, emportant avec lui tout ce que j'avais si durement acquis. Pas sa confiance, certes, et je ne vais pas l'en blâmer, mais une place dans le Round que je ne suis pas sûre de pouvoir conserver sans lui.

– Tiens.

Je me tourne vers Tara et attrape le verre d'eau qu'elle me tend, en souriant poliment. Je le bois sans respirer et m'étouffe en sentant une brûlure se répandre dans ma gorge.

– Putain, mais c'est quoi ?

– Vodka, chérie. Il te faut au moins ça pour éloigner tes idées noires.

Je grimace, sans pour autant refuser la deuxième tournée.

– Te fais pas de bile, Gin, laisse-le digérer.

– Il est furieux, je murmure en faisant tourner l'alcool translucide dans le petit gobelet. Il a toujours été du genre à se mettre hors de lui pour la moindre chose, mais là, c'est différent.

– Tu as trop de valeur… Il serait vraiment con de te lourder. Et quand il m'a envoyé ce message pour me dire qu'il venait te déposer, il n'a pas mentionné que c'était définitif.

J'avale ma salive avec moins de difficulté, ça me redonne un brin d'espoir. Pas assez pour calmer la détresse que je ressens, mais pour l'heure, je veux bien m'en contenter.

– Y a un truc qui le travaille, je reprends, la gorge serrée. Quelque chose qui me dit qu'avec lui j'avais pas le droit à l'erreur. J'ai toujours senti que j'étais sur la sellette. Merde, j'aurais jamais dû faire ça…

Je bois mon verre cul sec et rejette ma tête en arrière, dépitée.

– Je le côtoie depuis un moment, Gin. Lui et tous les autres. Et tu sais quoi, ces foutus tuteurs finissent toujours par oublier les filles comme moi. J'offre mes seins, j'exhibe mes fesses et davantage. Je laisse mon corps leur appartenir, ils jouent avec à leur guise jusqu'à oublier que derrière cette façade, je les observe. Mes yeux, Gin, ne loupent rien de leurs manigances.

Je suis absorbée par son air indéchiffrable et ses paroles. Cette fille m'a toujours impressionnée, dès le début j'ai ressenti en elle quelque chose de différent. Je l'apprécie et j'ai le sentiment étrange qu'elle aussi. Pourtant, on n'a rien partagé de plus qu'une paire de chaussures et une bouteille de vodka. *Sûrement un truc de pute incompréhensible...*

– Il va tirer son coup, deux, peut-être trois fois. Il va picoler, casser une ou deux gueules, et puis quand il sera lassé, il reviendra te chercher. Crois-moi, il doit tourner en rond chez lui comme un abruti.

– C'est déjà arrivé ? je l'interroge, curieuse.

– Qu'il me balance sa poule sur un coup de sang ? Jamais.

– C'est rassurant, je lâche ironique.

– T'es un cas à part, Virgin. Mets-toi à sa place, il fonctionne toujours de la même façon. Même si les filles sont chaque fois différentes, le sexe est une arme très puissante pour les façonner à l'identique.

Je déteste entendre ça. *Comment peut-on cautionner des conneries pareilles, bon sang ?*

– Alors que toi, elle poursuit sans se rendre compte de ma révolte intérieure, t'es un ovni pour lui. Pour tout le monde, d'ailleurs.

– Ça allait mieux entre nous, je grommelle en soupirant. Qu'est-ce qui m'a pris d'aller faire un petit tour sans sa permission ?

Elle m'observe, j'ai l'impression qu'elle tente de pénétrer mes pensées. *Y en a marre de tous ces gens qui essaient de s'insinuer en moi !*

– Je sais même pas comment t'as pu supporter ce huis clos permanent ! s'exclame l'une des filles.

– Arrête, Daisy, je donnerais cher pour être collée aux burnes du Master H24, moi !

Ah voilà, Daisy la rouquine. J'essaie de le mémoriser, ce coup-ci.

– Elle peut même pas y toucher, raille une autre depuis le canapé.

– Bien sûr que si ! je rétorque piquée au vif, sans pouvoir me retenir.

Elles cessent aussitôt de se chamailler et me regardent toutes d'un air stupéfait.

– Oh putain, raconte ! s'empresse de me demander Daisy. Je croyais que t'avais juste le droit de sourire bêtement en te frottant à son pantalon !

Je serre les dents et relève la tête pour lui faire face.

– C'est *lui*, qui n'a pas le droit de me toucher. Certainement pas l'inverse… j'articule en me penchant pour attraper un autre verre.

– Alors ça ! elle s'écrie stupéfaite.

J'avale le liquide d'une seule traite et pose le shot sur la table d'un geste sec.

J'entends Tara pouffer et je l'aperçois hocher la tête avec satisfaction. Elle s'éloigne ensuite, collant son téléphone à l'oreille. Je me lève aussi et rejoins ma chambre d'un pas maladroit. Parler de Mas comprime ma poitrine, l'idée de ne jamais le revoir m'envoie des pics douloureux dans l'estomac.

***

Une deuxième journée passe, puis une troisième. Je suis piégée dans cet appartement pourtant accueillant, prise dans un étau d'angoisse. Je fais des cauchemars sordides, dans lesquels Ingrid me supplie de lui venir en aide. À chacun de mes réveils, sa voix résonne encore dans ma tête, me rappelant que les jours qui s'écoulent ne sont pas utilisés comme il le faudrait. Je rêve aussi de Mas, de ses yeux noirs fouillant mon âme, de ses mains parcourant ma peau comme s'il cherchait à m'en débarrasser.

Au quatrième jour, je décide d'étouffer les cris de mon cœur pour me concentrer sur ce qui doit rester mon objectif premier. Je dois arrêter de penser à lui et agir. Je profite que les filles dorment ou travaillent pour fouiller l'appartement. Comme chez Mas, je trouve plus d'objets coquins que d'indices. J'ai eu un bref espoir en mettant le nez dans une boîte pleine de photos, mais hormis certaines prostituées déjà croisées, je ne repère aucun autre visage familier.

Un peu plus tard dans la journée, j'avale le bol de café qui m'attend sur la table basse. Tara est aux petits soins pour moi sans que je sache pourquoi. J'ai pris l'habitude des agissements du Round, un donné pour dix rendus. Mais avec elle, rien de tout ça. Nous avons passé de longues heures à discuter. J'ai eu envie de lui parler à cœur ouvert, et parfois, j'ai évoqué des pans de ma vie qui ne brisent pas ma pseudo-couverture. Je lui ai parlé de mon enfance au foyer, sans jamais lui raconter pourquoi j'y ai atterri. Elle s'est contentée de ce que je voulais bien lui donner et je l'en apprécie davantage.

– Bien dormi ? elle m'interroge en glissant ses ongles à peine vernis sous une lampe UV.

– Mieux que depuis mon arrivée, je murmure en m'étirant.

– Parfait, elle se contente de rétorquer.

Les autres filles sont encore là, je n'en reviens pas de voir combien ce petit groupe est soudé. Pour avoir été témoin de beaucoup de coups de pute entre toutes celles que j'ai croisées jusque-là, je suis contente de me retrouver parmi elles.

Tara se lève et fait un signe de la main à la jolie brune en face de moi. Je les observe monter ensemble à l'étage, mes yeux s'arrondissent quand j'entends rapidement des gémissements provenir de là-haut.

– Fais pas cette tête, se moque Daisy en me dévisageant. Entre nous on se fait du bien, c'est le seul moment où on jouit sereinement. Tu veux essayer ?

– Ça va, je rétorque en secouant la tête.

– Comme tu voudras, elle lance en haussant les épaules. Faut se serrer les coudes, tu sais, ça devient vite l'enfer ce métier.

– Et sinon, je reprends en m'adressant aux autres avec l'idée d'utiliser enfin cette réunion inopinée à mes fins, vous connaissez toutes les filles du Round, en ville ?

– Pas moi, marmonne Daisy en jouant avec le piercing de son téton sous son tee-shirt. Il y en a beaucoup trop !

– C'est ce que j'ai cru comprendre. Apparemment, le listing dans lequel nous sommes toutes répertoriées est plutôt conséquent !

Je suis fière de moi. Je suis en train d'aborder le sujet de cette fameuse liste tout en finesse. Depuis que j'ai découvert son existence grâce à la discussion entre Mas et Tiago, il m'obsède. C'est la seule piste valable que j'ai et il faut absolument que je creuse de ce côté.

– Il paraît, oui, acquiesce Daisy sans se douter de ma tentative désespérée.

– Y a quoi exactement sur ce document ? Juste nos noms ?

– D'après ce que je sais, c'est aussi une sorte de classement. En fonction du potentiel et du montant des contrats.

– Tu l'as déjà eu entre les mains ? je m'empresse de la questionner.

– Jamais. Ce n'est pas quelque chose auquel on a accès. C'est dommage, j'adorerais savoir quelle est ma position.

– Tu pourrais demander à Tara, intervient sa copine. Elle m'en avait parlé à l'époque où je débutais. Ça m'avait bien motivée pour le coup.

J'intègre cette information sans leur montrer combien j'ai envie de sautiller sur place. Grâce aux liens que j'ai avec elle, je vais essayer d'en découvrir davantage, dès qu'elle aura fini de batifoler.

– Tara est drôlement bien au courant, je balance, armée de mon regard niais. Comment elle fait pour être à ce point intégrée ?

– Je ne sais pas, elle ne parle jamais de ses autres activités. Mais elle est toujours au fait des putes qui tournent. Elle connaît du monde, depuis toutes ces années, elle a de la chance.

De la chance ? Tout est relatif. Mais je veux bien croire que dans une telle posture, mieux vaut avoir une place en haut du panier. J'imagine que ça rend cette vie moins difficile. Ce qui me fascine le plus chez Tara, c'est cette faculté qu'elle a de rendre tout ça tellement moins sordide.

– Matez-moi un peu cette baraque, s'exclame Daisy. Je vais devoir en sucer un paquet pour pouvoir m'en payer une comme ça !

Je me détourne d'elles et observe plus attentivement la pièce dans laquelle je me trouve.

Sans fioritures ni mobilier tape-à-l'œil, je dois quand même reconnaître que cette maison est très belle, pas à la portée de n'importe quelle bourse. Quoi que fasse Tara en dehors de ses riches clients, ça semble payer. Pour autant, je préfère largement la chaleur de mon minuscule appartement. Merde, en y repensant, je me sens à nouveau basculer vers *lui*.

– Ça te plaît ?

Je tourne la tête vers sa propriétaire déjà de retour, qui m'adresse un petit sourire amical. Ouf, elle vient de renvoyer au tapis l'image de Mas qui s'insinuait malicieusement dans mon esprit.

– Ta maison est très jolie. Accueillante, j'ajoute dans un remerciement muet.

Je prends une longue inspiration sifflante, bouge ma nuque pour la détendre.

– Ça va mieux, toi ? elle s'inquiète en caressant mon épaule.

– J'en sais trop rien… Tout dépendra de ce qu'il se passe pour moi dans les jours à venir. C'est déjà arrivé qu'une fille se fasse virer par son tuteur ?

– Ouais… elle répond d'une voix traînante.

– Et ça finit comment, en général ?

– Si c'est au début, ça peut le faire, même si c'est mal vu. Faut que tu comprennes que l'incompatibilité entre un tuteur et sa nana, ça donne une mauvaise image.

– Pourquoi ?

– Parce que tu dois être capable de t'entendre avec n'importe qui quand tu bosses ici.

– Bien sûr, la bonne petite pute qui satisfait chacun comme il le faut.

Je n'ai pas pris garde à la portée de mes mots, et c'est en sentant le regard perçant de Tara sur mon visage que je réalise le ton que j'ai employé. Un peu piquant, limite désobligeant.

– Absolument, elle rétorque lentement.

– Je vais faire quoi, si Mas ne revient pas ?

– Je verrai ce que je peux faire.

– Je ne veux pas risquer de me retrouver tout en bas du classement, j'ajoute sous couvert d'un sourire faussement contrarié.

Elle fronce les sourcils brièvement, elle a l'air étonné que je sois au courant.

– T'en fais pas à ce sujet, je suis certaine qu'il en faudra plus que ça pour te faire chuter.

– Il est consultable quelque part, ce fameux listing ?

– Pourquoi ?

– J'ai peur, je murmure le cœur serré. Ça me rassurerait si je pouvais le feuilleter.

Je vérifie sa réaction, j'espère qu'elle ne voit pas ce que j'essaie de lui cacher.

– C'est un document confidentiel, Virgin, elle argue sans me quitter des yeux.

– Bien sûr, je m'empresse de répondre. J'imagine bien qu'il n'est pas à la portée de tous.

J'attends, je prie pour qu'elle m'offre, sans le vouloir, une minuscule information sur sa localisation. Mais elle se contente de me fixer, comme si c'était elle qui attendait que je lui en dise plus.

– Tu me le diras si je suis dans la merde ?

– Oui, mais on en n'est pas là, elle élude en se rapprochant de ses copines.

Fin de la discussion. Vautrage complet. Le visage de Tara exprime sans l'ombre d'un doute que le sujet est clos. Si j'insiste, elle saura que mes intentions vont au-delà de ma petite personne.

– Mesdames, elle lance alors tout fort dans le salon. Je vous propose de prendre en main notre petite Virgin à partir d'aujourd'hui, ça vous dit ?

Je me crispe, pas sûre de vouloir me laisser tripoter par ces filles, aussi sympa soient-elles. Je veux bien croire que leurs relations intimes calment leur quotidien, mais pour ma part, je ne me sens pas prête pour ça.

– Ouiii ! elles s'égosillent en tapant dans leurs mains.

– Elle a besoin d'une touche de féminité dans son apprentissage ! lance Daisy en rapprochant son fauteuil de moi. Un tuteur c'est bien, mais une armée de putes par-dessus, y a rien de mieux ! Comme si ces connards détenaient les codes d'une bonne pipe !

Mon café clapote au fond de mon estomac et mes joues s'enflamment. *Bon sang, je m'attends au pire, maintenant.*

– Carrément, se marre la brune en me faisant un clin d'œil.

Je m'enfonce au maximum dans le canapé, alors qu'elles forment une ronde autour de moi. Décidemment, le Round n'a jamais aussi bien porté son nom qu'aujourd'hui.

***

– Alors, Gin ?

Je souffle. Pas par ennui, mais par gêne. Depuis qu'elles ont décidé de m'inculquer leurs connaissances, ça fait quarante-huit heures que je subis une remise à niveau plus que douteuse. C'est le soir du sixième jour sans mon tuteur, et si Mas n'a toujours pas refait surface, mon quotidien me le ferait presque oublier.

– Le pouce, vraiment ? je balbutie en essayant d'extraire l'image de ma tête.

– Oh que oui ! réplique Tara tout à fait sérieuse. Le pouce, tout au fond, jusqu'à la base. Ça les fera exploser, et toi, ça te permettra de ne pas y passer des heures.

– Le temps, c'est de l'argent, ajoute une autre.

– Et au moins ta bouche sera débarrassée de leur queue vite fait bien fait, conclut Daisy en faisant un *pop* sonore avec ses lèvres.

Je me retiens de mimer un vomissement et hoche la tête. En deux jours, j'ai accumulé plus d'informations écœurantes que durant ma vie entière.

– Hey les filles, une virée au *Black Fire*, ça vous dit ? lance Tara en changeant enfin de sujet. Gin n'est pas sortie depuis qu'elle est arrivée, il est temps qu'elle prenne un bol d'hormones si on veut pas la casser.

– Carrément ! elles répondent toutes avec le même entrain.

– C'est quoi le *Black Fire* ? Encore un joyeux bordel ? je m'inquiète en redoutant de sortir de la maison.

– C'est un endroit sympa, tu verras, elle lâche évasive.

– Tu me fais flipper quand tu fais cette tête…

Ses yeux se sont mis à briller d'une lueur redoutable.

– Fais-moi confiance, chérie. Tu me remercieras plus tard. Suis-moi, je vais effacer ces affreux cernes de ton visage.

– Super ! je feins de m'extasier.

***

Quand on se gare quelques heures plus tard devant une enseigne écarlate, je regarde ma tenue pour le moins aguicheuse. Heureusement, j'ai réussi à leur faire lâcher l'affaire pour les cuissardes. Personne n'est venu me rapporter mes affaires depuis que je suis chez Tara, mais dans un repaire de prostituées, il y a largement de quoi me couvrir. Enfin, façon de parler…

Je les suis sagement jusqu'à une table, foudroyée par des dizaines de regards appuyés. Il y a beaucoup d'hommes dans cet endroit et notre entrée ne passe pas inaperçue. Pire, j'ai l'impression que toute l'attention est sur moi. Tara me fait signe de m'installer près d'elle sur la banquette et quand elle passe son bras autour de mes épaules, l'air de rien, je me sens encore moins à l'aise.

– Détends-toi, chérie, elle souffle dans mes cheveux. Ça fait partie du spectacle.

Je la regarde sans comprendre, ses yeux ne me renvoient qu'un message codé que je ne parviens pas à déchiffrer.

– Regarde, elle ajoute en faisant un signe de tête devant elle.

Je laisse mes yeux parcourir la salle pleine à craquer et ma gorge se contracte tellement que ma glotte remonte presque jusqu'à mon palais. Mas. Juste là, à quelques mètres, ses iris brillants braqués sur moi.

Mon cœur s'agite, incapable de trouver le bon rythme sous la vague de sentiments qu'il prend de plein fouet. Joie, peine, colère. Mon manque de lui est si tangible que je ne sais pas trier ce qu'il m'inspire. D'où je me trouve, je suis certaine qu'il est tout aussi perturbé. Il est immobile, concentré sur moi, comme s'il cherchait quelque chose sans savoir quoi.

– Montre-lui, chuchote Tara. Prouve-lui qu'il ne doit pas se passer de toi.

– Je ne sais pas… je bafouille alors qu'il a détourné ses yeux de moi.

– T'en fais pas, il n'est pas si solide que ça.

Elle ricane et ses derniers mots font entrer en moi une force que je ne croyais pas avoir.

Il s'est passé presque une semaine depuis qu'il m'a abandonnée chez Tara. Tout ce temps, j'ai espéré qu'il revienne pour que nos affaires reprennent. Je me suis fait les pires reproches à l'égard d'Ingrid et s'il y a quelque chose à jouer en cet instant, il faut que j'entre dans la partie. Je dois regagner ma place auprès de lui.

CHAPITRE 2

Mas

Je tourne en rond dans mon appartement depuis des heures. Malgré l'alcool que j'ai enquillé, je monte encore en pression à mesure que je revois le corps de Gin blotti contre celui de ce type. *Bon sang !* Pourquoi est-ce que ça me fout plus les nerfs que de l'avoir prise sur le fait quand elle s'est tirée en douce ? Elle me l'a mise à l'envers, mais mon cerveau reste bloqué sur un autre détail. *Qui est ce connard ?*

J'achève ma table basse bon marché d'un coup de pied si violent qu'elle s'ouvre en deux. Avec ce qu'elle a pris depuis que je suis rentré, elle a survécu plus longtemps que prévu. J'essaie de me changer les idées, mais je n'arrive pas à me la sortir du crâne. *Fait chier !*

J'ouvre la porte de ma chambre d'un mouvement d'épaule brusque et me laisse tomber sur mon lit défait. Je cherche à respirer, mais j'ai l'impression que quelqu'un a fait couler des litres de ciment dans mes poumons. J'étouffe, je deviens dingue. Je suis en colère, mais si ça s'arrêtait là, je pourrais gérer. Le problème, c'est que je suis en proie à des sentiments inconnus qui me propulsent dans une spirale inextricable.

J'entends mon téléphone sonner, je le laisse s'égosiller sans bouger. Je ne veux pas risquer de l'utiliser pour appeler Tara, parce que même si j'ai la haine envers Virgin, ne pas la savoir dans la pièce d'à côté me tord les boyaux. *Putain de merde !* Pourquoi est-ce que rien n'est simple quand il s'agit d'elle ? Avec une autre, j'aurais déjà agi, j'aurais su quoi faire. Mais là, je suis complètement à la rue. J'ai fait venir une fille le premier jour, pour vider mes nerfs et le reste, mais je n'ai pas été foutu de me détendre entre ses lèvres. Je vais et je viens entre quatre murs, comme une balle de flipper foireuse.

Virgin représente une somme trop importante pour que je la laisse filer, c'est un fait. Mais j'ai vraiment du mal à me contenter de ce seul argument.

– Connasse ! je gueule comme si elle pouvait m'entendre.

J'enfonce mon visage dans l'oreiller, qui reçoit mes jurons sans pitié. Je m'endors finalement, sombrant dans un demi-coma empli de sa silhouette, de ses yeux et de ce Milo de mes deux.

***

Je ne sais pas exactement combien de jours passent ainsi, tout ce que je peux dire, c'est que ma colère se déverse inéluctablement dans un autre sentiment.

La nuit est tombée, une de plus depuis que j'ai dégagé Gin, et cette fois, je me sens comme un con. Je l'ai larguée chez Tara pour des raisons qui ne sont pas les bonnes. Je pensais que ça me débarrasserait de cette jalousie interdite. J'avais tort, ça ne fait que la rendre plus tangible.

– Elle peut bien se taper qui elle veut, je grommelle en tirant sur ma clope comme un cinglé. Mais certainement pas maintenant, elle est liée à moi pendant toute la durée de sa formation.

Je me répète ça un millier de fois, pour essayer de repousser ce qui se fraie un chemin en moi. Je me concentre sur les faits qui m'intéressent. Elle s'est barrée en douce, deux fois, pour se jeter dans les bras d'un gars. *Qui sait ce qu'ils auraient fait si je ne m'étais pas pointé...* De nouvelles images s'impriment devant mes yeux et je repars en couille.

– Master !

J'ouvre les yeux et regarde ma porte d'entrée.

– Ouvre, putain !

Je reconnais la voix de Garett qui s'excite sur la poignée. Il a essayé de m'appeler un nombre incalculable de fois, je n'ai pas eu la volonté de décrocher. Il aurait compris que j'étais en perdition.

– Je vais défoncer ta putain de porte !

Je le connais, il en est capable. Et puis il saura peut-être me mettre le coup de pied au cul dont j'ai besoin.

J'ouvre la porte d'un geste sec et son poing prêt à toquer plus fort manque de me péter le nez.

– Mas, qu'est-ce que…

Je lui adresse un regard noir et retourne m'avachir dans mon canapé, sans lui laisser le temps de finir sa phrase.

– Ok… il balance en me suivant.

Il regarde autour de lui, jette un œil vers la chambre vide de Virgin et reste un moment à contempler les débris de ma table basse.

– J'en déduis que je ne m'étais pas trompé, il articule en prenant des pincettes.

– Cette pute était tranquillement chez elle, à se faire peloter par un enfoiré bien habillé ! j'éructe sans retenue.

– Quoi ? Rassure-moi, tu l'as pas défoncé ?

Je ne sais pas s'il parle de Gin ou de l'autre. Je porte une bouteille de bourbon à ma bouche et avale de longues gorgées. Mon silence pour seule réponse, je le vois se tendre.

– Elle est où ? il s'inquiète soudain.

– Dans mon coffre.

– Quoi ?

– Détends-toi, je siffle excédé. Je l'ai jetée chez Tara avant de faire une connerie de plus.

Il se marre et m'arrache la bouteille des mains. Je m'apprête à l'insulter, mais il s'empresse de m'en refiler une nouvelle.

– Ne bois pas ta meilleure bouteille comme ça, enfoiré, il raille en se calant dans mon vieux fauteuil. Depuis combien de temps tu cogites tout seul ici ?

– Aucune idée… Quelques jours. Pas assez pour me calmer, ça c'est sûr.

– Cette nana te rend fou, pas vrai ?

– Plus que tu ne peux l'imaginer.

– Mais tu l'aimes bien, avoue…

Je recrache le liquide brun et lui adresse un regard meurtrier.

– Oublie ce que j'ai dit, mon pote, il ajoute en levant les mains devant lui.

– J'ai besoin de picoler et de baiser, pas d'entendre tes conneries, je grogne en m'allumant une clope.

– Je vois ça. J'appelle quelques collègues, bouge pas.

Je rumine jusqu'à ce qu'on décolle de chez moi. Mes pensées repartent inévitablement vers Gin et je serre les dents et les poings.

Garett accélère et je monte le son de la radio pour engourdir mes pensées de con. J'ai beau refouler tout ce qu'elle m'inspire, je n'arrive pas à bloquer les sentiments qui tourbillonnent en moi. Surtout cette putain de jalousie qui me rend dingue. J'ai ce besoin de la contrôler, cette nécessité viscérale de la cerner tout entière. Et chaque fois, ses actions me rappellent combien elle m'échappe. Je ne peux pas continuer comme ça. Il faut que je mette le doigt sur cette partie d'elle que je n'arrive pas à percer.

– On y est, lance Garett d'un ton enjoué.

Ce con m'énerve, j'ai l'impression que me voir dans un tel état lui plaît. Je ne sais pas ce qu'il s'imagine, mais il n'a pas intérêt à trop me chercher.

Je suis le dernier à entrer dans le bar, mais le premier à boire. À peine installé dans l'un des fauteuils en cuir du *Black Fire*, j'ai déjà avalé un double shot et mordu deux citrons. *Putain, ça fait du bien !*

– Alors Master, t'as lâché ta pute pour la soirée ?

Je lève les yeux vers l'un de mes potes, que je n'ai plus vu depuis un bail.

– Il l'a refourguée à Tara, se marre Garett en se laissant tomber à côté de moi.

– Carrément ? T'es malade, elle va en faire deux bouchées, tu sais à quel point cette fille aime le minou. Putain, à ta place, je l'aurais tenue loin d'elle.

– Elle est chaude, commente un autre en se roulant une cigarette.

On est une petite dizaine, pas tous tuteurs, mais ancrés dans le Round chacun à notre manière.

– J'avais besoin d'un break, je lâche en tendant du feu à mon collègue.

– Tu m'étonnes, tu dois avoir la bite enflée à force de te retenir de la tringler. À ce qu'il paraît, elle est sacrément bonne, ta vierge.

– Ouais… je grogne en léchant du sel sur ma main.

Les discussions s'enchaînent tranquillement et j'arriverais presque à me sortir cette traîtresse de la tête si les autres ne faisaient pas que parler d'elle. Mes regards assassins peinent à leur faire fermer leur gueule. Au souvenir de son coup de pute, une bile aigre se mélange au sel dans ma gorge.

– Hey Mas, c'est pas Tara, justement, là-bas ?

Je m'étouffe avec l'alcool et suis des yeux la direction montrée par Garett. *Nom de Dieu, juste une soirée entre mecs, c'est tout ce que je demandais !*

Malgré le monde qui occupe le bar, je repère très vite Tara. Et ce uniquement grâce au corps familier appuyé contre le sien que mes yeux localisent sans la moindre peine.

Mais qu'est-ce qu'elles foutent là ? Cette première question est très vite remplacée par la suivante. *Qu'est-ce qu'elles fabriquent collées comme ça* ?

– Elles ont l'air de bien s'entendre, se moque Rob.

Je me redresse sur mon siège pile au moment où je croise le regard brûlant de Tara. Elle serre son bras autour des épaules de Virgin et lui murmure quelques mots à l'oreille. La seconde qui suit, Gin lève son visage et balaie la salle de ses grands yeux curieux. Jusqu'à les poser dans les miens. Ma gorge se contracte immédiatement et je mets ça sur les nerfs de sa fuite, toujours à vif. Mes poings se crispent et quand un tuteur vient finalement se caler juste entre nous, son dos m'offre un court répit.

– Oh shit ! Les autres ont pas menti ! il siffle en la détaillant de loin. Elle a de ces seins…

Je le repousse et me retiens de lui arracher la langue qu'il passe sur ses lèvres comme un mort de faim.

Je m'empêche de la regarder et concentre mon attention sur les shots que j'enchaîne. Mon souffle devient court, je lutte contre des sensations inédites.

– Une partie ? me propose Rob en me tendant une longue canne de billard.

– Putain oui ! je souffle, heureux de pouvoir me concentrer sur autre chose.

Autre chose que ce putain de soulagement de la revoir après tout ce temps.

– Deux contre deux ?

– Tu vas te prendre la misère même en te cachant derrière un coéquipier, Robert, je le tacle en enfonçant le bout de ma canne dans son bide.

– T'es trop sûr de toi, Master !

– Je suis juste meilleur que toi, mon pote.

– 500 balles de mise et chacun choisit le binôme de l'autre, ça te va ?

– Tu prends Garett, dans ce cas. Il est quasi aussi bon que moi, tu vois, je suis pas mauvais joueur.

Il sourit en plaçant les boules dans le triangle. Il reste silencieux un instant, le même sourire flippant collé à sa bouche.

– Je te choisis Virgin, il assène d'une voix de con.

– C'est ça, ouais, je grince en refoulant à nouveau l'envie de l'observer.

– Je ne plaisante pas, Mas. On n'a jamais dit que c'était forcément un d'entre nous !

Je croise son regard satisfait, il est sérieux et heureux de son coup. Il n'a pas l'air de se douter de ce qui se joue en moi. Si Gin approche, je ne suis pas certain de pouvoir me retenir de l'assommer à coups de lancers de boules. Et encore, c'est le risque le moins dangereux d'entre tous quand il s'agit d'elle.

– Choisis quelqu'un d'autre, mec. J'suis venu là pour me détendre, je l'avertis en frottant le bleu au bout de ma canne.

– Et moi, pour me marrer…

– Enfoiré, je grogne alors qu'il se retourne dans sa direction.

Je suis coincé, j'aurais dû me souvenir que ce type est le roi des coups tordus.

– Hey, Virgin, viens donc un peu là ! il gueule dans le bar.

Garett se marre déjà en matant ma tronche, alors que je la regarde hausser les sourcils.

– Viens m'aider à faire bouffer ça à ton Master, il ajoute en balançant sa canne en bois d'une main à l'autre.

Ses yeux passent de lui à moi et elle sourit, comme si cette idée lui plaisait vraiment beaucoup. *Connasse !*

Elle dit quelques mots à ses nouvelles copines qui se mettent à rire et nous rejoint tout sourire.

– Tu veux faire ça comment ? elle lance cash, en s'adressant à Rob comme s'il était son meilleur pote.

Je m'attends à la voir mal à l'aise, perturbée par cette semaine de séparation. Sauf qu'elle sourit gentiment, alimentant davantage ma colère.

Rob, quant à lui, la bouffe des yeux en riant. Je lui arrache sa foutue queue, du moins, celle qu'il tient dans ses mains et qu'il tend à Virgin.

– Celle-ci est à moi, je crache en faisant mine de vouloir l'embrocher.

– Tu parles de Virgin ? se moque Garett juste derrière moi.

Quoi ? Non, je ne parlais pas d'elle ! Je fais glisser ma matraque improvisée sous mon coude pour lui enfoncer dans les côtés et il se tord en deux. Ça lui apprendra à me faire chier.

– Dis, Gin, tu veux jouer avec ma queue ? propose Rob le relou en revenant à la charge.

Mais qu'est-ce qu'il fout ? Putain, il est lourd à la chercher comme ça.

– Ça va, elle refuse poliment en se rapprochant de moi, je préfère me servir de la sienne, elle ajoute en me montrant d'un hochement de frange.

Elle cherche mon regard, mais je préfère baisser les yeux.

– Merde, Mas, t'arrive toujours à te les mettre dans la poche, ça me dégoûte. Heureusement, je vais gagner cette partie et elle n'aura d'yeux que pour moi à la fin de la soirée.

Virgin pouffe et jette un regard circulaire en se mordant la bouche. Je ne sais pas à quoi elle réfléchit si intensément. Je profite de son inattention pour la détailler longuement, avec la sensation de ne l'avoir plus revue depuis des lustres. Elle a l'air un peu fatigué, mais sinon, elle n'a pas changé. Et c'est bien ce qui m'emmerde.

– Vous êtes sûrs de vouloir que je joue avec vous ? elle nous demande en pinçant ses lèvres.
– Carrément, s'exclame Rob en m'adressant un clin d'œil de connard.
– Non parce que… je ne voudrais pas gâcher votre partie.
– T'en fais pas ma jolie, je vais la kiffer celle-ci.
– Ok, elle lâche en levant ses épaules.
– Tu sais jouer, au moins ? je l'agresse d'une voix rauque.

Elle me contourne, m'adresse un clin d'œil que je ne déchiffre pas et marche autour de la table de billard, en faisant glisser son doigt contre le bois brillant. Les autres clients la suivent des yeux depuis que Rob l'a interpellée si fort.
– Qui veut parier ? elle crie soudain dans le bar.
– Gin, qu'est-ce que tu fous ? je grogne en la rejoignant d'un pas furieux. Ferme-la, merde !
– C'est pas drôle sans enjeu, Mas.
– T'as déjà joué ? lui demande alors un grand motard qui s'est rapproché.
– Virgin… je fulmine en essayant de me caler entre eux.
– Ça ne doit pas être si compliqué, elle répond en affichant une moue enfantine.
– Je parie cent dollars sur toi, il balance en pointant son gros doigt vers Robert.
– Allez ! s'excite ce dernier en tapant dans la main de Garett.

– Et moi deux cents, ajoute un autre derrière lui.

À la fin, une petite foule vient se presser autour de nous et je suffoque de colère. Elle est en train de nous ridiculiser et ça ne fait que commencer !

– C'est pas très sympa, elle commente en lançant un regard aguicheur au biker.

– Désolé ma belle, mais j'te ferai profiter de mes gains d'une autre manière, il lui susurre en claquant sa grande main sur son cul.

– Pas touche, je m'entends l'avertir en lui adressant un regard meurtrier.

– Tout doux, gamin, il se moque en s'installant sur une chaise près de mes potes.

Gamin ?

J'inspire, les yeux plissés de fureur. Putain, j'étais venu passer une soirée tranquille loin de cette calamité qui hantait ma baraque et la voilà déjà en train de tout faire foirer. *Comme d'habitude !*

– Fais pas cette tête, Mas. Avec Virgin, on est toujours surpris, je suis sûr qu'elle va te dérider !

Elle va surtout me faire perdre cinq cents billets, ouais !

– Ça t'a pas suffi le coup de canne, Garett ? Tu veux que j'enfonce la boule noire dans ton cul pour voir si ça te fait encore marrer ?

Il m'offre un *fuck* amical et rejoint son coéquipier.

– Vas-y, Gin, honneur aux dames !

Rob m'arrache la queue des mains pour l'offrir à Virgin, dans une courbette misérable. Je la regarde contempler l'engin comme s'il était serti de pierres précieuses. Cette fille est trop bizarre.

– Tu permets ? elle me demande en pointant son doigt sur mon crâne.

Et avant que je comprenne ce qu'elle a derrière la tête, elle tire sur ma visière pour s'emparer de ma casquette.

– Cette frange de pute va me gêner.

Elle lève sa mèche et vient la coincer sous le tissu, avant de faire pivoter la casquette à l'envers.

– Parfait ! elle ajoute sur le même ton en levant son pouce à mon attention.

Mon regard ne dévie pas de son visage rieur, qui réussit à me faire sourire intérieurement. Ma casquette qui agrémente sa petite robe moulante lui donne un air étrange et unique. Je secoue la tête. Putain, je vais perdre du blé et ma dignité à cause d'elle mais elle me le ferait presque oublier. Heureusement, je vais récupérer la canne au premier coup qu'elle loupera. Et je suis assez bon pour ne pas la lui rendre avant d'avoir tout rentré.

– Tu commences par casser le triangle, lui explique Garett. Et si par exemple, et par chance, tu rentres une boule pleine, tu devras faire pareil avec les autres. Si tu rentres l'une des nôtres, c'est perdu.

– Ok, les boules pleines sont mes préférées, elle murmure en se penchant, assez fort pour que tous les obsédés à la ronde se mettent à bander.

Moi y compris. *Bordel !*

Elle fait glisser plusieurs fois la queue entre ses doigts, que je ne lâche pas des yeux. En un quart de seconde l'atmosphère vient de se charger, je ne comprends toujours pas comment elle s'y prend pour me faire flancher si facilement, et les autres avec. Une fois de plus, une masse de questions ricoche dans ma tête. *Qui est cette fille si insaisissable ?*

Je grimace quand je la sens sur le point de tirer, mais elle se redresse brusquement, fait un petit signe de la main pour s'excuser et part rapidement vers le gros juke-box. Elle tripote quelques boutons jusqu'à ce que AC/DC se mette à hurler dans les enceintes, puis revient en souriant.

– C'est mieux, elle lance avant de se replacer.

Je surprends trop de paires d'yeux rivées sur son cul et me détourne au moment où les boules explosent dans tous les sens. Elle a dû frapper fort, parce que les spectateurs semblent étonnés et je vois déjà deux boules pleines entrer dans l'angle de gauche et le trou du milieu.

Elle n'a d'intérêt que pour le tapis vert, qu'elle détaille comme si son cerveau faisait des calculs arithmétiques de folie. Je vois ses lèvres bouger, mais je n'entends pas ce qu'elle se dit à elle-même.

– La sept en poche coin droit, elle annonce d'une voix calme.

Garett adresse un regard plein d'incompréhension à Rob en entendant Virgin s'exprimer comme si le billard n'avait aucun secret pour elle. Et quand la boule blanche envoie la sept à l'endroit prévu, j'entends des rires crispés tout autour de nous.

– La chance du débutant, commente Rob en se raclant la gorge.

– Qui a dit que je débutais, Robert ? elle s'étonne avec moquerie en insistant sur son prénom. Il est des queues qui n'ont aucun secret pour moi.

Un rire m'échappe, incontrôlable et ridicule. Et une part de moi apprécie soudain bien trop son côté drôle et facile. *Uppercut mental.*

Je refoule ces pensées parasites et la regarde évoluer autour du billard. Mes yeux sont si exorbités qu'ils risquent de s'échapper pour finir entre les boules colorées. *Mais putain, qui est cette nana qui gère la queue comme une pro ?* Elle vient de rentrer la 2 en un coup juste parfait.

Je regarde mes potes et tous les parieurs qui se sont agglutinés autour de la table se décomposer, à mesure que Gin multiplie les coups. Merde alors, on va se faire un paquet de blé, ce soir, sans même avoir besoin de lui faire sortir un nichon.

– Mas, vient m'aider s'il te plaît.

Je cligne des yeux quand je l'entends s'adresser à moi et me rapproche d'elle sans la moindre hésitation, comme si mon corps était branché sur le sien.

– Tiens-moi la taille, tu veux. J'ai besoin que tu m'empêches d'avancer quand je vais tirer.

Elle se penche en avant, dans un angle envoûtant, et j'avale ma salive en me positionnant juste derrière elle. Ce genre d'attitude n'a rien de réglo, je n'ai jamais vu une telle technique dans une partie de billard. Mais personne ne semble s'en offusquer. Bien au contraire, je crois qu'ils vendraient leur mère pour prendre ma place.

J'ai la mauvaise idée de relever les yeux vers Garett, qui hausse ses sourcils plusieurs fois avant de mimer des gestes obscènes qui m'obligent à me détourner. C'est bien la première fois qu'un truc de ce style me met mal à l'aise, mais putain, j'ai déjà suffisamment d'images en tête, pas besoin qu'il en ajoute d'autres !

Je pose une main contre chacune de ses hanches et les serre plus fort quand elle se plie davantage. J'ai des bouffées de chaleur dignes d'une vieille pute ménopausée et je tâche d'adopter une respiration calme, pour ne pas leur montrer à tous combien la proximité – et la position – de Gin me fout en l'air. Mes doigts fourmillent de retrouver sa peau, s'y agrippent comme si l'idée d'en être privés était intolérable.

Elle prend une inspiration hachée et je la sens se tendre sous mes paumes. Un réflexe malhonnête vient de coller mon bassin à son cul, pile au moment où le bout de sa canne percute la boule blanche.

– Raté ! s'exclame quelqu'un devant moi.

Je l'entends jurer quand elle se redresse, et sous mes doigts, je sens sa chaleur corporelle augmenter. Je ne bouge pas, trop concentré sur son profil contrarié alors qu'elle observe la position dans laquelle nous nous trouvons. C'est le moment de la lâcher, mais je suis comme aimanté à elle.

Robert vient de rentrer l'une de ses boules et quand il loupe la deuxième dans une flopée d'injures, je n'ai toujours pas bougé d'un millimètre.

– À ton tour, Master, il crache dégoûté.

Sans se dégager de mon étreinte, Virgin glisse la canne dans ma main et quand elle décide finalement de s'extraire de notre emboîtement, je me penche sur son dos, prêt à tirer. Elle est piégée, un peu comme moi, tout compte fait.

Je récupère ma casquette sans un mot et l'enfonce sur mon crâne bouillant. Elle inspire bruyamment en me sentant appuyer sur son corps et je devine les regards des autres sur nous. Je m'en fous. Je n'ai que deux idées en tête, dont l'une n'est définitivement pas appropriée. Prolonger ce contact excitant et rentrer cette fichue boule du premier coup.

– Qu'est-ce que tu fais ? elle murmure en essayant de croiser mon regard, dans une position qui ne lui permet pas d'apercevoir plus que ma mâchoire.

– Chut, je rétorque en enfonçant mon genou dans la pliure du sien, pour atteindre l'angle parfait.

Je frappe fort et malgré le bruit de mon coup, je l'entends couiner. Tout doucement, dans un souffle qui m'est seulement destiné. Nos petits jeux me reviennent en mémoire et je me laisse happer par l'envie de les faire baver. Tous, tuteurs et spectateurs, comme lors de nos premiers jeux pervers.

– Tourne-toi, je lui murmure en la faisant glisser de quelques centimètres sur le côté de la table.

Elle me fait alors face, son regard rempli de questions et son corps parcouru de frissons. Je me contente de la scruter intensément et sans que je sache comment, elle comprend.

– Allonge-toi, je poursuis en appuyant sur sa poitrine pour que son dos rencontre le tapis.

Je passe ma main libre sous ses fesses pour l'inviter à m'entourer de ses jambes et quand je cale la canne entre ses seins, elle tourne la tête sur le côté. Elle sourit, comme soulagée de me sentir moins furieux. Je me penche si loin que je sens sa bouche caresser mon menton. L'extrémité frôle son oreille chaque fois que le bois glisse entre mes doigts, et quand je frappe, son soupir attire mes yeux sur son visage.

– Putain, marmonne un type d'un timbre rauque.

On se regarde longtemps, trop longtemps. Pour la première fois, je mesure la longueur de ses cils, je compte les huit grains de beauté qui parsèment son visage délicat, et quand ma poitrine est trop comprimée pour me permettre de respirer, je me décolle enfin.

La partie se poursuit et, très vite, les soupirs de Gin sont remplacés par ses rires. On gagne celle-ci, la suivante, et lorsque plusieurs types essaient de la convaincre de jouer avec eux, elle refuse d'un mouvement de tête, sans jamais me quitter des yeux.

– Ils font la paire, ces deux-là, murmure une voix familière derrière moi.

Je croise le regard de Tara qui m'offre un clin d'œil séduisant.

– J'en déduis que la guerre est finie, elle ajoute si bas que je suis le seul à l'entendre.

– Tu savais qu'on serait là, pas vrai ? je grogne en plissant les yeux.

Elle hausse les épaules sans nier et je l'observe disparaître avec l'un des bikers, dans une arrière-salle que je connais trop bien.

– Passe à la caisse, je gueule en direction de Rob qui tire une gueule de six pieds de long.

Il grimace, sort des billets de sa poche arrière et s'approche en regardant autour de lui, comme pour s'assurer que personne ne nous surveille.

– Tu devrais faire gaffe, il chuchote en glissant une petite liasse dans ma main, ça parle beaucoup.

J'essaie de décrypter ce qu'il insinue, je n'ai pas l'habitude de le voir si sérieux.

– C'est le but du business, mec, je rétorque en froissant son blé dans ma main agitée.

– Je ne parle pas de ça, il poursuit soudain crispé. Je l'avais pas prise au sérieux, mais maintenant que je la vois, je me dis que tu devrais te méfier.

– Qu'est-ce que ça veut dire ?

– Tu vas te faire du blé et même un paquet, vu l'engin, il précise en matant Gin de la tête aux pieds. Tu sais comment ça se passe, certains vont vouloir leur part du gâteau.

– Comme toujours.

– Ouais, sauf que cette fois, ils ne se contenteront pas d'un seul morceau.

Il se barre sur cette tirade inquiétante, que je relaie dans un coin de mon esprit en voyant l'un des gars suivre Gin aux toilettes. Un sifflement d'avertissement lui fait tourner la tête et le regard que j'ajoute le convainc de rebrousser chemin. J'enfonce l'argent dans ma poche arrière et traverse la salle jusqu'aux chiottes.

Une épaule appuyée contre la porte répugnante, je regarde Gin se laver les mains sans trop savoir pourquoi.

– Tu m'en veux toujours ? elle demande, en m'adressant un regard moins rieur dans le reflet du miroir.

Non.

– Oui, je souffle en croisant mes bras sur ma poitrine.

– Je te jure que je ne comptais pas m'enfuir. Je regrette de t'avoir énervé. J'avais besoin de souffler, j'ai pas réfléchi à ce que je risquais. Tout ça est si… Tu es… Je ne veux pas retourner chez Tara.

Elle s'interrompt sur cette dernière phrase prononcée avec force et empressement et j'aimerais qu'elle me livre le fond de sa pensée. Le fond de toutes ses pensées. *Wow, je dérape, là.*

– Je ne recommencerai pas, elle conclut en essuyant ses mains contre son short en jean.

– Comme si j'allais t'en laisser l'occasion, je réplique en me redressant quand elle s'arrête devant mon torse.

On se toise un instant et ce chiotte crasseux ne semble plus exister.

– Ça me va, elle murmure en passant un bras timide sous mon coude. Est-ce que tu me laisses rentrer avec toi ?

J'acquiesce avant même d'avoir réfléchi et un frisson fait avancer mon buste vers elle. Ses yeux s'illuminent d'une étincelle vive quand elle remarque mon visage plus près du sien qu'il ne devrait. Mon corps est le seul à admettre le manque qu'il a ressenti.

Je serre les dents et me recule *in extremis*, sans me dégager de son bras. On retraverse le bar et la chaleur de sa proximité a quelque chose de réconfortant. Je ne croyais pas pouvoir lui pardonner si vite, et pourtant, j'ai déjà l'impression de ne plus lui en vouloir du tout. Mais il est hors de question que je lui laisse croire que son mauvais plan est derrière nous. Et si elle joue à nouveau à ça avec moi, je ne la laisserai pas si bien s'en tirer, cette fois. Je veux qu'elle le comprenne et j'oblige mon cerveau à l'admettre lui aussi.

D'un signe de tête entendu, Garett me lance ses clefs de bagnole. Je ne me fais pas de souci pour lui, il se fera sans aucun doute ramener par une conductrice expérimentée.

La fraîcheur de la nuit me surprend et je presse le pas jusqu'à la voiture sans parler. Quand les rumeurs du *Black Fire* s'évanouissent, je me rends compte combien cette soirée a été différente de toutes celles que j'ai pu passer ici. *Je me suis amusé, putain !* Et c'est elle qui a rendu ça possible. Cette fille est un électron libre qui a des effets chimiques indescriptibles. Elle me fait passer par tous les états : colère, frustration, rire. Ses facettes sont si nombreuses que je ne crois même pas avoir le temps d'en faire le tour avant qu'elle me quitte. Cette évidence me laisse un arrière-goût amer, alors que je devrais m'en foutre.

Je la regarde s'installer et claque sa portière un peu trop fort quand je sens mon esprit déraper. J'envoie valser les cailloux qui traînent devant mes pieds, regrettant de ne plus savoir en faire autant avec ma vie.

– Rassure-moi, Tara t'a pas touchée ? je balance en m'asseyant derrière le volant.

Je ne sais pas pourquoi j'ai sorti ça tout à coup, mais connaissant Tara, la question me semble sensée, surtout vu leur proximité de tout à l'heure. Elle se marre, secoue la tête, puis me regarde de biais.

– Elle a été très douce, elle susurre. Mais sois tranquille, je n'ai qu'un seul maître, elle articule dans un sourire.

Cette réalité, bien qu'éphémère, me rassure et m'apaise un peu.

– Je suis contente de te retrouver.

– Je…

Sa portière s'ouvre au moment où je m'apprête à lui répondre et je n'ai pas le temps d'assimiler ce qu'il se passe que Virgin a disparu du siège passager.

Putain ! Quand mon cerveau percute et que mes oreilles perçoivent ses cris depuis le trottoir, je sors de l'habitacle comme un taré. Mais j'ai à peine foulé le bitume qu'un voile noir me tombe sur les yeux. Un type vient de m'assommer sans que je l'aie vu arriver. J'étais trop fixé sur Gin, en train de se faire traîner vers un véhicule garé dans une contre-allée.

CHAPITRE 3

Cadence

J'entends mon hurlement buter contre la grande main qui couvre ma bouche.

– Fous-la dans la caisse ! gueule quelqu'un devant moi.

Je me débats, balance mes jambes dans tous les sens pour tenter de déséquilibrer celui qui me traîne dans une ruelle. Il enserre si fort mon buste que mes cris n'ont plus d'énergie. J'étouffe et me fatigue trop vite.

Les doigts qui obstruent mes lèvres puent la clope et quand je les mords, un goût de sale et de sang pénètre ma bouche sèche. Mon estomac se révulse si fort que j'en ai les larmes aux yeux.

– Salope !

Je profite de l'effet de surprise pour balancer ma tête en arrière, assez fort pour entendre un craquement écœurant résonner contre mon crâne. Je tombe en avant et m'enfuis à quatre pattes vers la rue principale, m'arrachant les genoux sur l'asphalte.

Mais j'ai à peine fait quelques mètres qu'une semelle écrasante s'enfonce entre mes omoplates. Mon menton frappe le sol et me coupe la respiration.

– À l'aide ! je crie contre le béton.

– Ferme-la, s'énerve le type à qui je viens de casser le nez.

Je n'ai pas besoin de le regarder pour le savoir, j'entends son timbre altéré par sa cloison nasale déviée. *Bien fait !*

Il me retourne sans douceur et tire sur mes cheveux pour me remettre debout. Je le gifle, le griffe, même quand sa paume solide s'abat sur mon visage. J'ai la tête qui tourne, mais l'adrénaline est trop forte en moi. J'ai déjà connu cette peur, ce sentiment d'être trop faible pour m'en sortir. Au foyer, j'ai croisé la route de types violents qui ont essayé de m'abuser. Ils ne sont jamais parvenus à leurs fins et même si Ingrid n'est plus là pour me protéger, ce n'est pas ce soir que je vais briser cette habitude. Pas sans me défendre, du moins.

– Craig, viens m'aider, putain ! La vierge est intenab…

Crac. Comme une ombre destructrice, Master vient de me rejoindre et son poing furieux s'est abattu sur la mâchoire de mon kidnappeur. À nous deux, je ne donne pas cher de son visage dans quelques heures.

– Espèce d'enfoiré, fulmine Mas en multipliant les coups de pied. Gin, retourne dans le bar !

Je m'éloigne à reculons, toujours allongée contre l'asphalte, jusqu'à buter contre des chaussures. Je lève le nez au ralenti et aperçois une silhouette au-dessus de moi. Son visage m'est inconnu et il tient dans la main un petit objet sombre.

– Mas, attention ! je hurle alors que l'autre homme saute par-dessus mon corps pour s'en prendre à lui.

Mon tuteur est rapide, mais quand un cri m'échappe alors que deux mains m'agrippent sous les aisselles, il se déconcentre. Juste une seconde. Mais c'est assez pour offrir à l'autre l'opportunité de prendre le dessus.

– Non !

Une espèce de sanglot déchirant vient de sortir de ma bouche. J'ai beau gigoter dans tous les sens pour empêcher mon agresseur de me tirer jusqu'à la voiture, je ne loupe pas une miette du spectacle que m'offrent Mas et son adversaire. Il y a du sang, beaucoup de sang, et c'est celui de Master en grande partie. Ce que j'avais pris pour une petite matraque est en fait un couteau et vu le grondement rauque de souffrance que mon tuteur vient de cracher, je ne me fais pas d'illusions. Il est blessé.

– Finis-le ! ordonne celui qui bataille pour m'emmener.

Je bouge si fort que mes fesses vont être couvertes d'hématomes à force de rebondir sur le trottoir. Mes chevilles frappent contre un pilier et quand j'arrive à les enrouler autour, le type pète un câble.

– Au secours !

– Mais putain, tu vas lâcher ça !

La pointe de son pied s'enfonce si loin et si violemment dans mon flanc que tout l'air de mes poumons est expulsé dans une plainte bruyante.

– Gin !

La voix de Mas déchire la nuit et alors que je le croyais mort dans le caniveau, je le vois se jeter sur le dernier des gars. J'entends leur lutte, leurs coups et leurs grognements rauques. Je suis incapable de bouger, je reste là, les pieds accrochés autour du poteau, à prier pour que quelqu'un vienne nous aider.

Un bruit sourd résonne contre le sol, avant qu'un silence terrifiant ne tombe. J'ai les yeux fermés, je refuse de voir qui des deux s'est relevé. Si ce n'est pas Mas, je suis foutue. Et je ne sais pas ce qui me fait le plus souffrir : imaginer ce que je risque de subir aux mains de ces types ou imaginer un quotidien sans lui.

– Virgin.

J'éclate en sanglots en reconnaissant sa voix, même si elle est plus basse et plus essoufflée que d'ordinaire.

– T'es blessée ?

– Non, je renifle en me redressant trop vite.

Je chancelle et quand Mas essaie de me rattraper, c'est lui qui part en arrière.

– Il t'a poignardé ? je m'affole en plaquant une main sur son tee-shirt poisseux de sang.

– C'est juste une égratignure.
– J'appelle une ambulance !
– Non !
– Mais Mas, putain, tu saignes comme un petit porc tout juste égorgé !
– Ça va, je te dis. Aide-moi à me relever.

Je tire sur la main qu'il me tend et passe son bras sur mon épaule.
– Ramène-moi chez moi, il souffle en se laissant tomber contre sa voiture.
– Mas, je…
– Fais-le !
Il m'énerve, ce têtu d'âne !
– J'ai de quoi me soigner, c'est pas la première fois qu'une bagarre dégénère.
– C'était pas une bagarre, ces mecs nous attendaient ! Ils étaient prêts à te tuer ! Je comprends pas pourquoi. Qu'est-ce qu'ils voulaient, au juste ? Merde, ça se fait pas, je sais pas moi mais…
– Calme-toi, Gin ! il me coupe en posant sa main sur ma bouche.
Je me tais et respire bruyamment contre sa paume glacée.
– Ramène-moi à la maison, s'il te plaît.
– Comme tu voudras, je grince en l'aidant à s'asseoir sur le siège passager.

Je m'installe derrière le volant pour la première fois.
– T'as ton permis, rassure-moi ?
– Évidemment !

Je n'ose pas lui dire que je n'ai pas conduit depuis près de deux ans. En fait, je n'ai jamais pu m'acheter de voiture et Milo refuse de me laisser conduire son pick-up.

Je cale trois fois, ignorant le regard énervé de Mas.

– *No comment !* je tranche alors qu'il ouvre la bouche. J'ai été presque kidnappée et tu pisses le sang. J'ai le droit de caler, merde !

– T'as le droit de passer la troisième aussi, il grogne en se penchant en avant. Putain, j'aurais dû buter ces enfoirés !

– Tuer c'est mal, je commente sans réfléchir.

Je gare la voiture pile devant l'entrée et m'empresse de faire le tour pour réceptionner un Master mal en point. En poussant la porte d'entrée, je suis trempée de sueur et l'odeur de son sang me donne la nausée.

– Allonge-toi là, je reviens de suite.

Je m'engouffre dans sa salle de bain et ouvre tous les tiroirs comme une camée en manque. Je croise mon reflet livide dans le miroir et pousse un soupir de joie et de douleur en trouvant tout le nécessaire de soins.

De retour dans la chambre, je plaque une main sur ma bouche pour retenir un cri d'effroi.

– Ah, c'est dégueulasse ! je ne peux pas m'empêcher de lâcher en découvrant le torse nu de Mas, maculé de sang.

– Donne-moi un gant, il crache impatient.

– Non, c'est plein de microbes ! je réplique en m'agenouillant sur le lit. Laisse-moi faire si tu ne veux pas finir avec une septicémie !

– J'peux me débrouiller !

– Mais même à moitié mort, t'es le type le plus chiant du monde, c'est pas croyable ! Je m'en occupe, je rétorque sans l'écouter.

Je monte sur ses jambes tendues, pour m'asseoir à califourchon sur lui.

– Qu'est-ce que tu fais, Gin ?

– Oh allez ! Je vais pas te violer ! je m'énerve en repoussant son torse qui vient de se relever.

Je cherche une meilleure position pour qu'il arrête de s'agiter et finis par m'asseoir sur son bas-ventre, le pied gauche posé contre sa clavicule pour l'empêcher de bouger.

– Je t'ai dit que je pouvais me soigner tout seul !

– Tssst, je m'impatiente en repoussant une seconde fois son épaule du bout de mon pied.

Je fais l'état des lieux des dégâts et grimace. Je ne sais pas par où commencer. Je ne devrais même pas rester comme ça, je vais lui couper la circulation, et avec le sang qu'il a déjà perdu, il va finir mort ou amputé. *Détends-toi, Cadence, arrête de t'éparpiller. Ça va aller, tu as déjà soigné ce genre de blessures au foyer !*

– Laisse-moi faire, il grogne en essayant encore une fois de me repousser.

– J'ai déjà fait ça, fais-moi confiance, merde !

– Jamais, il murmure.

L'entendre dire une chose pareille me fait mal au cœur, mais je repousse ce sentiment et plaque une compresse de désinfectant contre son torse. Il serre les dents en grommelant des insultes et je ne peux pas m'empêcher de pouffer. *C'est le stress, je ne suis pas si sadique !*

– On devrait aller à l'hôpital, Mas, vraiment.
– Je t'ai déjà dit non.
– C'est pas très profond, mais je préférerais que tu voies un médecin…
– Non ! il m'interrompt en attrapant mon poignet. Pas d'hôpital, je les déteste.
– C'est stupide…
– Tu sais pas de quoi tu parles, il souffle en grimaçant. J'y ai passé trop de temps, je ne supporte pas d'y retourner, ça pue la mort.

Je me fige, consciente que c'est la première fois qu'il se laisse aller aux confidences. Et j'aime ça, je n'avais pas réalisé combien j'avais envie d'en apprendre plus sur lui. Sur celui qu'il cache derrière son masque de tuteur sans cœur.

– Ne pose pas de question, il lâche soudain, me sentant sûrement sur le point de lui demander davantage de détails.

Je baisse les yeux sur son visage et croise son regard noir. En temps normal, j'évite de le détailler, mais là, je ne peux pas m'en empêcher. Il est vraiment beau. Ça me tord le bide de le voir à la fois si accessible et encore tellement secret. Ça lui donne un air splendide, qui me fait frissonner.

Je secoue la tête pour me rappeler que je dois vite le soigner. Quand sa blessure à la poitrine me semble correcte et que les pansements sont suffisamment bien placés pour resserrer ses chairs, je caresse la bosse écarlate sur son front d'une main légère.

– Il a frappé fort, je chuchote en entourant son hématome déjà saillant du bout du doigt.

– J'ai frappé plus fort encore, il répond en posant sa paume sur ma cuisse.

Je frémis, sans savoir s'il réalise qu'il s'est mis à caresser ma jambe de haut en bas, en me fixant.

– Tu m'empêches de respirer, il geint en inspirant fort.

– Oh, désolée !

Je m'apprête à glisser sur le côté pour le soulager, mais il resserre sa poigne autour de ma taille, pour m'empêcher de bouger. Je ne le comprends plus, il se plaint de moi mais refuse que je m'écarte de lui. Tout en contradiction, comme d'habitude.

– Est-ce que je peux espérer une amnésie totale de ta part sur mon escapade de la semaine dernière ? je tente, profitant sans vergogne de sa faiblesse.

– Il faudrait que je sois mort, pour ça…

– Dommage. Enfin non, je suis contente que tu sois vivant, hein ! C'est juste que je n'aime pas quand tu m'en veux.

– Chaque fois que je crois que ça va bien se passer, tu fais tout foirer, il poursuit en se redressant dans un râle.

Il grimace, pose une main sur sa poitrine et jure encore.

– Menteur, tu t'attends toujours à ce que je casse l'ambiance, je ris doucement. Et puis là, j'y suis pour rien, je précise en essuyant du sang coagulé à la lisière de ses cheveux.

– C'est con, j'avais presque passé une bonne soirée.

Je ne sais pas quoi dire. Il n'a jamais été aussi troublant que maintenant. Il est… Chiotte, j'ai une méchante envie de l'embrasser, de profiter de ce moment étrange pendant lequel celui qui me fait face est à mille lieux du connard arrogant habituel. Quoique, même quand il est chiant à souhait, je ressens toujours ce besoin pressant de le goûter. Je suis définitivement cinglée.

– Ce con a vraiment frappé fort, je raille en lissant ses cheveux derrière son oreille. Si j'avais su qu'il suffisait d'un traumatisme crânien pour te rendre plus aimable, ça fait longtemps que je t'aurais tabassé.

– Il ne m'a pas « tabassé », il réplique en haussant un sourcil, vexé.

– Si tu le dis.

Le silence tombe, m'obligeant à remarquer combien notre position est osée. Chaque partie de moi est parfaitement emboîtée dans son corps et malgré le panneau qui clignote au-dessus de sa tête, m'avertissant que ce type-là n'est carrément pas pour moi, je m'approche un peu plus.

Avec cette agression, je n'ai pas eu le temps de réaliser tout de suite combien mon retour à ses côtés me comble. Je respire l'air chaud qu'il exhale, me laissant envahir par une adrénaline viscérale. Le genre de celles qui donnent envie de se déshabiller. Vierge Marie, si Ingrid me voyait, elle m'applaudirait sans l'ombre d'un doute. Quant à Milo, il serait déjà en train de s'enfoncer un couteau dans les yeux en hurlant à la mort.

– Tu aurais pu t'en aller, il reprend en amenant sa main plus près de mon entrejambe.

– Je ne veux pas partir, je me défends en continuant à jouer avec ses cheveux. J'étais sincère, je n'avais pas l'intention de te laisser tomber.

– Pourquoi tu fais ça, Virgin ?

Il ne m'avait plus posé cette question depuis un moment et je mords mes lèvres pour retenir ma réponse. J'aimerais lui dire, pour qu'il comprenne que j'irai jusqu'au bout. Mais d'un autre côté, quand j'aurai retrouvé Ingrid, je ferai ce qu'il pressent depuis le début : je m'enfuirai. Je le trahirai. Alors tout compte fait, je ne peux rien lui avouer. Il a beau être dans son quart d'heure charitable, s'il savait, il me tuerait.

– Et toi, pourquoi tu le fais ? Qu'est-ce qui t'a poussé à te lever un matin et à décider que ta vie appartiendrait au Round ?

Il réfléchit, balayant mon visage de ses pupilles dilatées.

– Parce qu'il le fallait, il assène d'une voix caverneuse, émanant du plus profond de lui-même.

À peine ces mots prononcés, il pose son front contre ma poitrine, comme si se réfugier entre mes seins pouvait changer quelque chose.

– Parce qu'il le fallait… je répète en fermant les yeux.

Je reste dans l'obscurité que j'ai créée, dans cette sombre réalité que j'ai choisi d'intégrer. Il le fallait, je ne dois pas l'oublier. Je répète ces mots en boucle dans ma tête. Moi aussi, il le fallait, quoi qu'il se passe maintenant, il ne doit pas me le faire oublier.

Je me dégage alors de sa prise, un peu – beaucoup – à contrecœur et marche d'un pas tremblant jusqu'à la cuisine. Je me fige dans le salon, remarquant seulement maintenant la table basse détruite. Je détaille le reste de la pièce tandis qu'un petit sourire s'étend sur mes lèvres. Merde, je suis contente d'être de retour dans cet endroit. Un peu trop. J'entre dans la cuisine, je jette les compresses pleines de sang en grimaçant et bois un grand verre d'eau, qui ne réussit pas à me nettoyer de tout ce qui s'agite en moi.

Quand je retourne dans sa chambre, il est à nouveau allongé, une moue douloureuse ancrée à ses traits crispés.

– Ne dors pas tout de suite, Mas.

– Je suis crevé, Gin, vraiment fatigué.

Il a rouvert ses yeux en me sentant m'enfoncer dans le matelas. Je l'aide à avaler des antidouleurs, puis j'attrape la couverture et la fais remonter jusqu'à nous couvrir tous les deux.

– Attends encore un peu, j'insiste en sentant une vieille angoisse refaire surface. Avec le coup qu'il t'a donné à la tête, c'est pas recommandé de dormir.

– Je vais bien, il souffle en se rapprochant de moi.

Mon cœur bat vite et me brûle la poitrine. Ça n'a plus rien à voir avec l'excitation de le sentir si proche de moi. Ça remonte bien plus loin, à cette époque maudite de ma vie où une nuit a suffi à détruire mon avenir.

– J'ai peur, j'avoue en enroulant mes doigts autour de son poignet pour sentir son pouls.

– De quoi ? il demande d'une voix déjà endormie.

– De la mort, je murmure.

Les gosses ont peur des monstres qui se cachent sous leur lit. Enfant, j'étais terrifiée moi aussi et je le suis encore aujourd'hui. Pas par ces créatures imaginaires qu'on croit tapies dans la nuit. Non, moi je suis terrorisée par la mort, cette ombre sans cœur qui sait si bien frapper dans un sommeil naïf. Et chaque fois que je ferme les yeux pour m'endormir, j'ai peur de la voir surgir encore.

Alors je reste éveillée, à scruter les soulèvements de la poitrine blessée de mon tuteur. Quand mes yeux sont trop secs de l'avoir tant fixée, je me tourne et cale mon dos contre son torse, pour pouvoir le sentir respirer.

Merde, je crois que je l'ai réveillé en bougeant ainsi, parce que son bras vient de tomber sur mon flanc. Je sens son visage s'enfouir dans mes cheveux et j'arrête de respirer. Tout compte fait, c'est peut-être moi qui vais trépasser cette nuit.

Son léger ronflement vient bercer mes appréhensions et je me laisse aller, dans cet étau de chaleur qui pourrait bien me consumer.

– Cadence, qu'est-ce que tu fais ? je geins tout bas pour moi-même, en fermant les yeux de toutes mes forces.

Malgré cette fin de soirée mouvementée, je ne me suis jamais sentie aussi bien qu'ici, dans ce lit, avec la main de Mas qui vient de se poser sur mon ventre. Je laisse mon esprit déjanté imaginer une tout autre histoire, une dans laquelle lui et moi ne serions que deux amoureux ordinaires.

Mais qu'est-ce que je raconte ? Je ne suis pas amoureuse de lui ! Il m'attire, m'excite, il réveille en moi des trucs de fille qui languissaient de s'exprimer, un point c'est tout. Et lui non plus ne m'aime pas. Cette part de moi que tous ces hommes semblent vouloir l'enivre aussi, mais ça s'arrête là. Il aime surtout l'argent que je vais lui rapporter, c'est uniquement pour ça qu'il me tolère et qu'il m'a protégée comme il l'a fait ce soir. Ce n'est pas pour moi, Cadence n'existe pas dans ses bras. C'est Virgin qu'il cajole et surveille, certainement pas moi. *Stop.*

Je m'ordonne de cesser toutes ces conneries et cherche à me défaire de son emprise. Il grogne et resserre sa poigne autour de moi, me collant complètement contre lui.

Après une semaine passée loin de Mas, la joie que je ressens d'être enfin de retour chez lui dépasse ma raison. Je suis à nouveau en place pour rependre ma quête vers Ingrid, mais dans le fond, il y a plus que ça, maintenant. *Et merde !*

– Ingrid, Ingrid, Ingrid…

Je murmure son prénom encore et encore, comme si cette cage que Mas construisait autour de moi m'éloignait d'elle. Je me concentre sur le visage de mon amie, celui de la jeune fille épanouie qui rêvait d'une autre vie que celle d'une orpheline fauchée. Putain, à quel moment ai-je loupé sa chute ? Pourquoi n'ai-je pas vu à temps le chemin merdique qu'elle empruntait ?

Je veux croire qu'il n'est pas trop tard. Que je peux encore assurer, même si, jusqu'ici, je galère sévère à grappiller la moindre information susceptible de combler le fossé entre elle et moi. À mesure que je marche sur ses traces, lentement et péniblement, j'ai le sentiment désagréable de la perdre un peu plus. Et de me perdre moi-même.

CHAPITRE 4

Mas

Je comate depuis plusieurs jours. Mon sommeil est entrecoupé par les allées et venues de Virgin qui s'inquiète de mon état. J'ai beau l'envoyer chier chaque fois qu'elle pose son index froid contre ma gorge brûlante, elle continue à me choyer comme un gosse enrhumé.

– Je ne suis pas encore mort, je râle en la sentant se pencher au-dessus de moi une énième fois.

– Tu n'as plus de fièvre.

– Comment tu le sais ? Je te jure que si t'as enfoncé un putain de thermomètre dans mon cul pendant que je dormais, je te tue.

Elle rigole et je la sens s'allonger à côté de moi.

– Je n'ai utilisé que mes doigts, elle murmure en les agitant devant mon visage. Et t'as eu l'air d'aimer ça ! Tara avait raison, tout compte fait…

Un rire douloureux secoue ma poitrine. *Putain, je suis vraiment mal en point pour me marrer avec cette fille.*

– T’es vachement plus sympa quand t’es presque mort, tu sais.

– C’est de l’abus de faiblesse…

– J’assume ! Tu veux manger un truc ?

– Ouais, un risotto aux asperges.

– Nickel, j’ai réchauffé des macaronis congelés qui doivent dater de ta puberté.

– Fabuleux.

J’ouvre enfin les yeux et croise son regard pensif.

– T’aurais pu en profiter pour te tirer, je grommelle en passant une main sur ma blessure.

– Et je l’ai pas fait… elle rétorque du tac au tac.

– T’as aimé me voir souffrir, pas vrai ?

– J’ai adoré, c’est la seule raison pour laquelle je suis restée, elle souffle en me tirant la langue.

Merde, cette nana n’a rien d’une prostituée. Je pourrais presque m’habituer à cette nouveauté.

Je repousse les couvertures, espérant me débarrasser par la même occasion de cette pensée complètement folle.

– Lève-toi doucement ! elle s’exclame en me voyant vaciller.

– C’est bon, lâche-moi. Je suis comme neuf !

– Mouais…

Je me traîne d’un pas hésitant jusqu’au salon et me laisse retomber sur la chaise de la cuisine. J’attrape mon téléphone et prends connaissance de tous les appels que j’ai loupés.

– Je suis resté dans le coltard combien de temps, exactement ?

– Quatre jours, elle me répond en déposant devant mon nez une assiette fumante.

– Et t'as fait quoi tout ce temps ?

– À part tenir la bassine pendant que tu pissais dedans sans viser correctement ? J'ai squatté ton lit comme une infirmière dévouée.

– Rien d'autre ?

Elle se balance d'un pied sur l'autre, en regardant ses mains.

– Gin…

– Ne t'énerve pas, d'accord…

– Putain, trop tard ! je grogne en voyant ses joues s'empourprer.

– J'ai pris ta voiture pour…

– Quoi ? Mais tu te fous de ma gueule ! je beugle en me redressant trop fort.

Je grimace en me renfonçant dans ma chaise.

– Juste pour aller t'acheter des médicaments ! elle se justifie. Rien d'autre, je te le jure ! Et seulement une fois. Quand Garett a vu que tu lui répondais plus, il s'est pointé ici. Il ne savait pas pour le guet-apens, les types ont dû se barrer avant que tes collègues sortent du bar.

– Garett est venu ici ?

– Oui, appelle-le si tu ne me crois pas. C'est lui qui m'a rapporté des pansements et des calmants les jours suivants. Il t'a même racheté une nouvelle table basse ! elle ajoute en espérant me calmer. Je suis désolée, je n'avais pas le choix. C'était ça ou te larguer à l'hôpital le plus proche ! Tu étais vraiment mal en point, Master… J'ai eu peur.

Elle est sincère, je remarque sans peine l'inquiétude qui étire encore ses traits.

– Ok, c'est bon.

J'avale une bouchée et laisse ma fourchette en suspens.

– Merci. Pas pour ce repas dégueulasse, mais pour le reste.

Elle ne répond rien, mais je vois son sourire dans mon champ de vision.

– Va t'habiller, Gin. Quatre jours sans se montrer, c'est beaucoup trop long.

– T'es pas sérieux ? T'as encore besoin de repos.

– On bouge, c'est pas négociable, j'assène en engloutissant le reste de mon assiette.

– Maintenant ?

– Je vais t'emmener à la limite de l'État voisin. Y a un gros club là-bas, ce sera parfait pour une petite piqûre de rappel.

Je prends une douche qui me réveille enfin complètement. Devant mon miroir, je détaille la longue balafre qui s'étend en travers de mes pectoraux. Je m'attendais à pire, finalement, ce n'est pas profond. Mais putain, ça m'a fait un mal de chien !

– Mas ? j'entends derrière la porte de la salle de bain.

– Quoi ?

– Je peux entrer ?

J'ouvre sur une Virgin habillée et maquillée. Je m'attends à la voir gênée devant mon corps nu, mais si c'est le cas, elle n'en montre rien. Puis je me rappelle qu'elle s'est occupée de moi pendant ces derniers jours et qu'elle doit me connaître par cœur.

– Tu cherches quelque chose ?

– Je suis venue refaire ton pansement, elle répond en avançant. Mais je peux repasser quand t'auras enfilé un caleçon.

Pas si à l'aise que ça, tout compte fait !

– Non, c'est bon, vas-y, je lâche nonchalamment.

Je recule jusqu'à ce que mes fesses butent contre le lavabo puis, d'un hochement de tête, je l'invite à approcher. Elle s'exécute, étale son nécessaire à côté de moi et pose deux doigts sur mon torse.

– C'est parfait, elle murmure en dessinant le contour de la plaie du bout de son ongle.

Son index est toujours contre ma peau et je ne suis pas sûr qu'elle soit uniquement concentrée sur ma blessure. C'est comme si je sentais la caresse de son regard frôler ma poitrine.

Je contracte le pectoral sans prévenir et elle sursaute, comme si je venais de la prendre en flagrant délit.

– Tu m'as maté pendant que je dormais, pas vrai…

Elle rougit et enfonce un coton sorti de nulle part contre la plaie.

– Merde, Gin ! je grommelle en me mordant la lèvre.

Un sourire malicieux se plaque sur son visage et elle se rapproche davantage. Mon souffle s'accélère et ça n'a rien à voir avec la douleur. Sa frange bouge sous mes expirations et ce n'est pas la seule chose qui se met en mouvement.

Elle se crispe imperceptiblement, sans jamais quitter ma poitrine des yeux. Elle s'efforce d'ignorer l'érection qui vient de faire dresser ma queue contre sa cuisse nue. La caresse de son épiderme contre mon gland me tire un grognement animal et j'enfonce mes ongles dans la faïence. J'ai l'impression qu'elle ne respire plus, mais elle continue à me soigner doucement. Si lentement que j'oublie ce qu'elle fait. Je ne sens que la caresse de ses mains contre mon torse et je finis par fermer les yeux.

– Je te fais mal ? elle s'inquiète.

– Non.

Je la sens fébrile, à moins que ce ne soit seulement ce que je ressens moi.

Elle se penche sur le côté pour attraper un long pansement et ma queue glisse encore contre sa jambe douce. Elle gonfle, s'échauffe et je sens la circulation de mon sang qui pulse comme un dingue vers le bout. *Je refuse de jouir pour si peu !*

Je prends de petites inspirations pendant qu'elle fait passer un bandage autour de moi. Quand elle a terminé, elle reste immobile, le nez pointé vers mon épaule. Elle n'ose pas me regarder et j'ai peur de ma réaction si elle le faisait. Si les événements mouvementés de nos retrouvailles m'ont empêché d'en prendre conscience, en cet instant, si elle me regarde de trop près, elle risque de voir à quel point elle m'a manqué.

– Voilà, elle annonce après un long silence.

– Merci.

Ma voix ne m'appartient pas. D'ailleurs, Gin s'en rend compte, parce qu'elle lève vers moi des yeux pleins d'interrogations tandis que sa bouche accapare les dernières pensées cohérentes qui m'habitent.

Je ne sais pas qui de nous deux réduit l'espace entre nos visages. Est-ce que c'est elle qui s'est mise sur la pointe des pieds, ou bien moi qui suis en train de me baisser ? La seule chose dont je sois sûr, c'est que ma queue est toujours en train de s'agiter contre sa cuisse chaude. Sa main se pose contre ma poitrine, pile là où mon cœur s'excite. L'autre vient d'atterrir sur ma hanche et descend progressivement.

Une voix rauque hurle dans ma tête de ne pas la laisser faire, tandis qu'une autre l'encourage à continuer. Il n'y a rien de plus excitant que d'anticiper une sensation. Et je pourrais jouir rien qu'en imaginant le moment où je vais sentir ses doigts se refermer autour de mon sexe. Il n'y a rien de mal là-dedans, au contraire. Je n'ai pas le droit de la toucher, mais personne ne m'a jamais interdit de la laisser me branler. Cela fait partie de sa formation…

Je regarde à nouveau sa bouche et mon bide s'embrase en imaginant ses lèvres entourant mon gland, avant de m'aspirer tout entier. Il n'y a rien de mal là-dedans, je me répète encore et encore. Gin ou une autre, ça ne change rien. Du moins, c'est ce que je veux croire.

Je suis toujours celui qui stoppe la machine quand elle s'emballe, celui qui tient le cap entre elle et moi. Mais pas cette fois. Je veux qu'elle aille au bout. Cette certitude me donne le vertige et je me cramponne un peu plus au lavabo qui va finir par se briser sous ma poigne.

Sauf que c'est elle qui recule.

– Qu'est-ce que tu fais ?

– Je me… je te… là, c'est… elle bredouille le regard embrumé.

– Quoi ?

Elle secoue la tête et s'éloigne si vite que son dos percute la porte.

– Fais-moi signe quand tu seras prêt.

Et elle disparaît comme le putain d'ovni qu'elle est.

Je reste comme un connard, à digérer ce qu'il vient de se passer. Je finis par baisser les yeux sur ma queue, qui s'est dégonflée comme une baudruche abandonnée par un gamin capricieux. Comment Virgin parvient-elle à agir ainsi sur ma bite, putain ? Elle la fait se dresser avec tant d'intensité que je douterais presque qu'elle puisse débander un jour. Mais l'instant d'après, dès lors qu'elle arrête de l'attiser, elle se ramollit. Comme si Gin était la seule capable de l'éveiller pleinement.

Ok, le coup que j'ai pris sur la tête m'a salement amoché.

Je l'ignore en revenant dans le salon et me concentre sur la nouvelle table basse qui trône fièrement au milieu de la pièce. Enfin j'essaie, parce que mon regard est systématiquement attiré par Gin. Elle est si bavarde en temps normal, je la trouve étonnamment calme. Presque choquée.

– Détends-toi, je balance en remplissant un mug de café. T'as eu envie de me branler, c'est normal.

Elle hoquète en m'entendant puis se rembrunit.

– Tu m'en dois une.

– Pardon ?

– J'aime pas trop qu'on vienne m'exciter comme ça sans finir le travail. Tu m'en dois une.

– Je ne te dois rien du tout ! elle s'énerve en maltraitant le coussin qu'elle tient entre ses mains. Tu t'es chauffé tout seul, espèce de pervers !

– Mais bien sûr, je raille en actionnant mon briquet.

– C'est l'hôpital qui se fout de la charité, sans déconner ! elle poursuit sur le même ton. Je devrais dire quoi, moi, hein ? Est-ce qu'on reparle de toutes les fois où tu m'as laissée en plan ?

– Alors c'est ça ? Une petite vengeance ?

Elle hausse les épaules et je continue à la regarder. Elle a raison, c'est toujours moi qui ai stoppé cet engrenage entre nous. Et je suis presque vexé que ce soit elle qui m'ait repoussé aujourd'hui. *Putain, y a vraiment un truc qui tourne pas rond chez moi.*

– Allez, on se casse, je lâche, pressé de m'aérer l'esprit.

J'ai besoin de respirer, je suis en train de partir en couille.

À peine installé, j'ouvre la fenêtre de ma caisse et inspire l'air pollué de Reno. Rien à foutre, même les gaz d'échappement seront salvateurs.

– Tu as déjà rencontré Oncle Bobby ? demande Virgin en me fixant soudain.

– Excuse-moi ? je m'étrangle sans comprendre.

– Oncle Bobby, elle insiste.

– Qui t'a parlé de lui ?

– Certaines filles, elle élude.

Je la trouve bizarre, surtout maintenant qu'elle me questionne sur le Big Boss du Round.

– Alors, tu l'as déjà rencontré ?

– Ouais, tout le monde le connaît.

– Pas moi, elle rétorque en m'adressant une moue dubitative.

– Il s'intéressera à toi quand t'auras signé ton premier contrat, t'en fais pas. Enfin, à condition qu'il y ait assez de zéros sur le chèque, évidemment.

– Et il est où ?

– C'est quoi ces questions au juste ?

– Quoi ? J'ai le droit de savoir, non ?

– Attends voir… non.

Je m'attends à ce qu'elle persiste, mais elle se renfrogne et me tourne le dos pour aller coller son front contre la vitre.

– T'es vraiment pas nette comme fille… Tu passes de l'infirmière sexy à une gamine capricieuse.
– Va te faire foutre !
– Avec plaisir, quand tu veux.
Elle tend son bras sans me regarder et lève un majeur juste sous mon nez. Je suis à deux doigts de lui mordre quand mon téléphone se met à sonner. Je l'attrape d'une main distraite, qui se crispe instantanément quand je lis le nom de l'appelant.

Bon sang, c'est vraiment pas le moment. En fait, ce n'est jamais le moment. Plus maintenant.
– Tu réponds pas ? m'interroge Gin au bout du quatrième appel.
– Non.
Je n'ai plus de nouvelles de lui depuis des mois, quoi qu'il veuille me dire, je n'ai pas envie de l'entendre. Je l'avais prévenu de se débrouiller. Chacun sa merde.

Le calme revient quelques minutes, avant d'être à nouveau rompu par mon portable. Je m'apprête à l'éteindre, mais le numéro qui s'affiche n'est pas le même. Et celui-là, je ne peux pas l'ignorer.
– Tout va bien ? je demande immédiatement en baissant le son du combiné pour que Gin ne puisse rien entendre.
– Je sais que tu as beaucoup de travail, mais est-ce que tu peux venir, s'il te plaît ?
– Qu'est-ce qui se passe ?
– Pas par téléphone, je préfère que tu viennes.

Je lance un regard de biais à Virgin qui continue à s'intéresser au paysage qui défile. Je réfléchis à un endroit sûr où je pourrais la déposer, hors de question qu'elle vienne avec moi. *Fait chier, ça tombe vraiment mal !*

– Allô ?

– J'arrive.

Je coupe la communication et jette mon téléphone sur la banquette arrière.

– Merde ! je fulmine en tapant sur mon volant.

Ma poitrine me lance, je ravale un grognement douloureux.

– Un problème ?

On a déjà trop avancé et je perdrais du temps à la ramener chez Tara ou Garett. Et vu la tentative de rapt à laquelle on vient juste d'échapper, pas question de la laisser ailleurs.

– Je dois faire un détour. Ce sera pas long.

– Où ça ?

– Ça ne te regarde pas.

– Bien sûr, quelle question !

Je roule encore vingt bornes avant de me garer volontairement à trois pâtés de maisons de ma destination.

– Tu ne bouges pas de là, je l'avertis en me tournant vers elle. Sous aucun prétexte, compris ?

Elle mime un salut militaire qui me met les nerfs et regarde droit devant elle.

– C'est joli par ici, elle commente en détaillant les environs. C'est propre, sans être chic.

– Ouais, c'est ça…

Je sors de la voiture, claque la portière et la verrouille pour qu'elle ne puisse pas en sortir. Avant de partir, je lui adresse un dernier regard menaçant. Elle lève son pouce et me sourit de toutes ses dents. Je suis presque sûr qu'elle l'a immédiatement remplacé par un fuck, mais j'ai tourné la tête trop vite pour en être certain.

Je cours sur le trottoir, en tout cas j'essaie malgré la brûlure qui fuse sous mes pansements. Je contourne des rangées de maisons et m'engouffre finalement dans un jardin que je connais trop bien.

Je prends le temps de respirer pour chasser de mon visage ma grimace de souffrance et ouvre la porte d'entrée à la volée. Dans ma précipitation, je manque de m'enfoncer dans un petit corps et une assiette débordante de saucisses.

– Le voilà ! elle s'exclame tout sourire.

– Un problème avec Abby ? je démarre sans la saluer.

– Abby va très bien.

– Quoi ? Je ne comprends pas. Pourquoi tu m'as appelé, dans ce cas ?

Je la regarde froncer les sourcils et se rapprocher, le regard menaçant.

– Parce qu'il te faut un cas d'urgence pour venir voir ta mère, espèce d'ingrat ?

Je serre les dents, ravalant mes nerfs à vif.

– Non, mais j'ai du travail et tu aurais pu me prévenir avant.

– C'est l'anniversaire de ton frère ! elle s'indigne en avançant vers la cuisine.

Je me raidis, pas assez discrètement pour qu'elle ne s'en rende pas compte.

– Je ne sais pas ce qu'il se passe entre vous, mais plus moyen de vous avoir tous les deux sous mon toit en même temps ! Alors système D.

– C'est horrible de faire ça ! J'ai flippé !

– Tu essaies de me faire culpabiliser ?

– Putain, oui !

– Ton langage, jeune homme ! Et puis tu sais quoi, ça m'est égal, mission accomplie !

Quoi ?

Elle s'écarte et la silhouette que je reconnais derrière elle me tord le bide.

– Salut frangin.

Putain de merde !

– Elle m'a fait le même coup, il balance d'une voix sourde. Si t'avais répondu à mes appels, j'aurais pu t'épargner la fête familiale…

Je le dévisage, partagé entre l'envie de lui mettre mon poing dans la gueule et celle de sortir d'ici.

– Une fête ? j'articule avec horreur.

Il hoche la tête vers la porte-fenêtre qui donne sur le jardin derrière la maison et je me décompose.

– Mais je ne peux pas rester…

– Allez mes chéris ! s'extasie ma mère en nous forçant à avancer vers les invités. Surprise !

Il semblerait que cette semaine soit dédiée aux guets-apens en tout genre… Je me laisse entraîner vers la foule qui discute dehors, sans cesser de penser à Virgin qui attend – je l'espère – sagement dans la voiture.

– Si on se démerde bien, on sera partis dans une heure, souffle mon frère dans mon oreille.

Vu mon karma actuel, je préfère ne pas trop y croire. Surtout avec Gin dans les parages.

CHAPITRE 5

Cadence

Je regarde Mas disparaître dans le rétroviseur intérieur et je l'insulte si fort que tous les voisins doivent m'entendre. Il est déjà au bout de la rue, sourd aux malédictions que je lui balance. *Connard !* Le pire, c'est que je me fais malgré tout du souci pour sa blessure. Il ne devrait pas bouger autant.

Je laisse mes yeux parcourir les alentours, en me demandant ce que nous pouvons bien faire ici. *Il a eu l'air si bizarre après son coup de fil...* Le quartier n'est pas riche, il ne ressemble pas aux endroits habituels que fréquente mon tuteur.

J'essaie de me concentrer sur les maisons qui bordent la rue, mais mon esprit repart vers Mas. J'ai beau tenter par tous les moyens de cultiver ma colère contre lui, je suis incapable de ne pas visualiser son corps nu contre le mien. Pour cause, les spasmes qui grouillent dans mon ventre me rappellent sans cesse ce qui a explosé en moi ce matin. C'était déjà là auparavant, mais je n'avais pas voulu saisir. Le comprendre m'a fait reculer. Pour la première fois, le coup d'arrêt est venu de moi. Car ce qui était en train de grossir entre nous n'avait rien à voir avec l'attirance sexuelle qui crépite habituellement. Non, c'était bien plus que ça.

Dans cette salle de bain qui a vu naître une nouvelle moi il n'y a pas si longtemps, j'ai dangereusement penché dans une direction que je n'avais pas imaginée. Du coup, dans la voiture, j'ai volontairement orienté la discussion vers Oncle Bobby. Histoire de le braquer et de ne pas oublier ce que je suis venue faire ici. Pour me rappeler que Mas n'est qu'une porte d'entrée vers Ingrid et certainement pas un passage vers quelque chose d'autre.

Je me répète ça encore et encore, en essayant de justifier les battements violents de mon cœur par le contrecoup de sa blessure. J'ai flippé, voilà tout, j'ai eu peur qu'il meure devant moi lui aussi, sans que je ne puisse rien faire pour le sauver. Ce que j'ai ressenti pour lui ce matin vient juste du soulagement qu'il soit en vie. Absolument pas du fait que je sois amou…

– Hey, mais c'est la voiture du cousin, les gars !

Je sursaute et me tourne vers le trottoir. Trois jeunes sont en train d'avancer vers moi en riant. Quand ils s'arrêtent à ma hauteur et que l'un d'eux frappe au carreau, je reste prostrée, à les fixer.

– Eh oh !

Je fais non de la tête comme s'ils cherchaient à nettoyer mon pare-brise et me renfonce dans mon siège.

– T’es venue avec Tom ? insiste l’un deux en me faisant des signes de la main.

Hein ?

– T’es sûr que c’est sa caisse, mec ?

– Carrément !

– Hey poupée, pourquoi t’attends dans la voiture ?

Ces gamins n’ont rien de dangereux et je finis par descendre doucement la fenêtre.

– Salut… je bredouille en affichant un sourire gêné.

– T’es avec Tom ?

– Qui ?

Tom ? Est-ce qu’il parle de Master, là ? Après tout, ce n’est sûrement pas son vrai nom…

– Pourquoi tu attends dans la caisse ?

– Il m’a dit qu’il en avait pour une minute, je réponds en tripotant ma frange.

– Alors ça, c’est impossible ! s’esclaffe un petit brun. Un anniversaire chez les Harper, ça dure toujours une plombe !

Ok, je suis complètement larguée.

– Allez viens ! C’est bien la première fois que je vois une nana accompagner mon cousin !

– Je vais l’attendre là…

– Oh sérieux ! Tout le monde est déjà là-bas !

Mas m’a demandé de rester sagement dans la voiture et de n’en sortir sous aucun prétexte. Et même si c’est tentant – très tentant – de suivre ces trois gosses rieurs, il vaut mieux que je ne lui désobéisse pas. Surtout après mon coup foireux. Je m’estime déjà heureuse qu’il se soit calmé si vite.

Mais en même temps, ils ont largement aiguisé ma curiosité. Est-ce que Mas a fait ce détour pour se rendre chez lui ? Après tout il m'a bien suivie jusqu'à chez moi, je ne vois pas pourquoi je ne pourrais pas en faire autant... *Peut-être parce qu'il risquerait de t'étrangler en te voyant rappliquer ?*

On vient à peine de se rabibocher, je ne vais pas encore tout faire foirer. Hors de question de revivre une nouvelle séparation.

– Je vais l'attendre ici, je répète en leur adressant un au revoir de la main.

Le plus proche hausse les épaules et je les écoute rire jusqu'à ce qu'ils disparaissent au coin de la rue. Je regarde alors plus attentivement les alentours, le cerveau tout embrouillé. Merde, avec tout ce que Mas m'inspire, surtout depuis ce matin, ce n'est vraiment pas le moment de me poser des questions sur lui. Et encore moins sur celui qu'il est en dehors de ce tuteur renfermé. C'est plus facile de refouler mes sentiments grandissants en les heurtant à la seule facette de Mas que je connais vraiment.

– Re-bonjour !

Je fais un bond sur mon siège et tords mon ongle contre ma paume. Le même jeune que tout à l'heure est là, seul, cette fois, et à force de le voir me supplier d'ouvrir ma vitre, je m'exécute.

– Je suis revenu te chercher, il balance avec un grand sourire.

– Je t'ai déjà dit non, il me semble.

Il essaie d'ouvrir la portière, mais Mas m'a enfermée. Alors même si je le voulais, je ne pourrais pas la déverrouiller de l'intérieur.

– Ouvre ! Cette fois c'est ton mec qui m'envoie !

– Bien sûr !

– Je te jure ! Il m'a dit que tu pouvais venir le rejoindre. Que c'était pas prudent de te laisser seule dans ce quartier.

Je regarde la rue déserte, dubitative.

– La voiture est verrouillée, je l'informe alors, en tirant sur la poignée pour illustrer mes dires.

– Cet abruti a oublié de me filer ses clefs, il lance avec un sourire. Heureusement, c'est pas un problème ! il ajoute en me faisant un clin d'œil.

Je l'observe fouiller dans son sac à dos, se mettre à genoux devant la portière, et avant que j'aie le temps de me détacher, j'entends un *clac* résonner dans l'habitacle.

– Et voilà ! il annonce fièrement. Suis-moi, maintenant, il nous attend.

Je fais la grimace. Ce gamin vient de forcer la serrure, difficile de croire que je peux lui faire confiance.

– Allez viens, il insiste en me tendant sa main. J'y suis pour rien s'il préfère garder un œil sur toi. Apparemment t'es du genre à t'enfuir à la moindre occasion !

Il se marre et je le fusille du regard. *Ok, là, aucun doute possible, c'est bien Mas qui l'envoie.*

Je sors d'un pas encore hésitant, scrute de droite à gauche comme si Mas se tenait prêt à fondre sur moi en hurlant « j'ai dit "pas bouger" ! ». Mais il n'y a personne.

– Tu fais ça souvent ? je l'interroge en pointant son sac du doigt.

– J'vois pas de quoi tu parles…

Je l'écoute à peine me parler pendant que nous marchons jusqu'au croisement où Mas a disparu tout à l'heure. On tourne encore deux fois dans des contre-allées et quand un bruit de rires et de musique s'élève soudain, je doute.

– T'es sûr qu'il t'a dit de venir me chercher ? je m'inquiète en foulant une petite allée soignée.

Il sourit sans me répondre et me tire par la main pour me faire monter sur un perron fleuri.

– Hey attends, je…

– On est là ! il hurle soudain dans une maison vide.

J'essaie de lui faire lâcher prise, sans succès. Et la seconde d'après, je me retrouve propulsée au beau milieu d'une foule qui mange et boit. Enfin c'est ce qu'ils faisaient, avant de tous se figer et de me dévisager comme si j'étais un ovni venant tout juste de débarquer.

– Regardez qui j'ai trouvé ! s'écrie ce petit con en me poussant en avant.

Je croise des regards curieux. Tous, sauf un, pour dire vrai. Alors je comprends instantanément que ce gamin de mes deux vient de me jouer la comédie. Mas ne lui a jamais demandé de venir me chercher. Sinon, pourquoi est-ce qu'il me fixerait avec une haine tout juste dissimulée ?

Pantoise, je valse d'un pied sur l'autre en tirant sur ma chemisette et ma jupe bien trop courte pour une occasion si… familiale ? Je n'ai jamais participé à ce genre de réunions mais sur ce coup, je n'ai aucun doute.

– Qui est-ce ? j'entends certains murmurer.

– Putain de merde !

Comme un grondement de tonnerre, je perçois le timbre de Mas se détacher des autres pour venir exploser dans mon tympan. Je crois qu'il n'y a que moi qui l'aie entendu, comme si ce ton menaçant n'était destiné qu'à une seule personne. En fait c'est exactement ça, une espèce d'ultrason mutant que je suis la seule à mériter. Je me sentirais presque flattée, si des doigts ne venaient pas de s'enrouler douloureusement autour de mon poignet.

– Sors d'ici, il grogne dans mon oreille.

Il s'est approché si vite que la surprise me fait reculer. Au lieu de le suivre, je me retrouve à buter dans quelqu'un.

– Qu'est-ce qui se passe ? demande une voix de femme dans mon dos.

– Elle attendait dans la voiture de Tom, tante Carol, explique ce traître de gamin. Je n'allais quand même pas la laisser là-bas.

– Tommy ?

J'attends que le gosse continue son explication, persuadée que c'est à lui que la femme s'adresse encore.

– Quoi ?

Je pivote instantanément vers Mas, qui vient de prendre la parole.

– Tu as laissé ta copine dans la voiture depuis tout à l'heure ?

– C'est pas ma copine.

Je ne me suis toujours pas retournée vers celle avec qui il parle. Je suis bien trop concentrée pour ne pas rire devant le visage crispé et furieux de mon tuteur. *Est-ce que cette femme vient réellement de l'appeler…*

– Tommy ? j'articule doucement en cherchant ses yeux.

Il fixe un point au-dessus de ma tête et je vois bien qu'il lutte pour ne pas croiser mon regard.

– C'est juste une collègue de travail, il balance en tirant sur mon bras, espérant faire cesser mon ricanement.

– Enchantée, j'entends derrière moi.

Je me dégage d'un mouvement sec et me retourne aussitôt vers celle qui parle dans mon dos depuis tout à l'heure. *Un peu de politesse, tout de même !*

J'entends Mas jurer dans sa barbe au moment où je croise deux iris absolument identiques aux siens.

– Je suis Carol, elle enchaîne tout sourire. Je suis désolée que ce bougre de Thomas soit si peu accueillant.

– Je ne vous le fais pas dire, je pouffe sans pouvoir me retenir. Je suis Cadence, et je m'excuse de m'imposer ainsi dans votre repas de famille. Je vais retourner dans la voiture.

– Certainement pas ! Ne soyez pas désolée, il y a de la place pour vous ici ! Ce n'est pas tous les jours que Tommy nous ramène une fille à la maison !

– Je n'ai pas ramené de fille à la maison ! s'emballe Mas en m'éloignant d'elle. On était en train de bosser quand tu m'as appelé ! D'ailleurs on va y aller, il conclut en enfonçant ses doigts dans ma peau encore plus fort.

– Pas avant d'avoir mangé un morceau, fiston, elle rétorque en l'affrontant du regard.

Elle lui arrive à peine au menton, et pourtant, je jurerais que Mas vient de perdre quelques centimètres face à son ton tranchant.

Carol me sourit et je ne peux que faire de même en retour. Cette femme est magnifique, c'est étrange de voir ces traits presque familiers être si chaleureux. Je dévisage alors Mas, qui lui ressemble beaucoup. Je ne l'ai jamais vu sourire et ce constat m'attriste.

Je me laisse entraîner par sa mère, qui me présente à tous ceux que nous croisons. Bon sang, en moins de cinq minutes, je viens de plonger dans un univers parallèle dans lequel toute la famille de Master m'accueille à coups d'immenses sourires. *Un truc de dingue.*

Mes yeux repartent sans cesse vers le seul qui fait la gueule. Je me sens presque gênée d'entrer ainsi dans son intimité. Pourtant, un autre sentiment fait très vite irruption : celui de me rapprocher de cet homme dont je n'aurais jamais cru vouloir connaître les secrets.

À mesure que je découvre cette partie de lui, une soif intarissable me prend à la gorge. Je veux savoir qui est ce Thomas. *Thomas*, c'est trop bizarre d'entendre les gens l'appeler comme ça. Il prend subitement une autre dimension pour moi et c'est loin d'être une bonne chose. Parce que si je peux trouver des excuses en béton pour empêcher mon cœur de s'emballer pour le tuteur, difficile de le convaincre que son alter ego est tout aussi hors de portée.

– Je te l'emprunte une seconde, maman, il intervient tout à coup en me traînant à sa suite.

Il me fait entrer dans une petite cuisine, me pousse contre l'îlot central et pose ses mains autour de moi.

– Je t'avais dit de rester dans la voiture, il siffle menaçant.

Il ferme les yeux, je comprends que sa plaie lui fait mal.

– Je suis désolée. Ce mec là-bas, je lui indique en montrant le jeune homme qui m'a emmenée ici, m'a fait croire que tu l'avais envoyé me chercher.

– Et tu l'as cru ?

– Ben oui…

Sa bouche se tord et il tourne la tête sur le côté en inspirant bruyamment.

– Je ne veux pas de toi ici.

Ma poitrine reçoit ses mots comme un coup de couteau. Je le sais dans le fond, mais l'entendre le dire provoque en moi une piqûre douloureuse.

– Personne ne sait ce que tu fais de ta vie, pas vrai ? je chuchote en essayant de capter son regard.

Je ne cherche pas à le juger, mais il se met à me regarder comme si je le faisais.

– Va-t'en…

– Je ne ferai pas de bourde, t'en fais pas…

Je m'apprête à lui rétorquer que je vais retrouver le chemin de sa voiture comme une grande fille, quand un homme apparaît dans mon champ de vision, juste derrière lui. En me voyant relever la tête, Mas se retourne aussi doucement qu'un prédateur pris en flagrant délit de mise à mort et se crispe.

– Dégage, il crache en dévisageant le géant blond.

Il doit faire facile deux mètres de haut et sa musculature me pique les yeux. Soit ce type avale de la poudre protéinée tous les quarts d'heure, soit c'est un guerrier tout droit sorti d'*Avengers*.

– Je voulais le voir pour le croire, raille l'intéressé en me scannant de ses yeux noirs. Quand Luke m'a dit qu'une fille était là avec toi, j'pouvais pas la louper.

Il s'avance alors vers nous et me tend une énorme main tatouée.

– Je suis Victor. Thomas est mon frère, il annonce d'une voix traînante. Mais appelle-moi Thor, c'est sous ce nom-là que le Round me connaît.

Je m'étouffe avec ma salive et secoue la tête dans un réflexe de sauvegarde mentale. *J'ai bien compris, là ? Le frère de Mas connaît le Round, ce qui veut dire que…*

– T'es un tuteur toi aussi ?

– Oui madame ! Et toi une pute, j'imagine ?

Sa remarque est vraiment désobligeante, mais je suis trop concentrée sur son surnom pour m'en soucier. Et comme chaque fois que c'est le bordel dans ma tête, je ne peux pas m'empêcher de balancer la première chose qui me passe par l'esprit.

– Thor, sans déconner ? je rétorque alors.

– Comme Mentor, ouais, il ajoute en plissant les yeux.

– Dans la famille ego surdimensionné, je demande le frère ! je lâche sans filtre.

Les bras de Mas viennent de se refermer sur mon corps et le regard de Thor s'est embrasé. *Thor, putain de merde ! Même si ça colle parfaitement à son apparence, c'est absolument ridicule !*

– Et pour ta gouverne, je suis une pute vierge ! j'ajoute au lieu de me mordre la langue. Ce qui annule de ce fait cette conclusion vraiment, vraiment grossière !

J'ai à peine le temps de finir ma phrase et de reprendre mon souffle qu'il éclate de rire. Je regarde ses épaules se secouer un long moment, si long que j'en viens à fredonner une petite mélodie d'ascenseur dans ma tête.

– Où tu l'as trouvée celle-ci ? se moque Victor en étouffant les restes de son rire.

– À la pioche…

– Je croyais que personne n'était au courant de ta double vie, ici ? j'interroge Mas.

– Il est le seul… il grommelle en se reculant d'un pas. Tu m'attends là, Gin, il articule ensuite sans le quitter des yeux. Je suis sérieux.

Il s'écarte avec humeur et entraîne son frère à l'extérieur. Je reste figée, abandonnée dans cette cuisine qui sent bon le soufflé au fromage. *J'ai atterri dans un univers parallèle, y a pas à dire.*

– Tu t'es perdue ?

Un autre garçon vient d'entrer et je lève les yeux au ciel. Il est plus jeune que les deux autres, mais encore une fois, son visage et sa voix ne me laissent aucun doute sur la génétique.

– Un troisième frère ! je m'exclame en joignant mes mains.

Physiquement, c'est un savant mélange entre Mas et Thor. Là où l'un est brun foncé et l'autre blond comme les blés, lui est châtain clair. Et sa carrure aussi est pile au milieu. Seules les lunettes qui trônent sur son nez lui donnent un air geek unique. Je suis sur le point de lui demander si lui aussi a un petit surnom prétentieux, genre Fab-uleux ou Mag-nifique, mais je me retiens à temps.

– Je n'ai rien à voir avec eux, il lâche avec sérieux.

– Donc tu es aimable et serviable ? je réplique en souriant.

– Absolument !

Quel menteur, son visage est aussi antipathique que celui de Master. Merde, avec une mère pareille, comment les trois fils peuvent-ils être si hargneux ? Je suis curieuse de rencontrer leur père.

– Je suis Luke, il poursuit en me détaillant de haut en bas. C'est la première fois que Thomas amène une fille ici…

– Blablabla, j'ai compris ! Je ne suis pas sa meuf, ok. Alors on arrête ces petits regards étonnés !

– Je ne parle pas d'une petite amie, il poursuit pincé. Je parle d'une de ses prostituées.

Je m'étrangle avec le radis que je viens de piquer dans un bol oublié là.

– Alors t'es au courant, toi aussi ?

Il me fixe un instant avant de fermer les yeux.

– Donc je ne me suis pas trompé… il murmure en secouant la tête.

Merde de merde, si c'était un test, je viens de me vautrer misérablement. Bien joué, stupide créature !

– T'en fais pas, il reprend d'un air qui se veut rassurant. Je sais ce que mes frères font, même s'ils ne se doutent pas une seule seconde que je suis au courant.

Je crois qu'il va continuer à me parler, mais il ressort par la véranda sans ajouter un mot.

– Ok…

– Gin !

Je fais volte-face vers un Mas de retour, plus furieux encore que lorsqu'il m'a laissée cinq minutes plus tôt. Il est pâle et la racine de ses cheveux est humide. Impossible de savoir qui de sa blessure ou de moi le met dans un tel état.

– Écoute-moi bien, on va aller dire au revoir à ma mère, il démarre en m'arrachant un petit-four des mains. Tu vas te contenter d'un de tes sourires niais dont tu as le secret. Rien de plus.

– Pas de problème ! je réplique en lui montrant mes dents.

– On aura une petite conversation ce soir, toi et moi, il me menace avant de me montrer le jardin d'un signe de tête. Putain, c'est un cauchemar, il souffle en sortant.

Je trottine pour ne pas le laisser me distancer, avant de me prendre son dos en pleine figure.

– Pourquoi tu t'arrêtes ? je maugrée en me frottant le nez.

– Vous n'allez pas partir maintenant ! s'exclame sa mère contrariée. Abby vient juste de se réveiller !

Je perçois très nettement les épaules de Mas s'affaisser et je le sens reculer d'un pas, tandis que mon cerveau essaie de faire resurgir un souvenir lié à ce prénom.

– Abby ? je demande à voix haute.

– Oui, répond Carol en m'adressant un sourire plein d'amour. La petite sœur de Thomas.

Je croise les prunelles orageuses de Mas au moment où le déclic se fait dans mon esprit. Abby, quatre lettres dorées ornant un bracelet. Celui de la jeune fille dont les portraits décorent la chambre à coucher de mon tuteur.

Je le sens se tendre, s'affoler, pour la première fois depuis que je le connais. Mais je suis trop accaparée par la petite brune qui vient d'apparaître au bout du jardin. Elle ne ressemble pas du tout à l'adolescente représentée sur les tableaux que j'ai pu admirer. Elle est bien plus jeune, peut-être sept ans tout au plus, et elle semble minuscule dans son fauteuil roulant.

CHAPITRE 6

Mas

Je contrôle chaque aspect de ma vie. Depuis que j'ai choisi d'entrer au Round avec un objectif bien précis, je n'ai jamais laissé quiconque pénétrer mon esprit. Personne n'a été en mesure de voir au-delà du Master froid et ambitieux. Personne, hormis Virgin. Et le pire, c'est qu'elle ne le fait même pas exprès. Depuis le premier jour, elle se retrouve sans cesse à frôler de sa main inexpérimentée la frontière de mon âme. Et aujourd'hui, elle vient de fracasser à coups de pied le rempart pourtant épais que j'ai érigé entre mes deux vies. Celle que je poursuis au Round et celle que je préserve ici. Chez moi. Avec Abby. Pour Abby.

J'aimerais attraper Virgin par la taille, la balancer sur mon épaule et la faire sortir d'ici. Je pourrais même lui jeter de la terre dans les yeux, ou bien tirer sur sa frange pour qu'elle recouvre son visage tout entier. N'importe quoi pour ne pas qu'elle la voie. Je refuse qu'elle comprenne pourquoi je fais ça. C'est là que je puise ma force, et donc toute ma faiblesse.

Mais je suis figé, à regarder impuissant ma petite sœur nous rejoindre. Son fauteuil roulant poussé par mon plus jeune frère, elle se rapproche inexorablement de nous.

Quand elle est presque à mes pieds, je jette un coup d'œil de biais à Gin. Histoire de voir cette expression que je lis sans cesse sur les personnes qui rencontrent Abby pour la première fois. Une enfant en fauteuil roulant, une petite fille dont le visage magnifique ne sait pas cacher sa différence aux yeux des autres. Je ne l'ai jamais vue ainsi, je l'aime comme n'importe qui, même plus encore, mais les étrangers n'agissent jamais de cette manière. Même certains membres de ma famille ne savent pas la regarder autrement qu'avec pitié. Et je les hais pour ça.

– Cadence, voici Abby, annonce ma mère avec ce sourire dont elle ne se défait jamais.

Malgré les difficultés liées à la maladie de ma sœur, ma mère n'a jamais montré une once de peine, de regrets ou de colère. Je la respecte tellement pour ça.

Je me crispe en observant les yeux de Virgin revenir sur Abby. Elle réfléchit, amorce un pas vers elle, avant de se rétracter. *J'en étais sûr.*

– Pardon, est-ce que je peux ?

Je relève la tête en l'entendant s'adresser à ma mère.

– Mais bien sûr, Cadence ! Pas besoin de demander !

– Qu'est-ce que tu fais ? je m'interpose alors que Gin avance à nouveau vers ma sœur.

– Thomas, arrête de jouer au grand frère protecteur, veux-tu !

– Je voulais juste me présenter, murmure Virgin en me regardant d'un air désolé.

Je recule, surpris et décontenancé.

– Mais si tu refuses, je comprendrais.

Je sais ce qu'elle veut dire. Elle a compris qu'elle est en train de s'approcher d'une partie de moi sur laquelle elle n'a aucun droit. Je voudrais lui dire non, lui demander de reculer plus loin que les limites de ma maison. De s'éloigner de *moi*.

– Mais enfin, jamais de la vie ! s'exclame ma mère en me faisant les gros yeux. C'est juste que Thomas n'a pas l'habitude de voir des étrangers s'intéresser à Abby !

– Pourquoi ça ? elle lui demande visiblement étonnée.

– Tu vois bien pourquoi, je lance d'un ton las.

Je ne réalise même pas combien cette situation est intolérable. Virgin ne doit pas s'approcher de ma sœur, ce sont deux mondes qui ne doivent jamais entrer en collision.

Pourtant, à mesure qu'elle se rapproche d'Abby, je retiens mon souffle pour faire ralentir les battements de mon cœur.

– Salut la miss ! elle lance en même temps qu'un sourire magnifique.

J'attends la réaction qu'elle aura en se rendant compte qu'Abby ne parle pas et je sais que les autres sont comme moi. Suspendus à son visage qui va forcément se modifier dans quelques secondes. Sauf que je me trompe.

– Je m'appelle Cadence et je suis très contente de te rencontrer ! J'adore les enfants, ça m'a drôlement manqué de ne plus en côtoyer !

Alors que je crois être au bout de ma stupeur, je dégringole un peu plus. Gin vient de passer ses bras sous ceux de ma sœur et la tient à présent contre elle, maintenant sa tête comme si elle savait quoi faire.

– Dis bonjour, Abby, souffle ma mère, qui semble aussi surprise par l'attitude de Virgin.

J'observe Gin bouger la tête pour essayer de croiser le regard fuyant de ma sœur.

– Waouh ! elle lâche soudain, alors que leurs prunelles se captent enfin. Tes yeux sont surprenants ! Je n'en ai jamais vu de si beaux et de si profonds ! Tu ne devrais pas t'appeler Abby, mais Abysse, elle conclut en souriant sincèrement.

Je sens les regards de ma mère et de mes frères se poser sur moi au moment où Virgin prononce ces mots. *C'est impossible…*

– Quoi ? elle s'inquiète en remarquant que toute notre attention est fixée sur elle.

– Rien, répond ma mère en me serrant le bras. C'est juste que la seule personne à l'avoir toujours surnommée ainsi, c'est Thomas.

– Oh d'accord.

Le sourire qu'elle m'adresse alors atteint mon cœur sans retenue. Et quand je parle de mon cœur, c'est celui que j'avais moi-même oublié. Volontairement mis de côté. Bordel.De.Merde.

– Venez manger une part de gâteau, propose ma mère en me tenant par la main.

Elle m'entraîne vers des chaises installées plus loin et je manque de trébucher à force de fixer Gin avec insistance. Celle-ci tient toujours ma sœur dans ses bras et lui chuchote des mots que je ne saisis pas.

Quand elle s'assoit en maintenant Abby contre elle, je tire sur mon col pour chercher de l'air.

– Tu peux la poser, si tu veux, je lui propose d'une voix rauque.

– Elle ne me gêne pas ! Mais si c'est mieux pour elle, je peux la remettre dans son fauteuil.

– Abby a l'air ravi, s'extasie ma mère en les regardant toutes les deux. Tu aimes les enfants, ça se voit !

– Beaucoup, avoue Gin en me regardant bizarrement.

– Tu as eu des frères et sœurs toi aussi, n'est-ce pas ? Ça se ressent dans ta manière d'être.

– Oui et non.

Virgin hésite, elle me regarde à nouveau et ne sait pas si elle doit poursuivre. Puis quelque chose dans mes yeux doit la faire changer d'avis car elle se racle la gorge et reprend :

– J'ai vécu dans un foyer à partir de l'âge d'Abby à peu près. Alors oui, j'ai eu un tas de frères et sœurs, d'une certaine manière.

– Oh ma chérie, tu n'as jamais connu tes parents ?

– En fait, si. Seulement ma mère.

– Je n'ai jamais compris comment on pouvait abandonner ses enfants, s'indigne ma mère en enfonçant son couteau dans le gâteau.

– Elle est morte, lâche Gin d'une voix douce.

– Oh mon Dieu, je suis désolée ! Quelle idiote, j'ai parlé trop vite.

– Ce n'est pas grave, Carol, je vous assure.

J'assiste à un spectacle qui me prend si fort aux tripes que je refuse l'assiette que me tend mon frère. Je suis en train de me prendre en pleine poitrine les confidences de cette fille. Je réalise avec un mélange d'amertume et de surprise que je suis heureux d'en apprendre davantage sur cette nana mystérieuse.

– Bref ! Je viens de plomber l'ambiance, là !

Elle éclate de rire, ce qui a le mérite de rompre le silence.

– Moi et mes questions, aussi ! s'excuse ma mère. Et sinon, vous travaillez ensemble depuis longtemps ?

Je sens le regard gêné de Gin chercher une réponse sur mon visage.

– Seulement depuis quelques mois, j'élude en jouant avec les doigts de ma sœur.

– Tu dois avoir une sacrée patience pour supporter mon fils, lance ma mère avec un petit clin d'œil complice.

– Ah ça oui, s'esclaffe Gin en relâchant la pression. Quand je vous vois, je me demande bien de qui il tient son caractère !

– De son père, bien sûr !

– Maman… je l'avertis en lui adressant un regard noir.

– Les absents ont toujours tort, mon chéri.

Virgin nous regarde tour à tour et je lui envoie des menaces mentales pour lui interdire de s'étaler davantage sur ce sujet. Mon père est mort, dans ma tête du moins, et Gin en sait déjà bien trop sur moi.

– Viens là, Abby.

Je me suis redressé pour éloigner la sensation dérangeante qui s'étend en moi, mais quand je me penche sur Virgin pour attraper ma sœur, son parfum me donne le vertige. Pire, le regard doux qu'elle m'offre m'achève, si bien que je ne ressens plus les élancements de ma blessure.

Je me rassois rapidement et serre entre mes bras celle qui compte plus que quiconque.

– Il fait drôlement chaud ici, murmure Virgin en se faisant de l'air avec sa main, avant de relever sa frange humide pour s'essuyer le front.

– Waouh, ça c'est de la cicatrice ! s'exclame l'un de mes cousins qui s'est approché. Tu t'es pris un pare-brise ou quoi ?

– Brice, enfin !

Je rigole en voyant ma mère lui jeter sa fourchette en plastique dessus. Elle a visé sa bouche.

– Oh, ça ? répond Gin sans se vexer. C'est Mike !

– Mike ? T'as donné un nom à ta cicatrice ?

– Mais non ! Elle rit en passant un doigt sur la marque rosée. Mike, c'est celui qui me l'a faite.

– Comment ça ? C'était au foyer ? s'inquiète ma mère comme si Gin était sa nouvelle meilleure amie.

– Oui, elle acquiesce en buvant une gorgée de jus de fruits. Apparemment il était fou amoureux de moi et disons assez… entreprenant. Il a cru que me fracasser sa bière sur le crâne me ferait tomber raide dingue de lui.

– Tu rigoles ? je m'entends lui demander.

Je ne sais pas pourquoi j'ai parlé, mais l'imaginer se faire ouvrir le crâne en deux par un enfoiré de frustré m'a filé les nerfs.

– Je suis tombée raide au sol, c'était presque gagné !

Elle ricane, mais je sens bien qu'il y a davantage derrière son sourire de façade.

– Et qu'est-ce qu'il a fait après ?

– Quelqu'un l'a surpris juste à temps. Il a changé de foyer et je ne l'ai plus jamais revu.

– Tu ne t'es pas vengée ? je rétorque surpris par son ton détaché.

– Non, elle se contente de répondre en haussant les épaules. Je peux avoir encore du gâteau, Carol, s'il vous plaît ?

Je comprends qu'elle cherche à changer de sujet et c'est tant mieux. J'ai besoin de souffler.

J'embrasse les cheveux de ma sœur, la repose dans son fauteuil et m'éloigne à grands pas vers le côté opposé du jardin. J'étouffe, cette situation m'oppresse et je me vois déjà insulter le premier pigeon qui viendra voler près de moi. J'ai besoin d'être seul, pour démêler le bordel que Gin est en train de mettre dans ma tête. Putain, cette fille est chiante. Ouais, méga chiante. Elle réussit toujours à me faire me poser mille questions à son sujet. Elle me retourne la tronche sans même le faire volontairement. Pire, elles s'y mettent à deux. Je n'avais d'intérêt que pour Virgin, mais depuis qu'elle sourit à ma famille comme si cet après-midi était le plus normal au monde, je me retrouve confronté à l'autre fille qui n'était pourtant pas si bien cachée. *Cadence*.

Fait chier, ce prénom est magnifique. Ce n'est pas la première fois que je l'entends, mais j'ai pourtant l'impression de le découvrir aujourd'hui. Il est original, aussi unique que cette fille. Je devrais le tenir loin de mes pensées, mais au lieu de ça, je ne fais que me le répéter en boucle. *Cadence, Cadence, Cadence.*

Je déteste cette journée. Je croyais avoir peur de la voir s'introduire dans ma vie et, en définitive, c'est moi qui suis terrifié à mesure que je m'introduis dans la sienne. Parce que je sais déjà que je n'en sortirai pas indemne. Chaque fois que je pose mon regard sur elle et que les barrières que je m'impose deviennent transparentes, je perds pied. Le pire, c'est que j'aime ce sentiment autant que je le hais.

CHAPITRE 7

Cadence

Mas s'est éloigné, et je ne parle pas seulement du fait qu'il soit appuyé contre le porche à l'autre bout du jardin. Non, Mas s'est éloigné dès que je l'ai rejoint dans cette maison. Et celui qui le remplace est… *Bon sang, il est parfait.*

Il ne m'a pas vue l'observer à la dérobée, pendant qu'il caressait les cheveux de sa sœur, ou alors qu'il souriait discrètement à sa mère. Il n'a pas remarqué l'émotion qui est passée sur mon visage comme un nuage d'automne qui cache soudain le soleil. J'étais aveuglée par le tuteur et c'était parfait, plus facile pour me convaincre que ce que je ressens pour lui est une folie sexuelle passagère. Sauf que l'homme qui se tient derrière moi et qui me regarde quand il surprend mes coups d'œil, celui-là, je ne sais pas comment le repousser. *Thomas*. Je pourrais presque en rire si je n'étais pas si retournée.

– Il faut qu'on parte.

Je sursaute et renverse mon gobelet sur mes pieds. Sa main est posée sur mon épaule et je ferme les yeux malgré moi en sentant une chaleur se diffuser jusqu'à mon cœur.

– Merci d'être venu, mon chéri.

– Merci pour le guet-apens, il répond avant de serrer brièvement sa mère dans ses bras.

– Cadence, je suis enchantée de t'avoir rencontrée, elle enchaîne avec le même sourire.

– Moi aussi, Carol, merci de m'avoir reçue chez vous.

– Tu es la bienvenue, tu peux revenir quand tu veux. Je suis contente que mon fils travaille avec une fille comme toi.

Elle a prononcé le mot « travaille » sur un ton ironique et je lui souris. Moi aussi j'aime ça et ça devient impossible de le nier.

Je salue le reste des invités et détaille Mas pendant qu'il en fait autant. Quand vient le tour de dire au revoir à Thor, je ne peux pas m'empêcher de me demander ce qui cloche entre eux. La manière dont Master le regarde, sa poignée de main agressive, tout me laisse à penser qu'un problème profond existe entre eux. Thor doit sentir le poids de mes interrogations intérieures car il relève la tête au-dessus de celle de Mas et me fixe longuement. Ses lèvres bougent, mais je ne sais pas entendre ou lire ce qu'il est en train de dire.

Mon tuteur se retourne et les sentiments contradictoires que je capte dans son regard m'interpellent. Il adresse encore quelques paroles à son frère et me rejoint d'un pas lourd.

– Bouge-toi, Virgin, il grommelle en me dépassant.

Je trottine derrière lui, et une fois installée dans la voiture, je reste muette. Je ne sais pas quoi lui dire.

Je le sens tendu, exaspéré et différent. Il a démarré brusquement et passe les vitesses si fort que le levier va finir par lui rester entre les doigts. Je devine sans peine que mon irruption dans son nid familial est un sacré problème pour lui.

– Je suis désolée.

Ce sont les premiers mots qui me viennent.

– De quoi ?

– D'avoir été là, je murmure en me tordant les mains. Ici… c'est ta vie. Ton autre vie. Je n'avais rien à faire là.

– C'est vrai, il assène d'un ton plus fort.

– Ta mère est une belle personne et Abby…

– Stop !

– Abby est une petite fille magnifique, je poursuis malgré son avertissement.

– Gin…

– Je sais que tu n'as aucune confiance en moi, que tout ce qui nous relie est un accord professionnel éphémère. Mais je veux que tu saches que ce que j'ai vu ici aujourd'hui, je n'en parlerai jamais à personne. On a chacun nos raisons de faire ce que nous faisons et ça n'appartient qu'à nous.

Il lève la tête et ses yeux d'habitude si noirs semblent plus clairs. Ils brillent si intensément que ma gorge se serre.

– Si j'ai parlé de moi comme je l'ai fait tout à l'heure, c'est pour essayer de nous mettre un peu à égalité, j'ajoute en regardant mes pieds.

Il reporte son regard sur la route, silencieux.

– Elle est morte de quoi ? je l'entends soudain murmurer.

Je souris, parce que même si ce sujet est délicat, je suis heureuse que Master s'y intéresse. C'est la première fois qu'il cherche à en apprendre davantage sur moi. Et même si c'est sûrement juste pour en savoir autant sur moi que ce que j'en sais sur lui, je m'en fiche. Alors je scrute le ciel orangé qui s'étend devant nous, à la recherche de mes maux.

– On vivait seulement toutes les deux, je débute la gorge serrée. J'ai l'impression d'avoir quelques souvenirs de l'appartement, des odeurs qui remontent parfois, des couleurs. C'est idiot, mais j'aime bien y penser quand je perds un peu le nord. Dans le fond, c'est peut-être seulement une illusion que mon esprit a créée pour essayer de garder quelques bribes du passé, mais tant pis.

Je me tourne vers lui en sentant ses yeux dévier de la route vers mes cheveux. Je lui souris et mon cœur se contracte quand il me renvoie la même expression. C'est minuscule, presque invisible, mais je connais si bien son visage, maintenant, que je le remarque sans peine. Et dans cet échange silencieux, j'ai l'impression qu'on se comprend.

– On dormait toutes les deux dans son lit, certains trouvent ça bizarre, mais c'était notre cocon à nous, tu vois. Je me rappelle de l'apaisement et de la sécurité que je ressentais à ce moment-là. Enfin bref, chaque soir, elle me racontait une histoire de princesses. C'est dingue, je me souviens encore de la plupart d'entres elles. Ma mère devait aimer les contes de fées pour m'en bassiner à ce point, surtout ceux dans lesquels des princes charmants débarquent. C'est sûrement ce qu'elle devait espérer pour elle, j'en sais trop rien. Quoi qu'il en soit, j'attendais toujours le moment où il arrivait.

Je fais une pause. J'ai déjà raconté cette histoire à quelques personnes, mais c'est la première fois que je ressens un tel besoin de le faire. Une nécessité de déposer en Master une part de moi qu'il ne connaît pas. Je veux qu'il me comprenne, comme si c'était la seule manière de faire changer son regard sur moi. Je ne veux pas de sa pitié, juste qu'il voie une autre que Virgin. Pourtant, toute cette histoire est le point de départ de celle que je suis aujourd'hui. Virgin n'existerait pas sans ce qui s'est produit dans ce lit.

– Qu'est-ce qu'il s'est passé ?

– Blanche-Neige était ma préférée, je poursuis dans un demi-sourire. Jusqu'à ce matin-là du moins.

Il ne me regarde plus, trop concentré sur la route, mais je sais qu'il m'écoute. Je le vois à sa mâchoire qui se crispe alors qu'il attend la suite.

– Quand je me suis réveillée ce jour-là, elle a continué à dormir. Chaque fois que j'ai essayé de la réveiller, elle est restée inlassablement endormie.

J'avais à peine six ans, j'étais trop jeune pour réaliser ce qu'il se passait. Alors j'ai attendu un peu. J'étais une fillette plutôt sage et silencieuse, peut-être que si j'avais crié pour qu'elle me prépare mon petit déjeuner, quelqu'un m'aurait trouvée plus vite. Je me souviens être restée longtemps à la regarder, jusqu'à espérer que ce fichu prince vienne l'embrasser, pour qu'elle ouvre enfin les yeux. Mais ça ne se passe pas comme ça dans la vraie vie. Les princes charmants sont difficiles à trouver.

– Donc elle est… morte dans son sommeil ?

– Une rupture d'anévrisme, j'acquiesce en jouant avec le bouton de ma chemise.

– Tu es restée combien de temps avant que quelqu'un s'en rende compte ?

– Trois jours, apparemment. À cet âge on ne se rend pas vraiment compte du temps, encore moins quand le corps à côté duquel on dort est mort. Merde, c'est carrément lugubre de dire ça !

– Putain… il lâche dans un souffle rauque. Je… Désolé, il se contente de bafouiller, en retenant le reste de sa phrase.

– Aucun souci, j'en parle pas souvent, mais plutôt facilement. Oh ! Et j'ai arrêté de découper tous les hommes pas charmants que je croise.

– Je devrais être rassuré, alors, il blague pour soulager l'atmosphère bizarre qui pèse dans la voiture.

– Master le blagueur, waouh ! Heureusement que je ne conduis pas, j'aurais perdu le contrôle du véhicule.

– T’aurais calé avant, je ne m’inquiète pas pour ça.

– Ah ah…

– Je peux te poser une autre question ?

– Euh… T’es sûr ? Ça ne fait pas trop d’un coup pour toi, là ?

– Si, t’as raison, merci de faire attention à moi, Virgin.

– J’ai encore besoin de toi, tu sais, je rétorque amusée.

– Ce qui veut dire qu’une fois ton premier contrat signé, quand tu n’auras plus besoin de moi comme *prostituteur*, tu feras comme si cette relation merveilleuse qui nous unit n’avait jamais existé ? il raille en me regardant de biais.

J’aimerais qu’il dise vrai. Pas sur le fait que je l’oublierai, mais sur la partie concernant notre relation. Elle n’a rien de merveilleux, dans le fond, mais elle est particulière. Unique. Je sais que je n’aurai jamais d’autre homme comme lui dans ma vie et ce constat me laisse un goût étrange sur la langue. Son goût à lui.

– C’est toi qui n’auras plus besoin de moi, je souffle sans le quitter des yeux.

– Ouais… il se contente de rétorquer en faisant craquer sa nuque comme si un poids invisible pesait dessus. Ouais, il répète, comme pour s’en convaincre. C’est pour ça que tu dors si mal la nuit ?

Quoi ?

– Comment ça ?

– Tu t'agites, tu sursautes… Et je me dis que toutes les fois où j'ai eu l'impression que tu écoutais mes respirations, c'était à cause de ça.

Ok, il est peut-être plus observateur que je ne le pensais.

– C'est vrai, j'ai toujours peur au moment de m'endormir. Quand je me réveille c'est pire, j'ai l'impression que la mort est encore là, prête à recommencer. C'est stupide, je sais.

– Pas du tout, il réplique avec sincérité.

Il replonge dans son mutisme et quand je crois que les questions sont terminées, il pose celle que je redoute toujours. Celle dont personne ne connaît la réponse.

– Est-ce que ta virginité est liée à tout ça ?

Mon cœur vient d'exploser et mon souffle s'affaire à recoller les morceaux éparpillés.

La voiture s'arrête à un feu et Mas penche la tête pour essayer de croiser mes yeux fuyants.

– Virgin…

Je plonge mes iris dans les siens, sans savoir quoi lui dire. Prononcés à voix haute, mes mots auront l'air complètement stupide. Dans mon esprit de gamine, ma mère est morte parce qu'elle n'avait aucun prince dans sa vie. Aucun homme pour s'occuper d'elle, la chérir, l'embrasser quand il le fallait. Alors bien sûr, même si objectivement ce qui lui est arrivé est une chose contre laquelle l'amour n'aurait rien pu faire, je n'ai jamais réussi à dépasser le blocage que cela a créé en moi.

Et depuis que je suis en âge d'être attirée par des garçons, je n'ai pas réussi à surmonter cette nécessité de me réserver pour le grand amour. Celui qui est plus fort que tout. Celui qui sauve de tout.

On reste ainsi, à s'observer sans un mot, à partager pendant un instant hors du temps des confidences silencieuses. Je me laisse atteindre par des sentiments devenus plus forts que ma résistance.

Des klaxons retentissent et le silence dure, plus épais et oppressant que d'habitude.

La voiture repart et j'aperçois ses coups d'œil réguliers tandis que je tente de refréner ceux que je lui adresse trop souvent. Cette parenthèse dans son autre vie a mis la pagaille dans mes sentiments. C'était facile de nier ce que je ressentais pour mon tuteur, c'est bien plus dur maintenant que j'ai découvert son alter ego sympathique. Souriant. Aimant.

Dieu, j'avais fini par croire que ça n'arriverait jamais. Le fait qu'il puisse être humain. Et le fait que je puisse aimer quelqu'un. Dommage que les circonstances soient les pires qu'il existe pour rencontrer ce connard de prince charmant ! Celui dont votre mère vous a rebattu les oreilles jusqu'à vous faire devenir une vierge de vingt-deux ans. Merde. Voilà que le seul type avec qui j'ai envie de coucher pour la première fois de ma vie est un bar à putes à lui tout seul. Pire, il y a Ingrid au milieu…

Décidément, le karma est contre moi. J'ai dû être une très vilaine libertine dans une vie antérieure, pour être à ce point punie aujourd'hui. J'ai envie de Mas et je ne peux même pas l'avoir. J'ai envie de lui si violemment que j'en ai mal au ventre. Voilà, il m'aura fallu tout ça pour formuler enfin cette pensée dans ma tête, sans pendre mon propre corps à la corde de la honte.

J'ai.Très.Envie.De.Lui.

– Tu penses au sexe, hein ?

– Qu… quoi ? je m'étrangle en prenant conscience que je regarde désespérément sa… Pas du tout !

Je me détourne, honteuse, avant d'éclater de rire. Après tout, il peut bien se rendre compte de ça, je m'en fiche.

– En fait, oui, je reprends en le regardant à nouveau.

– C'est bien. Pour être une bonne pute, il faut sans arrêt penser au sexe. Parce que ça se verra dans tes yeux, exactement comme maintenant, et les clients, c'est ce qu'ils veulent. Voir leur petite bite briller dans tes prunelles.

– Pas sûre qu'il y ait encore de la place dans les miennes…

– Qu'est-ce que tu veux dire ?

Je lui fais un clin d'œil qui m'étonne moi-même et étends mes jambes sur le tableau de bord. Je regarde les bornes défiler, mais je ne vois rien d'autre que les fantasmes qui grandissent dans ma tête.

Quand la chaleur qui monte de mon ventre et s'étend à la racine de mes cheveux devient trop difficile à cacher, j'ouvre la fenêtre pour respirer.

Nom de Dieu, je suis en train de perdre pied. Pire, l'excitation qui devient frustration se transforme dangereusement en colère, maintenant.

– On arrive dans combien de temps ?

– On y est, il lâche en tendant un doigt par-dessus le volant.

Je suis la direction de son index et fronce les sourcils devant ce qui s'étend devant moi. C'est-à-dire… rien.

– Le parking est désert, c'est normal ?

– Non.

– Et les grilles sont baissées, c'est normal ?

– Non plus.

– Donc c'est fermé ?

– Perspicace, il grogne en coupant les phares.

La nuit est tombée si vite que l'obscurité qui nous entoure soudainement me fait frissonner.

– Les flics ont dû se pointer, grommelle Mas en manipulant son téléphone. Fait chier, toute cette route pour que dalle, ça me gave.

– Si t'es fatigué, je peux prendre le volant, tu sais.

– Je suis crevé, ouais. Mais pas inconscient, il rétorque avec un demi-sourire de con.

Il vérifie encore son téléphone, me regarde plusieurs fois et souffle en redémarrant.

– J'ai besoin d'un verre, il lâche en accélérant. Il y a une autre boîte pas très loin, avec des chambres de passes au-dessus. Je connais bien celle qui gère l'endroit, on dormira là-bas.

– Super ! je grince en tapant sur mes cuisses.

Un verre, c'est à peine suffisant pour noyer la démence qui a élu domicile dans ma tête. Et la chambre que l'on va partager ensuite…

Je ferme les yeux de toutes mes forces, espérant engourdir le corps nu de Mas qui danse devant mes yeux. J'ai la gorge sèche, le cœur qui palpite trop vite et ma colère revient. La sienne aussi apparemment.

– Je veux clarifier quelque chose, Gin, il balance subitement d'une voix dure.

– Laquelle ? je demande, piquée au vif par son timbre si vite transformé.

– Je ne comprenais déjà pas ce qu'une fille comme toi venait foutre dans un endroit comme le Round, mais maintenant que j'y vois un peu plus clair, je préfère être direct.

– Vas-y, je rétorque sur la défensive.

– Cette virginité que tu traînes et que tu as décidé de vendre ici…

Il fait une pause et manœuvre pour se garer devant un club bondé.

– Tu n'as pas intérêt à faire machine arrière, que ce soit bien clair.

Son timbre se veut menaçant, mais je détecte derrière une nuance étrange. Pour autant, ce qu'il ose me balancer comme ça, après notre heure confidence, me met hors de moi. Même pire que ça. Il vient de piétiner le sentiment agréable qu'il avait tout juste réussi à créer en moi. *Connard !*

– T'inquiète pas pour ça, Master, je rétorque avec fureur. Tu auras ton fric et moi, j'aurai la paix ! Je vais tellement me faire baiser que tout ça sera vite oublié ! Tu voulais savoir pourquoi je fais ça, hein ? Je suis venue là pour détruire celle que je suis et qui me pourrit la vie !

Je sors de la voiture et marche d'un pas pressé vers l'entrée de la boîte. Les mots que je viens de lui cracher à la figure m'ont brûlé la gorge, mais la vérité, c'est que c'est en partie vrai. J'en ai assez.

Je profite d'un mouvement de foule pour m'engouffrer dans le club et fonce au bar. J'ai déjà vidé une ligne de tequila quand Mas frappe le comptoir à côté de moi.

– Tu ne pars pas comme ça ! il s'énerve en m'arrachant un shot des mains pour le boire.

Une fois de plus, notre relation est une montagne russe sans fin. Mais quand l'attirance se mélange à la colère, le résultat est imprévisible. Dangereux.

– Tu ne sais jamais te détendre, c'est dingue, je réplique en faisant signe au barman de remettre une tournée.

– On bosse ensemble, Gin, on ne s'amuse pas.

– C'est là que tu te goures, Master. On pourrait très bien faire les deux et tu verrais que ça se passerait tellement mieux. Tu ne te relâches jamais.

– Quatre mois, Gin ! il crache en tapant du poing sur le comptoir. Quatre putains de mois, c'est tout ce qu'on a pour faire de toi une bonne petite pute lucrative !

– Comme si je pouvais l'oublier ! je rétorque presque désespérée. Mais le sablier est bien entamé, tu pourrais arrêter d'être un tel connard, maintenant !

Son regard change en un battement de cils et une aura vibrante émane de lui jusqu'à entourer la mienne. Un mélange d'hormones qui se percutent, s'embrasent et s'alimentent.

– Je ne peux pas, il grogne en rapprochant son visage du mien. Je ne peux pas me relâcher avec toi…

Je manque de tomber de mon tabouret en comprenant le sens caché de ses mots. Alors c'est ça. Cet aveu involontaire imprègne tout mon être et ouvre une vanne jamais encore utilisée.

– Sinon quoi ? je murmure en revenant vers lui. Sinon quoi, Master ?

Il serre les dents et mon cœur profite de ce moment pour faire flancher mon esprit. Le faire flancher vers celui qui se tient là, poings serrés, à quelques centimètres de ma bouche.

– Tu ne sais pas ce que tu veux, hein ? j'articule en me penchant encore. En fait non, tu sais ce que tu veux, mais tu refuses de l'admettre.

Je ne sais pas ce qui me rend soudain si sûre de moi. Ma bouche frôle la sienne à chaque mot que je murmure tout bas. Et quand ma langue humidifie mes lèvres, elle le touche lui aussi.

– Je vais danser, j'ajoute en me dégageant brusquement.

Il cligne des yeux et à mesure que je recule dans la foule en mouvement, je lis la guerre qui fait rage dans ses prunelles. Je le retrouve enfin, ce balancier dans lequel il ne sait pas trouver sa place. Dans lequel je ne veux pas trouver la mienne. Et ce soir, j'ai l'envie indomptable de le bousculer. Je veux qu'il bascule de mon côté.

CHAPITRE 8

Mas

Elle bouge lentement, langoureusement au milieu de la foule. Adossé contre le bar, les coudes ancrés au comptoir collant, je suis chacun de ses mouvements, comme envoûté par son comportement. Je suis encore sous le choc de son revirement soudain et je m'en veux qu'elle ait réussi à voir clair dans mon jeu. Ce putain de jeu que je galère à conserver dans ma manche, à l'abri de ses regards provocateurs.

Au gré de ses humeurs, les miennes s'affolent, s'assouplissent ou se durcissent. Je me bats contre moi-même chaque fois que je sens la situation me glisser entre les doigts. Rien qu'aujourd'hui, j'ai oscillé entre colère et intérêt sans pouvoir m'en empêcher et Virgin, elle, vient de passer de la jeune femme fragile à l'allumeuse.

Je la détaille, cherche à comprendre ce qui la rend si différente des autres. Mes yeux brûlent, ma gorge et ma poitrine aussi. Je me rends alors compte que je ne suis pas le seul à bloquer sur cette fille qui emplit toute la piste et très vite, les hommes qui se sont approchés d'elle et qui l'entourent accaparent toute mon attention. Ils réduisent inexorablement la distance entre elle et eux et j'attends de voir lequel la touchera le premier. Devant moi, se déroule ce qu'il va bientôt lui arriver au Round. J'assiste impuissant à la représentation de ce pourquoi je la forme depuis des semaines. Dans très peu de temps, elle sera entourée de types qui la serreront de plus près encore.

C'est exactement ce que je veux, c'est mon rôle, la mission qu'on m'a assignée. Chaque fois que je me sens flancher comme tout à l'heure dans la voiture, je rattrape le tuteur que je suis et le balance au-devant des autres. Au devant de moi-même. Sauf que ça devient de plus en plus dur et je ne sais pas pourquoi. Je ne comprends pas ce qui me rend si faible et je déteste ça.

Le stroboscope palpite en rythme avec les battements de mon cœur et chaque flash de lumière semble faire disparaître un peu plus Virgin. Dans cette ronde d'hommes affamés qui resserre sa prise autour d'elle. Dans cette obscurité où je l'aide à entrer.

Un instinct étranger s'anime en moi lorsqu'un homme dépasse les autres et se fout juste devant elle. Je devine ses mains posées sur les flancs de Gin. Je plisse les yeux pour y voir plus clair, serre les poings quand ils se mettent à danser l'un contre l'autre. C'est plus fort que moi, même si je ne vois pas le visage de cet enfoiré, je l'imagine déjà en train de la déshabiller. Aussi nettement qu'un bon porno qui m'aurait excité avant elle, je suis impuissant face aux images de leurs corps nus se percutant sans relâche.

Je perds les pédales. Ma gorge souffre des inspirations chaotiques que je lui inflige. Mon cerveau saigne en se représentant si clairement les cuisses de Virgin écartelées par celui-ci et tous les autres qui vont y passer.

Elle me provoque, mais je suis trop con pour le remarquer. Mes jambes se mettent en mouvement sans prévenir et je manque de trébucher. Je traverse la foule en mode automatique, branché sur un pas qui ne me ressemble pas. Pressé et essoufflé.

Je ne sais pas ce que l'homme lit sur mon visage quand il croise mon regard derrière l'épaule de Virgin, mais il se recule instinctivement. Sans un mot de ma part. Je n'aurais pas su quoi dire de toute façon, mon esprit est hors de contrôle depuis quelques minutes. Peut-être même depuis quelques heures. Ou des semaines.

– Arrête, je souffle dans la nuque de Gin, une main sur son épaule.

Elle m'ignore et continue à chauffer la salle sans s'en apercevoir. Elle a levé les bras au-dessus de sa tête et remue ses hanches, qui semblent guidées par un spectre étranger.

– Lâche-toi un peu, elle finit par me lancer, toujours dos à moi, en passant ses doigts dans ses cheveux. On en a besoin, tous les deux.

Je ne suis pas certain de savoir à quoi elle fait référence. Pour ma part, j'ai surtout besoin de la toucher, histoire de m'approprier quelques secondes un corps que je dois pourtant ignorer. Juste histoire de faire perdurer ce que j'ai ressenti plus tôt en découvrant une partie d'elle insoupçonnée.

Je pose mes paumes sous sa chemise, contre ses flancs, là où celles de l'autre étaient posées il y a peu. Elles frictionnent sa peau, comme pour effacer une empreinte sale. Nos chaleurs se retrouvent et quand mon index se met à caresser son nombril, je ne sais pas ce qui me prend. Mon cerveau refuse d'analyser la situation, conscient que je viens de m'aventurer là où il désespère de me mener. Et qu'il suffirait d'une étincelle de lucidité pour me faire reculer.

Virgin continue d'onduler devant moi, puis contre moi quand je la colle à mon torse. Ce n'était pas prémédité, si je l'ai rejointe, c'était pour l'extraire de cette foule d'obsédés, certainement pas pour danser. Mais je suis piégé par mes propres sensations qui effacent tout le reste. La musique est assourdissante, les basses se répercutent sur nos peaux moites et les lumières m'aveuglent. Je n'ai pas besoin d'y voir clair. Je me laisse faire. Pour la première fois depuis que j'ai commencé à me battre contre cette attirance qui me transperce, j'arrête de résister. Alors que je ne devrais pas. Surtout après cette journée qui m'a bouleversé même si je refuse de l'admettre.

Le tempo ralentit, puis accélère encore, au diapason de mon cœur qui ne sait plus trouver le bon rythme pour supporter ce que je fais. Mon nez vient de se perdre au milieu de ses cheveux épais et je laisse son odeur indéfinissable m'enivrer.

J'aimerais parler, lui dire de s'éloigner, mais je la rapproche encore un peu. Dans cette même contradiction qui règne en moi. Ses fesses remuent contre mon jean serré et mes doigts cherchent une issue qui n'en est pas vraiment une. Au contraire, ils se rapprochent dangereusement d'une porte derrière laquelle je pourrais bien être aspiré tout entier.

J'essaie de respirer, mais le seul oxygène que ma poitrine réclame est celui qui pénètre la bouche entrouverte de Gin. Elle a tourné son visage sur le côté, ses yeux fermés et ses lèvres étirées dans un sourire victorieux.

C'est ce qu'elle veut. Et je le veux aussi. Tellement, putain.

– J'aime quand c'est toi… elle murmure en pivotant face à moi.

Elle enroule ses bras autour de ma nuque et tire sur la pointe de mes cheveux.

– Tu sais que ce ne sera jamais moi, je réplique en plaçant mes lèvres contre son oreille pour couvrir le vacarme ambiant.

Elle secoue la tête et je suis incapable de voir si elle acquiesce ou rejette ce que je viens de dire.

– Je ne ferai pas machine arrière, Master. Je te le promets. Je ne veux plus de cette virginité, crois-moi. Mais je penserai à toi, elle murmure sur ma joue. Chaque fois qu'ils me toucheront, chaque fois qu'ils m'embrasseront…

– Ne parle pas de ça… je l'avertis en resserrant mes bras autour de ses hanches.

Mes oreilles se mettent à siffler en entendant ces mots foireux. Je ne veux pas l'entendre dire ces choses à voix haute, tout ça doit rester enfoui en elle, en moi. Je ne veux pas ressentir les vagues d'écho qui se répercutent déjà dans mon for intérieur.

J'essaie de me détourner vers la lumière pour retrouver la raison, mais je plonge dans le noir quand elle pose ses lèvres sur les miennes pour illustrer ses propos. Elle veut me convaincre qu'elle ne flanchera pas et, trop facilement, je la crois.

Je me laisse embarquer par un réflexe que je découvre entre ses bras. J'approfondis ce baiser si chargé et presse ses fesses entre mes mains, en repensant à tous ces enfoirés qui vont la toucher. La souiller. Et ça suffit à me faire déraper. Elle a raison, putain, elle l'a vu dans mes yeux tout à l'heure. Qui je cherche à leurrer ? Je veux qu'elle pense à moi. La première fois que quelqu'un posera sa bouche sur elle, quand une langue tracera des sillons écœurants entre ses seins et ses jambes, je veux que ce soit moi qui hante chacune de ses pensées. Après tout, elle hante les miennes depuis des mois.

Alors je m'agrippe plus fort à elle et lui arrache un gémissement qui vibre dans ma gorge.

– Quand ils feront ça… elle commente à chacun de mes gestes déplacés.

Ma langue me fait mal, mais ce n'est rien en comparaison de la brûlure que ces images infligent à mon esprit.

– … ce sera toi, elle poursuit en enfonçant ses ongles dans mes cheveux.

Ce sera toi... Je l'entends me murmurer ça encore et encore.

Je ne discerne plus ce qui nous entoure. Il n'y a que ses promesses tordues qui attisent mon désir et mon envie de lui laisser des marques plus profondes que les miennes.

Elle s'est mise à reculer, ou peut-être est-ce moi qui suis en train de la pousser vers l'ascenseur du fond. Ma main serre la sienne, comme pour éloigner l'instant où notre séparation inévitable prendra tout son sens.

Je frappe déjà le panneau de contrôle pour rejoindre l'étage, guidé par une électricité qui fait griller tous mes neurones. Il y a des chambres là-haut, j'en ai déjà visité certaines, peut-être même toutes. Je ne devrais pas être là, mais il est trop tard. Le courant qui nous emporte est de ceux auxquels on ne survit pas.

Quand la porte s'ouvre dans un grincement strident, elle enroule ses jambes autour de mes hanches. Sa jupe remonte et elle resserre ses pieds autour de moi pour sentir ma queue durcir contre sa dentelle.

– Quand je sentirai leurs membres excités contre moi, ce ne sera que toi…

Je devrais entendre ce qu'elle est en train de m'avouer, réaliser qu'elle essaie de me provoquer, mais mon corps n'est dominé que par un puissant sentiment de possessivité et refuse cette probabilité. La seule pensée disproportionnée qui traverse mon esprit en cet instant annihile toutes les autres. *Ce sera moi.* Je refuse qu'il en soit autrement. Virgin est à moi.

Penser comme ça ne me ressemble pas. En fait, ça ne me ressemble *plus* depuis que j'ai choisi de changer. Depuis que le tuteur a émergé. Mais Gin est en train de déloger celui que je retiens prisonnier depuis que Master a pris sa place. Cette journée en famille a redonné un léger souffle à ce Thomas mis de côté.

S'il n'y avait pas eu Virgin, j'aurais pu le renvoyer dans les profondeurs de mon âme muselée. C'est exactement ce que je fais depuis toutes ces années, surtout quand Abby me rappelle que c'est pour elle que j'agis ainsi. Mais Virgin était là aujourd'hui. Pire, c'est Cadence qui s'est pointée à sa place. Et cette fille a fini de ressusciter cet autre moi. Cadence, dans toute sa splendeur et sa complexité. À présent, je le sens plus fort que jamais.

Au lieu de combattre son alter ego, Master se rallie à sa cause et amplifie ses ardeurs. Parce que celle qu'il veut n'est pas seulement Virgin. Comme Thomas, il dépasse son désir sexuel intense envers celle qu'on lui interdit et est attiré par cette Cadence si particulière. Je peux me battre contre l'une des facettes de cette fille, mais pas contre les deux.

– Virgin, je grogne contre sa bouche humide.

Je me force à l'appeler comme ça, mais une part de moi voudrait m'entendre murmurer son prénom. Celui qui résume bien plus que la vierge inaccessible. Et chaque fois qu'elle ouvre la bouche pour laisser échapper son plaisir, j'ai peur de l'entendre prononcer mon vrai prénom.

– Mas….

Mais quand elle ne le fait pas, mes entrailles semblent s'ouvrir un peu plus. Elle me rend complètement fou. Elle fracasse ce que je suis et mélange tous les morceaux. Ma raison, mon déni, mes envies se mêlent en un nœud impossible à défaire.

J'ouvre enfin les yeux et reconnaît une chambre. Je ne me souviens même pas avoir posé Gin sur cette commode bancale, ni même lui avoir retiré sa jupe et sa culotte. Je ne suis plus aux commandes de rien, possédé. Il me reste cette unique seconde pour tout stopper.

– Je…

Elle pose un doigt mouillé sur mes lèvres pour m'interrompre et dessine leurs contours dans un silence étrange. J'ai arrêté de respirer et ses souffles ont disparu eux aussi. Elle est suspendue à mon visage et me scrute avec une intensité que je ne lui ai jamais vue. Ça devrait m'alarmer, mais c'est trop tard. Je viens de passer ma langue autour de son doigt sans pouvoir m'en empêcher et la saveur qui explose dans ma bouche, son goût intime, rase les derniers remparts qui subsistaient entre elle et moi. J'ai déjà eu un avant-goût de cette saveur si particulière une fois et je m'étais promis de ne plus jamais y céder. Parce que sur ce toit-terrasse, j'avais failli mordre à ce putain d'hameçon qui m'obsède encore aujourd'hui.

Elle sourit quand mes yeux oscillent entre ses doigts humides et ses cuisses ouvertes, consciente que mes prunelles viennent de s'embraser, carbonisant ma volonté.

Je ne distingue rien d'autre que son cri quand je la soulève de la console, renversant trois vases affreux dans mon sillage. Elle rebondit sur le lit, mais juste une fois, parce que mon corps recouvre le sien presque immédiatement. J'arrache sa chemisette blanche innocente, comme pour la débarrasser d'une couche de virginité.

– Moi, je grogne en remontant son soutien-gorge pour avaler son sein.

– Oui !

Une frénésie indomptable s'est emparée de mon esprit et monte en intensité chaque fois que je l'entends crier un « oui » gorgé de plaisir. *Moi*, quand ses tétons souffriront de leurs dents.

Moi, quand des marques rouges zébreront ses seins. *Moi*, quand son dos se cambrera d'envie.

Je remonte jusqu'à sa bouche pour l'embrasser encore, plus sauvagement. Elle tire sur mon tee-shirt pour m'en débarrasser et quand mes lèvres redescendent sur sa poitrine dont je n'arrive pas à m'éloigner, elle plaque le tissu sur son visage.

– Qu'est-ce que tu fais ? je lui demande en faisant tourner ma langue autour de son téton.

– J'aime ton odeur, elle halète en inspirant mon habit. Je veux qu'elle s'incruste dans mon nez et dans mon esprit. Je veux pouvoir m'en rappeler chaque fois qu'un autre homme que toi…

Je l'interromps d'un baiser violent. Je ne supporte plus de l'entendre parler d'eux. Elle noue ses bras autour de mon cou et se presse contre moi. Je sens ses doigts dévaler mon dos et rejoindre mon pantalon.

– Je veux te toucher, elle murmure en suçant ma langue.

Un spasme incandescent vibre partout en moi et je l'aide à me débarrasser de ce jean encombrant qui emporte mon boxer dans sa chute. C'est la première fois que je suis entièrement nu sur elle, bien trop près de ce que j'essaie d'oublier. J'ai beau plaquer ma queue contre sa cuisse pour l'empêcher de glisser en elle, je prends un trop gros risque.

Mais la sensation de sa peau chaude et immaculée est trop bonne pour me faire arrêter. Je n'ai pas le droit de prendre ça, mais ici, rien ne peut m'interdire de faire glisser son corps sous le mien. Ce que je lui fais devrait revenir à un autre, mais j'ai besoin de lécher et de pincer chaque parcelle d'elle.

Je veux lui laisser des empreintes, des marques que les autres ne remarqueront pas. Ce sera un secret. Personne ne saura que, d'une certaine manière, je suis en train de la baiser comme je ne l'ai jamais fait avec aucune autre.

Je n'entre pas en elle, et pourtant, j'ai le sentiment violent que c'est la première fois que je vais si loin à l'intérieur de quelqu'un. Et à l'intérieur de moi-même.

CHAPITRE 9

Cadence

Le temps a perdu toute substance. L'espace s'est réduit à ce lit. La seule chose qui compte dans mon esprit est la sensation grisante de ma peau enfin couverte par celle de Mas. Comme un aboutissement à une transformation plus profonde que celle à laquelle je m'étais préparée. Une seconde peau, plus solide et plus chaude. Celle de Tho-Mas, précisément.

Jusqu'à maintenant, je n'avais pas voulu comprendre que j'étais tombée amoureuse de mon tuteur. Parce qu'une part de lui était encore trop hors de portée pour que j'accepte de me l'avouer. Et ce n'était absolument pas celui pour lequel je me pensais destinée. La faute à ces contes de fées merdiques dans lesquels j'étais restée coincée. Mais maintenant que j'ai découvert celui qui se cache derrière le Master, je suis incapable de nier. Pire, mon être tout entier veut le revendiquer. Je suis amoureuse de lui, de sa part d'ombre et de sa part de lumière. Le puzzle est complet.

Je m'accroche plus fort à ses épaules couvertes de sueur, et, entre chaque baiser, j'ouvre les yeux pour essayer de déceler dans son regard un indice, même une infime indication sur ce que lui ressent.

Une petite voix essaie de m'avertir que ce n'est certainement pas l'indice que je suis censée chercher, mais le listing et Oncle Bobby semblent à des années-lumière de ce lit. Je suis venue au Round pour retrouver Ingrid, mais dans le fond, je dois admettre qu'inconsciemment je cherchais aussi quelque chose d'autre. Et c'est avec Mas que je l'ai trouvé.

Dommage que je sois trop grisée pour réaliser qu'il n'est probablement pas prêt à me le donner pleinement. Et que s'il me l'arrache maintenant, je ne suis pas certaine d'en sortir indemne.

– Gin… il gémit alors que ma main vient de se poser sur son gland tendu.

Je le caresse de mon pouce pour me l'approprier, puis fais descendre ma prise plus bas. Je monte et descends au rythme de ses râles rauques. Je tire, encore et encore, pour faire remonter des tréfonds de son être ce que j'attends de lui. Son sexe grossit et emplit ma main, il palpite comme un cœur plein de vie. Je me sens connectée à lui, parce que mon propre cœur bat dans un même rythme.

Je pose ma main contre sa poitrine pour essayer d'atteindre la source de ses émotions. Malgré son pansement, je devine qu'en dessous nos battements s'accordent à la perfection.

Comme s'il sentait aussi cette connexion, je sens sa main descendre sur mon sein et l'autre sur mon clitoris. C'est la première fois qu'il me touche ainsi, pleinement et sans retenue.

Sa paume reste un instant immobile contre mes chairs pulsantes. Nos cœurs et nos sexes sont enfin liés, même s'il manque une ultime étape pour ancrer cette réalité.

Ses doigts se remettent en mouvement et de petits gémissements fusent de ma bouche à mesure qu'il prend possession de moi. Je suis trempée de plaisir et quand j'écarte mes cuisses pour l'inviter plus loin, je perçois une humidité similaire recouvrir l'extrémité de son sexe. Ses respirations sont erratiques et rocailleuses, la pression de son torse sur ma poitrine s'amplifie.

Nos langues tiennent le rythme désordonné que nous leur infligeons et pas une fois je ne ressens cette appréhension que j'avais imaginée pour ma première fois. Évidemment, Mas m'a déjà initiée à certaines choses, mais là, c'est différent. Il n'y a pas de raisons à ce que nous faisons, pas de but autre que celui d'assouvir cette passion qui semble s'épanouir entre nous.

Je n'ai pas peur, bien au contraire. Je sais qu'il a envie de moi et mes provocations passées ne sont rien en comparaison de ce que je fais maintenant.

– Fais-le, je le supplie en sentant ses doigts résister à l'entrée de ma fente.

J'ai besoin qu'il dépasse cette limite et je le hais de continuer à préserver ainsi ma virginité. Mais ce sentiment se noie dans le plaisir qui double soudain. Je le branle plus vite et gémis plus fort quand il se met à tracer le contour de mon entrée du bout du doigt. Des élancements de plaisir traversent mon ventre, s'enroulent autour de mes seins et chatouillent la racine de mes cheveux.

– Moi… il murmure encore contre mes lèvres comme un fou désorienté, en faisant entrer son doigt de quelques millimètres.

Je retiens mon souffle et ferme les yeux très fort, sans cesser de l'embrasser.

– Je veux que ce soit toi, j'articule sans réussir à me retenir. Vraiment toi, j'avoue en tirant sur ses cheveux.

Je prends un risque à me mettre ainsi à nu devant lui, mais je ne suis maîtresse que de ce besoin d'aller plus loin. Sa langue devient plus hargneuse dans ma bouche et ses muscles se contractent autour de moi. Je lève mes hanches pour être prête à sentir son index glisser en moi, mais son doigt se fige tout à coup et recule.

Non !

Il secoue la tête et se dégage soudain de ma prise comme s'il venait de revenir à la réalité. Mon corps proteste en se couvrant d'une chair de poule douloureuse et un hoquet d'abandon remonte jusqu'à ma gorge. Mais je n'ai pas le temps de me laisser submerger qu'il se retrouve à mes pieds.

D'un mouvement brusque, il écarte mes cuisses qui venaient de se refermer. Il est figé, crispé, je devine le combat qu'il mène devant mon intimité qui brille seulement pour lui. Cette partie lui est interdite, le Round veut en tirer le bénéfice. Moi, je veux qu'elle soit sienne. Mes dents s'entrechoquent, je suis suspendue à son visage et avant que je puisse reprendre ma respiration, sa bouche s'abat entre mes jambes. Je pousse un cri quand il mord mon pubis. Il inspire plusieurs fois, ses dents marquent ma peau et s'enfoncent comme pour l'empêcher de déraper plus bas. Je suis pétrifiée.

En cet instant, il oscille à nouveau entre deux volontés, je le sais. *Choisis-moi, Mas, je t'en prie.*

– Oh !

Mon.Dieu.

Les lèvres de Mas se passent de présentation et s'affairent déjà à recouvrir chaque recoin de mon intimité. Il n'y a pas de douceur dans ses gestes, et pourtant, rien ne m'a jamais semblé aussi doux. *Mais putain de bordel de putain, c'est quoi, ça* ?

Je devrais me révolter de le voir à nouveau faire passer ma virginité en priorité, mais ce qu'il me fait ressentir anéantit ma déception passagère. Je cherche de l'air, mais chacune de mes inspirations fait monter en moi quelque chose de brûlant, de vibrant et de terriblement exaltant.

J'avais déjà essayé d'imaginer à quoi pouvait ressembler ce genre d'acte, mais jamais je ne me serais attendue à ce que ce soit aussi bon.

Mon dos se cambre de lui-même et mes cuisses pourraient bien étouffer Mas si elles continuent à se refermer sur son crâne. Je n'ose pas le regarder, par peur de lui hurler à quel point j'aime ce qu'il me fait. À quel point je l'aime tout court.

Je suis contente d'avoir compris que j'étais amoureuse de lui avant qu'il ne se mette à me faire toutes ces choses avec sa langue. Sinon, j'aurais été persuadée que c'était la seule raison à mes sentiments.

Les yeux fermés, j'apprécie chaque pression de sa bouche, chaque dessin qu'il imprime sur moi. Entre engourdissement délicieux et hypersensibilité, je me noie dans mes sensations chaotiques. Millimètre par millimètre, il m'embrase et m'électrise. Je respire vite et fort, froisse le drap en essayant d'enfoncer mes ongles dans le matelas.

Incapable de résister à son appel silencieux, je finis par baisser mon regard sur lui. Je dois comprendre comment il peut à ce point me renverser. Je le détaille et mes joues chauffent de le voir ainsi me déguster. Les sourcils froncés, il est en train de dévorer ma féminité et plus encore. Il mord, aspire et fouille comme s'il cherchait quelque chose qu'aucun de nous n'a encore trouvé.

Je crois qu'il sent mon regard sur lui, car il ouvre ses paupières crispées et nos yeux se captent, sans pouvoir se détacher. Il devient alors plus doux, me lapant entièrement de haut en bas, en continuant à me scruter. La gêne que je ressens est camouflée par le plaisir qu'il me donne. Me voir ainsi réactive lui plaît, c'est ce qu'il cherche en m'observant si intensément à chaque coup de langue. Il fait glisser ses mains de mon aine jusqu'à mes hanches et s'y agrippe. Je retiens mon souffle, qui m'échappe aussitôt lorsque Mas enfonce la pointe de sa langue plus fort. Et surtout, plus loin.

Un missile de pur plaisir vient de décoller depuis mon bas-ventre et creuse un sillon brûlant jusqu'à ma gorge serrée. Et j'ai la sensation qu'il repart en arrière pour prendre plus d'élan à chaque geste de Mas. Je vais exploser, tout est si exacerbé que ma tête part en arrière et rompt notre échange. Une énergie démesurée ravage mon ventre et se diffuse jusqu'à ma frange. J'ai des fourmis dans les pieds et le cerveau en vrac. Je n'entends plus rien, hormis les cris contenus dans mon esprit.

Je pose mes mains sur les siennes qui me plaquent toujours au lit et les serre, pour qu'il comprenne que ça ne peut plus être qui que ce soit d'autre que lui à partir de maintenant. Pas alors que tout est si clair dans mon esprit.

Je le regarde à nouveau mais ses yeux se sont refermés. Je sens ses lèvres bouger contre mon clitoris, comme s'il s'adressait à mon vagin surexcité. Ses dents se resserrent alors autour et il reprend ses mouvements experts. J'essaie de l'observer encore, mais ma vue se trouble de plus en plus, jusqu'à s'obscurcir entièrement.

Dans le même temps, ma poitrine s'ouvre en deux et libère un tsunami. Je suis sûre que si Mas n'avait pas enfoncé ses doigts dans mes hanches pile à cet instant, mon corps aurait percuté le plafond. J'avais déjà joui avec lui, mais pas à cœur ouvert comme aujourd'hui.

Il me faut de longues minutes pour reprendre pied dans la réalité, plus encore pour éloigner le voile flou qui flotte devant mes yeux.

Instinctivement, je reporte mon attention sur Mas, en espérant secrètement lire en lui ce que je viens d'accueillir en moi. Il est toujours accroupi au pied du lit. Tête baissée, il me cache son visage, mais je sais à quoi il est en train de cogiter. Il vient de dépasser les frontières que le Round a établies, ce n'est pas rien pour lui.

Quand je l'entends se redresser et s'asseoir à mes pieds, ma volonté est plus forte encore. Il vient de déraper et il est temps de le faire basculer définitivement de l'autre côté. Au risque de tout faire foirer.

– Mas, je l'appelle alors qu'il me tourne le dos.

Ma voix est méconnaissable, encore altérée par ce qui vient de se passer. Mon cœur bat à tout rompre, comme s'il était terrorisé que ce moment se termine alors qu'il ne fait que commencer.

Ses épaules montent et descendent et je remarque combien ses poings sont serrés. J'aimerais qu'il se retourne, pour déterminer à qui je m'adresse vraiment.

– Tho-mas… je répète plus fort en insistant sur le « s », espérant ainsi faire réagir l'un d'eux.

Je l'entends inspirer et je ne tiens plus, je me redresse encore tremblante et avance à genoux sur le matelas jusqu'à poser mes seins contre ses omoplates.

– Dis quelque chose. On ne va pas encore faire comme si de rien n'était.

J'ai parlé d'une voix basse mais certaine. Je veux qu'il m'explique ce qui se passe entre nous, qu'il admette que tout ça dépasse le Round et son rôle de tuteur. Mais il reste penché, les coudes posés sur ses genoux, tête baissée.

Je finis par me décoller de lui pour descendre du lit. Je fais le tour et me pose devant lui, nue mais pas même gênée. Malgré les non-dits et les incompréhensions, je ne me suis jamais sentie aussi à l'aise avec un homme.

– Écarte-toi, il grommelle sans me regarder.

Je t'interdis de faire ça ! je hurle dans ma tête.

– C'est toi… je murmure à la place de ce que j'avais prévu de dire.

Le voir ainsi, tendu et renfermé, me déchire le cœur. J'attrape ses poignets et ouvre ses bras pour pouvoir me glisser sur ses genoux. Il résiste un peu mais pas assez pour m'empêcher de m'approcher. Je détaille son pénis dressé et tremblant en posant mes jambes de part et d'autre de ses cuisses.

Je m'assois sur lui dans une lenteur exagérée, pour sentir son membre caresser la commissure de mes lèvres. Ses doigts s'enroulent avec puissance autour de mes avant-bras, dans un avertissement muet. Mes fesses se posent sur lui et je laisse mes doigts disparaître dans ses cheveux humides.

Entre lui et moi, il n'y a plus qu'une seule barrière que je ne sais pas comment dépasser. Je pourrais me relever juste un peu pour engloutir cet ultime pilier et regarder ce qui nous retient s'effondrer enfin. Mais je veux qu'il prenne lui-même cette décision. Qu'il efface Virgin une bonne fois pour toutes, pour accueillir Cadence entre ses bras. Je veux qu'il entre en moi et s'empare de celle qui n'attendait que lui pour réellement exister, libre de ses misérables boulets. Il y a tant de choses en moi qui méritent d'être libérées.

– Regarde-moi, j'articule juste au-dessus de son oreille.

– Tu ne comprends pas… je l'entends souffler dans le creux de mon cou.

Je me hisse plus haut contre lui et sa prise autour de mes poignets se resserre.

– Virgin… il gronde en tirant sur mes bras.

Je me laisse redescendre, et la sensation de sa verge frottant mes chairs me tire un soupir de plaisir, mêlé au désarroi de son rejet. Je m'attends à le voir me repousser en arrière, me préparant mentalement à atterrir les fesses sur la moquette douteuse. Pas à sentir ses mains rejoindre mes reins pour m'animer d'une cadence lascive. Je le laisse donner la mesure, suivant ses mouvements lents et appuyés. Très vite les halètements reviennent, à mesure que je grimpe et dévale son membre dans la longueur, espérant qu'il finisse par changer d'angle pour me pénétrer enfin.

J'embrasse sa mâchoire et un violent frisson le secoue. La seconde d'après, je me retrouve allongée, à nouveau plaquée sur le matelas par un corps viril et tendu à l'extrême. Mes mains enserrent sa taille, glissent jusqu'à son dos que je caresse dans un geste tendre qui n'a rien à voir avec l'ardeur animale qui emplit les prunelles de Mas.

CHAPITRE 10

Mas

Je sens ses doigts caresser mon dos, longer ma colonne vertébrale qui pourrait bien se rompre tellement chacun de mes muscles est bandé à l'extrême. J'ai mal à la tête, mal aux dents de les serrer si fort. Je suis survolté, mais aussi fatigué de lutter ainsi.

Je sens ses cuisses s'ouvrir et je tombe un peu plus sur elle. Sa moiteur recouvre immédiatement mes bourses et la base de ma queue. Je tremble comme un drogué en manque de *mét*, comme un putain de cinglé en proie à des voix qui hurlent dans sa tête. *Tu le veux, tu la veux, Master ! Prends-la et ça ira mieux !*

Il suffirait que je glisse enfin en elle pour mettre un terme à cette guerre intérieure qui me déchire en deux. Et en pensant cela, mon gland se met en quête de frôler cette entrée maudite.

– Hum, elle gémit en enfonçant déjà ses ongles dans mon biceps.

Je sens ses tremblements se caler aux miens, son attente se mélanger à mes dilemmes.

– Cadence, je l'appelle malgré moi en resserrant ma main autour de sa gorge.

Je l'appelle, encore et encore, si bas que je ne suis pas certain qu'elle m'entende invoquer son prénom.

Ma main dessine sur sa clavicule, recouvre son sein qui bourgeonne, traverse son ventre qui palpite, jusqu'à se stopper sur sa hanche. Elle replie sa jambe et ma paume se cale juste sous sa fesse, me rendant prêt à donner l'assaut final, qui ne marquera certainement pas la fin de cette guerre.

– J'ai peur, elle murmure soudain contre ma langue.

Je fronce les sourcils et recule mon front du sien pour croiser son regard.

– Peur de ne plus me souvenir de toi quand la *ronde* tournera trop vite, elle poursuit en libérant une toute petite larme au coin de sa paupière.

Je suis à quelques centimètres de rentrer tout entier dans un méga problème et c'est peut-être le moment parfait pour reculer. J'ai peur aussi, peur de ce qui va se passer quand on l'aura fait, des risques inconsidérés que nous prenons pour assouvir un ridicule besoin sexuel, qui s'évanouira aussitôt consommé. Mais dans un endroit reclus de mon âme, une peur plus toxique me contamine.

Je secoue la tête, refusant de comprendre, refusant d'entendre les mots de cette sorcière. Elle me retourne le cerveau, aspire chacune de mes pensées avant de les réinsuffler sous forme de brouillard épais. Je ne discerne que sa peau vibrant contre la mienne, ses tétons chatouillant ma poitrine et, encore plus fort que tout ça, ses petites lèvres embrassant la base de ma queue.

Je retrouve sa bouche sans l'avoir décidé et mes pensées s'évanouissent à nouveau. Je ne suis qu'un aimant contraint de réunir deux forces contraires. La gravité qui me pousse à m'enfoncer sur elle à chaque baiser est trop puissante à contrer. Si j'étais moins haletant, mon cerveau serait bien mieux oxygéné et il réussirait à me hurler que ce qui m'anime est plus profond et bien pire que ce que j'imagine.

Elle me serre plus fort, fait glisser son corps sous le mien à chaque inspiration qu'elle prend. Nos frottements créent une énergie dévorante et entraînante. Je ne réponds plus de rien, je la presse, la caresse et la pince de plus en plus vite. Toutes mes envies se sont unies à l'intérieur de mon ventre et irradient plus fort que tout le reste. Mes pensées s'entrechoquent au rythme de nos bassins et je ne sais plus écouter ma voix de la raison.

Je suis pris au piège entre ses feux, entre nos feux qui montent en intensité. Je suis trempé, Cadence aussi, et nos peaux n'ont plus aucune entrave. Elles glissent l'une contre l'autre, suivant le seul rythme de nos respirations passionnées.

Elle crie quand je mords son cou, je pousse un râle rauque quand elle malaxe mes fesses. Rien ne laisse entendre que c'est la première fois qu'elle fait ça. Elle se donne entièrement à moi. Toute à moi. Pour la première fois.

Cette vérité éclate pile au moment où je m'apprête à la pénétrer. Le bout de mon gland est déjà entouré de ses chairs quand un sursaut de lucidité se fraie un chemin dans mon cerveau anesthésié. *Putain, je n'ai pas le droit de faire ça !* Ce qui me retient n'est même pas le Round, qui nous le ferait payer très cher.

Une douleur vive se diffuse comme un éclair dans ma queue quand je me fige et me recule de quelques centimètres. Un frisson glacé se répand là où nos corps ne se touchent plus et j'entendrais presque les supplications provenant de mon for intérieur.

– Qu'est-ce que tu fais ? elle articule lentement.

Le timbre de sa voix fait tressaillir mon cœur, mais je lui fous un coup de poing mental pour qu'il arrête de jouer au con. À quel moment a-t-il oublié qu'il ne se battait que pour une seule personne ? Une seule fille. Abby. Cadence, Virgin, qui qu'elle soit, elle n'a pas le droit de se mettre entre Abby et moi.

Je recouvre l'intégralité de mes sentiments sous une couche épaisse de colère et de rancœur et roule sur le côté du lit. Virgin me parle, mais je n'entends pas ce qu'elle me dit. Je me force à l'ignorer en renfilant mes fringues de tuteur, que je n'aurais jamais dû retirer.

Je claque la porte sur son corps qu'elle vient de recouvrir du drap. Je dévale les escaliers étroits et surgis dans la salle encore emplie d'une foule compacte. Parmi les danseuses, je repère très vite celle qui m'a chauffé tout à l'heure et quand elle m'aperçoit, j'ai le sentiment qu'elle ne s'attendait pas à me voir revenir.

– T'as changé d'avis, belle gueule ?

Je la tire par le bras sans donner de réponse et la traîne derrière moi, à l'opposé de la direction prise plus tôt avec Cadence. La mauvaise direction, tout est clair à présent.

Je m'engouffre dans un couloir mal éclairé et ouvre d'un coup de pied une porte que ma compagne s'occupe de reclaquer derrière elle.

– C'est pas gratuit, elle siffle alors que je libère ses cheveux d'un geste hargneux.

– Je sais, je grogne en ouvrant moi-même ma braguette. Tourne-toi, j'ajoute en fourrant une poignée de billets dans sa main.

Elle s'exécute sans parler, sans poser de questions, sans râler comme V… *Stop, bordel.*

J'abats une main pressée entre ses omoplates, pour l'obliger à poser ses coudes sur de vieilles caisses en bois qui envoient des relents d'alcool aigres.

– Tout doux, elle susurre. Pour ce prix-là on peut aller moins vite, tu sais.

– Ferme-la, j'ordonne en remontant sa robe dans son dos.

Je ne veux pas entendre sa voix. Je veux rester sourd à ce qui m'entoure, aveugle au spectacle qui se déroule sous mes yeux clos, insensible à mon cœur qui se débat dans sa cage. Furieux. Trahi.

Elle agite une capote au-dessus de sa tête et la seconde qui suit, je la pénètre sans réfléchir. Sans avoir besoin de me demander si je suis en train de provoquer des dégâts irréversibles. C'est bon de se sentir libéré de tout ça. Mais le reste est détestable.

Ma queue qui n'avait pas débandé perd en vigueur et chaque frottement contre les parois de cette fille me provoque un haut-le-cœur. Le mâle finit par prendre le dessus et j'arrive à passer outre les sursauts de mon esprit qui tente par tous les moyens de me faire cesser cette sombre connerie. Ma volonté est plus forte que mes états d'âme de mal-baisé.

L'affaire faite, je la congédie immédiatement, sans même la remercier de m'avoir vidé les couilles d'un jus toxique trop longtemps fermenté.

En m'extirpant de sa fente presque trop large pour être honnête, j'ai réalisé que je n'ai plus baisé depuis mes débuts avec Virgin. C'est sûrement une face de ce problème, plus complexe qu'un enfoiré de *Rubik's Cube*.

Cette première fille n'a pas épanché ma soif de Cadence, mais les suivantes sauront écailler sa silhouette de mes rétines. Effacer son goût de ma bouche. C'est la seule chose sur laquelle je veux miser. Ça, et l'ultime solution pour me libérer de ce danger qu'elle représente sans vraiment le savoir.

Je ne remonte pas me coucher de toute la nuit, occupé à passer un tas de coups de fil pour orchestrer cette suite qui m'aurait rendu furieux il y a peu, mais qui est aujourd'hui le seul salut que je peux espérer. Ce con de Garett ne répond pas à mes appels, alors je me rabats sur le seul homme qui a su conserver ma confiance après ce qu'il s'est passé avec Shana. Même si je le déteste, il est ma seule option.

– Je serai là à dix heures demain matin, je conclus en écrasant mon mégot contre ma semelle. Je compte sur toi pour la suite, on est bien d'accord sur tout ce que je t'ai dit ?

Je raccroche à peine son « oui » prononcé et regarde le soleil se lever au-dessus de cette foutue boîte qu'il me tarde de quitter. J'aurais voulu prendre ma voiture et m'éloigner de cet endroit depuis des heures, mais il me reste une dernière chose à faire d'abord. Une chose que j'appréhende plus que d'avouer à ma mère que je suis dans le business de la pute pour régler les soins de ma sœur.

Quand je remonte dans la chambre, je trouve Virgin assise par terre, le dos appuyé contre la chute de lit. Elle lève un regard cerné vers mon visage et la douleur que ça provoque dans mon ventre renforce ma colère. Et ma décision.

– Prends tes affaires, on y va.

– On rentre à la maison ?

Je serre les dents en l'entendant parler ainsi de chez moi et redescends directement à ma voiture.

À peine est-elle installée sur le siège passager que je démarre aussitôt, envoyant un nuage de poussière derrière nous.

– Mas, je…

– J'suis pas d'humeur, Virgin, je crache sans un regard avant de monter le son de la radio pour couvrir celui de ses souffles.

Il me semble l'avoir vue tiquer en m'entendant prononcer son nom, celui que je lui ai donné et dont elle devra se contenter de ma part dorénavant. La route défile, l'asphalte fumant trouble un peu plus mon esprit déjà obscurci par le tourbillon chaotique de mes pensées. Je m'accroche au volant, pour ne pas lâcher de vue ce vers quoi je nous mène. C'est le meilleur choix, pour elle comme pour moi.

Je regarde dans mon rétro encore et encore, pour m'assurer que le Mas fragilisé est bien resté là-bas, dans cette chambre miteuse qui a scellé nos ébats.

Je me gare le long d'un trottoir et sors de cette voiture étouffante. Je tape un message rapide à Lincoln et fume une cigarette en à peine six longues bouffées. Quand je vois son corps maigre apparaître dans la rue, je ne contrôle pas mes doigts qui broient le mégot encore brûlant.

– Mas, ça fait un bail ! il lâche d'une voix hachée.

Son regard est fuyant, dérivant constamment sur mon siège passager encore occupé.

– T'es sûr de toi ? il m'interroge en fixant Gin longuement. Je comprends pas pourquoi tu v…

– On fait comme on a dit pour le blé, trente-cinq pourcent, c'est tout ce qui doit t'intéresser, je tranche en avançant vers la portière. Je continue à gérer les négociations, tu t'occupes seulement de la garder à l'abri des enculés. Sans la toucher, je le menace une fois de plus.

Je l'entends marmonner un vague « ok », tandis que mes doigts moites galèrent à attraper la poignée.

– Sors de la voiture, Virgin.

Je ne reconnais pas ma voix, et elle non plus apparemment. Elle m'adresse un regard terrifié, plus encore que la première fois qu'elle m'a rencontré après son exhibition ratée.

– Pourquoi ? elle s'inquiète en regardant derrière moi.

– Descends, maintenant.

Elle se met en mouvement et son affolement devient si communicatif que je m'écarte et fais le tour du véhicule.

Je suis déjà de retour derrière le volant alors qu'elle vient à peine de poser ses pieds sur le trottoir.

– Qu'est-ce que tu fais, Mas ?

– Je m'en vais, je lâche en étranglant le cuir du volant entre mes doigts.

– Comment ça, tu… Attends, tu me laisses tomber ? elle comprend enfin. Encore ? Après tout ça ?

Je ne devrais pas, mais je tourne la tête vers elle malgré moi. Pour la regarder une dernière fois. Ce que je lis en elle me fait l'effet d'une bombe H larguée au milieu de mes tripes et mon pied enfonce violemment la pédale d'accélération.

Elle sursaute et avant de pouvoir le regretter, je démarre comme un furieux. La portière claque d'elle-même en percutant un poteau et je recommence à respirer seulement quand son corps a disparu de mon rétro.

Je suis lâche mais sensé. Cette fille était trop dangereuse pour moi, pour Abby, et même pour ce connard de Victor. J'ai été faible quand je l'ai laissée chez Tara, cette fois, je vais prendre sur moi. Je ne retournerai pas la chercher, c'est mieux comme ça.

Je tire sur ma ceinture pour essayer de soulager ma poitrine comprimée, mais je finis par la détacher entièrement, remuant sur mon siège comme un gamin angoissé.

Ses yeux emplis de peur et de trahison me hantent toujours quand je me gare devant mon appart et que je décide de repartir vers le premier bar qui saura étancher mon besoin d'alcool et de nanas.

Je veux effacer de moi tout ce qui me ramène irrémédiablement à elle. J'ai besoin d'oublier ce qu'elle a déclenché en moi, ce qui me fait courir trop de danger pour une simple nana. *Une simple nana.* C'est ce que je me répète à chaque gorgée que je bois. Et malgré l'alcool fort qui s'insinue dans mes veines, je ressens toujours cette horrible sensation d'avoir fait la plus grosse connerie de ma vie.

CHAPITRE 11

Cadence

Ce n'est pas arrivé. Je me répète ça des dizaines de fois, comme le refrain d'une affreuse chanson dont on n'arrive pas à se débarrasser. *Mas n'est pas parti.* Pas définitivement. Pas après ce qu'il vient de se passer. Non. Impossible. Ce que nous avons fait tous les deux, ce qui s'est établi entre son corps et le mien, ça n'avait rien à voir avec nos premières étreintes. Je l'ai senti, dans tout mon être. J'ai flanché, j'ai mis de côté toutes les raisons sensées qui me poussent à être ici. Pour lui, j'ai choisi. Et j'ai cru que lui aussi. Je le crois encore, d'ailleurs, et c'est pour ça que je sais qu'il va revenir. Je n'ai pas pu me tromper à ce point.

– Ramène tes fesses à l'intérieur.

Je refuse de regarder celui qui s'adresse à moi et continue à fixer désespérément l'horizon. *La voiture va réapparaître d'une seconde à l'autre.*

– Il ne reviendra pas, poupée. Il m'a refilé le dossier, c'est terminé.

– Mas ne ferait jamais ça, je murmure en avançant vers la route.

– Hey, reste là ! il s'énerve en tirant sur mon bras.

– Lâche-moi !

Je me débats, mais je suis trop chamboulée pour le faire avec force.

– Joue pas à ça avec moi, il s'impatiente en me pinçant. D'après ce que j'ai compris, t'as pas trop intérêt à traîner dans la rue si tu ne veux pas te faire enlever. Alors arrête de faire ta casse-couilles et suis-moi.

Je le regarde enfin et la première chose qu'il m'inspire n'a rien à voir avec ce que Mas me fait ressentir. Ma santé mentale s'en félicite. Ce ne sont pas les tuteurs qui m'excitent. Seulement un en particulier. Et je ne sais pas si je dois en être ravie ou terrifiée. Parce que si Mas ne revient pas, je ne crois pas pouvoir m'en remettre.

– Qu'est-ce que tu fais, Lincoln ?

Je me retourne vers cette voix qui me dit vaguement quelque chose, et très vite, je reconnais cette fille que j'avais croisée au *Devil Sucks*. Plus moyen de me souvenir de son prénom, mais ses yeux, eux, ne m'ont jamais quittée. Je la revois souvent sur les genoux d'Harley en train de…

– On arrive, balance Lincoln en me poussant devant lui. Dis bonjour à ta nouvelle copine, Loly.

Elle me fixe, le temps pour elle de faire remonter les souvenirs. Il faut dire que la position dans laquelle elle m'a rencontrée cette nuit-là n'avait rien à envier à la sienne.

Mon Dieu, j'avais presque oublié par quoi je suis passée depuis que tout a commencé. J'étais trop centrée sur Master. Trop obnubilée par les battements frénétiques de mon cœur en sa présence. À tel point que mon cerveau a mis de côté l'autre part de la réalité. Celle qui est dégueulasse et honteuse.

– Salut, elle siffle alors que je passe devant elle. Bienvenue.

Je fronce les sourcils, surprise par son attitude antipathique.

– Merci, je m'appelle Gin, j'ajoute en lui adressant un regard appuyé.

Le sien est un savant mélange de mélancolie, de douleur et de dédain.

– Quelqu'un te ramènera tes affaires, m'informe Lincoln en refermant derrière lui. Prends la chambre du fond.

Je détaille l'intérieur de sa maison en tournant lentement sur moi-même. De vieux meubles abîmés s'entassent un peu partout et la crasse recouvre presque chaque centimètre carré. *Fabuleux !* Cet endroit ressemble plus à ce que j'avais imaginé quand j'ai décidé de rejoindre le Round. En comparaison, l'appartement de Mas est un véritable nid douillet.

– On te laisse faire comme chez toi, il reprend en fermant la porte d'entrée à clef. Loly et moi, on a plein de choses à revoir…

Je retiens la grimace qui se faufile sur l'ourlet de mes lèvres.

Sa main gauche vient d'entourer la taille de la fille et l'autre a plongé sous l'élastique de sa petite jupe. Je l'ai vue fermer les yeux, juste une seconde, avant d'adresser un sourire lascif à Lincoln. Elle est forte.

Quand ils disparaissent en haut des escaliers, j'avance jusqu'à la porte de ma nouvelle chambre. J'ai la nausée et le tournis et je suis obligée de m'appuyer un instant contre le chambranle pour ne pas m'écrouler. Mon corps est en train de comprendre la traîtrise qu'il a subie et il rejette tout le reste.

Je me traîne jusqu'au lit et me laisse tomber dessus. Les draps sont sales et froissés, mais je ne suis pas en état de m'en soucier. Alors je reste là, à regarder le plafond. Chaque fois que le visage de Mas apparaît devant mes yeux, une douleur me pique les rétines. Il n'a pas pu partir pour toujours. Il n'est pas comme ça, si ? Sauf que je l'ai tellement provoqué, je l'ai poussé si loin au-delà de celui qu'il était que j'ai peut-être mal estimé sa réaction en retour. C'était quitte ou double. Il pouvait plonger entre mes bras avides ou fuir.

Et je refuse de croire qu'il ait pu si vite changer. Il était à deux doigts de briser son serment, de le faire pour moi. À un battement de cœur de bouleverser tout ce qui attend patiemment en moi depuis des années. Je ne comprends rien. Je lui ai offert une opportunité et il a choisi de tout refouler. Il ne m'a pas choisie, moi.

– Ça suffit, je grogne en me redressant. Arrête ça de suite, Cad.

Il m'a déjà laissée chez Tara sur un coup de tête. Il va revenir, comme la dernière fois. J'ai juste à patienter ici, en espérant que Lincoln me laisse tranquille. Et pour ça, je peux compter sur la pauvre Loly qui vient de se mettre à crier.

Je me tends, regarde vers la porte entrebâillée qui laisse passer des bruits que j'aimerais n'avoir jamais entendus. Malgré l'étage qui nous sépare, elle crie si fort que j'ai l'impression qu'elle se trouve dans le couloir juste là, à subir ce que mon esprit imagine bien trop facilement.

– C'est ça Loly, vas-y !

Lincoln s'en donne à cœur joie lui aussi. Il grogne, geint et expire comme un animal.

– Je veux que tu jouisses, Loly, que tu jouisses mieux que ça, il beugle par-dessus le bruit de son lit qui grince et racle le sol.

Par-dessus les gémissements intenses de Loly.

Mon Dieu, je suis comme ensorcelée. Mais pas au sens positif du terme. C'est une magie noire écœurante qui s'en prend à mon esprit. Et j'écoute inlassablement les ébats affreux de mes nouveaux colocataires. *Je viens à peine d'arriver, bon sang !* Ça annonce déjà la couleur.

Je reprends soudain pied, sors du lit en trombe et tire sur la porte de toutes mes forces. Je crie en silence contre le bois sale, serre mes poings aussi fort que mes paupières. *C'est un cauchemar. Je vais me réveiller.* Master va revenir pour me récupérer.

Sauf que la journée passe et que personne ne vient. Je n'ai plus de voix à force d'avoir étouffé des cris désespérés entre mes mains.

La seule visite que je reçois à la nuit tombée est celle d'une Loly dont le maquillage a un peu coulé. Elle semble éteinte, ravagée. J'ai à peine ouvert la bouche pour lui parler qu'elle a déjà disparu. Ne reste que le sandwich et le verre de soda qu'elle a déposés au sol dans un geste brusque. Comme si je pouvais avaler quelque chose.

Je ne ferme pas l'œil de la nuit. Le moindre grincement m'envoie un pic d'angoisse et quand Lincoln décide de reprendre ses leçons de *contre-fesse* avec Loly, je sais que les heures jusqu'au matin vont être longues. J'aimerais enfoncer ma tête dans l'oreiller, mais il est trop douteux pour ça. Alors je me recroqueville sur ce lit miteux, enfonce mes doigts dans mes oreilles de toutes mes forces et ferme les yeux. Je me balance et fredonne tous les morceaux qui me passent par la tête, comme une putain de vierge possédée.

Mas va venir me chercher.

Je ne sais pas à quel moment je finis par sombrer, mais quand j'entends des klaxons par la fenêtre, je me jette sur mes pieds sans réfléchir. C'est là que je réalise que le soleil s'est levé et brille déjà haut dans le ciel. Et c'est là que je comprends que Mas n'est toujours pas revenu. Pendant un instant, j'ai cru que c'était lui qui klaxonnait dehors, mais non. C'est seulement une bande de jeunes qui chahute, comme si de rien n'était. Comme s'il n'y avait pas une idiote inconsciente derrière sa fenêtre.

– Tiens.

Mon front frappe la vitre et je me retourne vers la porte, le cœur au bord des lèvres.

– Loly, tu m'as fait peur.

– Vraiment ? elle ricane en avançant avec une assiette dans ses mains. Pourtant, c'est moi la plus inoffensive entre ces murs.

Je l'observe marcher en contrôlant ses pas, comme si chacun de ses mouvements la faisait souffrir. Je ne veux même pas imaginer par quoi elle est passée.

– Ça va ? je lui demande tout bas.

Elle hausse les épaules et jette un nouveau sandwich sur mon matelas. Elle regarde autour d'elle, perdue dans ses pensées, et finit par se laisser tomber sur le lit.

– Pourquoi t'as choisi de faire ça ? elle lance sur un ton dur.

– Hum, je me racle la gorge pour retrouver un semblant de voix. Je commence à ne plus le savoir, je réponds, lasse. L'argent…

– Ouais… elle grince en jouant avec la boucle de sa sandale.

– Et toi, Loly ?

J'ai besoin de le savoir. Aujourd'hui plus que n'importe quel autre jour, j'ai vraiment besoin de comprendre ce qui peut pousser une fille à se retrouver là. Ce qui a pu convaincre Ingrid de faire ce choix, alors qu'elle m'avait moi.

– Parfois, la vie te laisse croire que tu ne vaux rien. Que quoi que tu fasses, les choses seront toujours horriblement compliquées. Alors l'argent semble être quelque chose qui peut tout régler. Quitte à souffrir, quitte à devoir subir une vie misérable, autant que ça paye.

Elle se tait et je continue à la fixer. Ses raisons sont déprimantes, tellement inappropriées. Comment peut-on croire que la vie se résume à ça ? C'est trop facile, putain ! Tellement lâche et insensé !

Je sens la colère monter en moi et quand je regarde Loly, c'est Ingrid que je vois devant moi. Je suis obligée de mordre ma langue et de cacher mes poings serrés derrière mon dos pour qu'elle ne remarque pas combien sa réponse m'a mise hors de moi.

– Pourquoi est-ce que Master t'a larguée ici ? elle lâche soudain.

Une bouffée de douleur se mélange à mes nerfs quand je l'entends prononcer ce nom maudit.

– J'en sais rien, j'élude en reculant d'un pas.

– Je sais pas ce que tu as fait pour te le mettre à dos, mais t'aurais jamais dû. Même si d'après les rumeurs il a fait des trucs louches ces derniers temps, ce n'est pas le pire de tous. Loin de là.

Elle avale sa salive avec difficulté, regarde par-dessus son épaule pour vérifier que personne ne nous écoute et reprend :

– Ici, c'est l'enfer sur Terre, Gin, elle ajoute en pinçant ses lèvres. J'ai entendu les gens parler de toi, elle crache presque jalouse. Je les ai entendus dire que tu devais rester vierge. C'est sûrement une chance, mais pour l'instant seulement. Tu es trop sûre de toi, je te jure qu'ils trouveront une manière de t'avoir. Les gens parlent beaucoup trop de toi, elle répète.

Je suis déçue par son aversion pour moi. Elle me voit comme une rivale, son amertume est palpable.

– Peut-être que je n'ai pas le choix… je murmure en battant des cils pour chasser mes larmes. Tu te trompes sur mon compte, Loly. Je ne suis pas là pour te prendre quoi que ce soit, crois-moi.

Elle me dévisage alors plus intensément, comme si elle me découvrait pour la première fois. Je ne sais pas quelle idée elle se faisait de moi, mais on dirait qu'elle se rend enfin compte que je ne suis pas la concurrente qu'elle imaginait.

– Tu n'es pas comme les autres, elle articule dans un mélange doux et amer.

Elle s'est relevée sur ces derniers mots et son ton me fait toujours froid dans le dos. Je n'arrive pas à savoir de quel côté elle est.

– De qui tu parlais en disant que certains sont pires ? je l'interroge suspicieuse. De Lincoln ?

– Non, Lincoln est brusque, mais pas méchant.

– Ouais, je raille en pointant son corps de mon menton. Quand je te regarde, que je vous entends tous les deux, j'en doute fortement.

– Tu ne sais pas de quoi tu parles, Gin. Je pourrais presque aimer ce qu'il me fait si je n'étais pas à ce point amochée. Ce n'est pas de lui dont je parle, elle poursuit plus bas.

– De qui, alors ?

La porte d'entrée claque au même instant et des éclats de voix résonnent jusqu'à nous.

– Quand on parle des loups… elle souffle en reculant pour sortir de ma chambre. Je suis désolée…

– Qu'est-ce que tu veux dire ?

Elle grimace, je lis furtivement la honte et le regret sur son visage émacié. Je me lève sur la pointe des pieds pour essayer de voir les silhouettes qui se détachent derrière son corps maigre. Le contre-jour m'empêche de reconnaître les nouveaux arrivants et mon esprit à la con s'emballe en imaginant le visage de mon tuteur. Mais tandis que je vois deux corps s'avancer tranquillement jusqu'à nous, une alarme s'enclenche dans ma tête. Ça y est, ils sont assez prêts pour que je puisse les voir nettement. Et la peur qui brouille ma vue ne suffit pas à effacer ces traits familiers.

– Virgin, c'est un tel plaisir de te revoir.

– Reda, je souffle.

– Tu es encore plus belle que la dernière fois, il poursuit en se léchant la lèvre inférieure.

On s'affronte du regard et je refuse de baisser les yeux face à lui. Encore moins de répondre à son sourire vicieux.

– Hum.

L'homme derrière lui vient de se racler la gorge et le rictus qu'il m'offre me fait froid dans le dos.

– Oh pardonne-moi, s'exclame Reda. Je manque de savoir-vivre. Virgin, je ne crois pas que tu aies déjà rencontré mon ami ici présent.

– En effet, on ne s'est pas encore côtoyés, mais je suis certain que tout ça va très vite changer, lâche l'homme en posant ses yeux verts sur moi.

Je ne l'ai jamais officiellement rencontré, mais je sais qui il est. Je l'ai déjà vu et je me souviens du regard que Mas a posé sur ce type.

– Tiago.

Il semble surpris d'entendre son prénom sortir de ma bouche.

– Oh je vois. Est-ce que ma réputation m'aurait précédé ?

– Mas m'a parlé de toi.

Je devrais me taire, mais je ne supporte pas le regard suffisant qu'il pose sur moi. Et m'entendre parler de mon tuteur semble briser un peu sa façade.

– Master, il susurre en se rapprochant de moi. Lui et moi, c'est une grande histoire. Je suis certain qu'il ne t'a rien dit à ce sujet, d'ailleurs. Sinon tu n'oserais pas me regarder de cette manière.

Il tourne autour de moi et je sens la caresse corrosive de ses yeux sur chaque partie de mon corps.

– J'ai encore du mal à croire qu'il t'ait laissée ici, il siffle en se replaçant devant moi.

– Il va revenir, je rétorque sur un ton de défi.

– Peut-être bien… C'est vrai que tu es encore plus jolie que dans mes souvenirs. Tu es toujours vierge ?

Je me prends sa question en pleine glotte, si fort que je n'arrive pas à lui répondre. Alors je me contente de hocher la tête, en le dévisageant férocement.

– Eh ben sur ce coup, le Master m'impressionne. Pas sûr d'être capable d'en faire autant. Il ne t'a jamais touchée ?

Je croyais que Reda était celui que je détestais le plus. Faux, ce type-là m'inspire bien pire.

– Non, c'est ce qui était prévu, je me défends en passant sous silence bon nombre d'épisodes.

– Pourtant, on m'a rapporté que vos petites exhibitions étaient chaudes… Et celle que j'ai observée de mes propres yeux hante encore mes nuits, il poursuit en traçant le contour de ma mâchoire avec son pouce.

D'un mouvement de tête, je repousse sa caresse écœurante.

– Juste ce qu'il faut pour faire parler de moi, je rétorque du tac au tac.

– Et ça a marché, au-delà même de ce que j'avais imaginé.

Je lui offre le rictus le plus méprisant que mon courage me permet, avant de me décaler sur la droite. Je ne supporte plus de sentir son haleine buter contre ma bouche. Encore moins ses iris diaboliques qui essayent de me pénétrer. Tout en lui me crie de fuir. *Je t'en prie, Mas, c'est le moment de revenir.*

– Suis-moi, Virgin.

– Où ça ?

– Dans le salon, ne t'inquiète pas. J'aimerais te découvrir davantage. Tu sais comment ça se passe, entre tuteurs et émissaires, on aime connaître l'étal.

Je le regarde s'avancer vers la grande pièce et m'inviter à le suivre d'un geste théâtral.

– Tu sais déjà tout ce qu'il y a à savoir sur moi, je n'ai rien à faire avec toi.

– Ah oui ? Qui a dit ça ?

– Mas ! je m'exclame en lançant un regard vers Lincoln. Dis-lui, toi !

– Tss tss tss, tout doux, petite vierge. Lincoln est un bon ami, il sait comment fonctionne le business. Contrairement à Master, il a compris que pour gagner du blé, il faut savoir partager… et fermer les yeux. J'ai une revanche à prendre et de beaux projets pour toi, chérie. Tu devrais être ravie, je vais te rapporter bien plus que ce que l'autre misérable t'a promis.

Non, non, non ! Je lance un regard meurtrier vers Lincoln. Du moins j'essaie. Les paroles de Tiago n'augurent rien de bon et je suis trop terrorisée pour donner l'effet escompté. Je cherche une issue des yeux, perdue. Quand je croise le regard de Loly, je la supplie de m'aider, même si elle est aussi impuissante que moi. Mais, après m'avoir adressé un haussement de sourcil indéchiffrable, elle murmure quelques paroles dans l'oreille de son tuteur et sort de la maison.

Elle m'abandonne là, entre trois enfoirés qui me veulent du mal. Parce que c'est exactement ça, je le vois dans la lueur qui brûle dans leurs yeux. Et je ne veux même pas imaginer les projets qu'ils me réservent maintenant que je suis seule avec eux.

Le pire, dans tout ça, c'est que je ne pense presque qu'à Mas et je me demande comment il a pu me laisser tomber de la pire des manières. Comment il a pu un seul instant préférer sa carrière à ma vie tout entière. *Quelle conne !* J'ai été aveuglée par mes sentiments. Je comprends seulement maintenant que jamais il n'a vu en moi autre chose qu'une prostituée à formater. J'y ai cru, quelques heures, peut-être un peu plus. *Grossière erreur.*

– Il va revenir, je murmure une dernière fois.

– Peut-être, ou peut-être pas. Quoi qu'il en soit, je vais m'assurer qu'il sache pour toi et moi, mais pas avant que notre petit tête-à-tête soit terminé. Il le saura, je te le promets, mais quand il arrivera, il sera trop tard.

Je contracte mes jambes pour ne pas vaciller, mais la menace de Tiago me glace tellement que je recule d'un pas malgré moi. *Trop tard ? Trop tard pour quoi ?*

– Ça fait un moment que j'imagine ce moment… il siffle en adressant un mouvement de tête à ses compères. Reda, va préparer les dernières formalités, on vous rejoint quand tout sera prêt.

– Je n'irai nulle part avec toi ! je crache dans sa direction.

– Ouvre l'œil quand même, il poursuit à l'encontre de Reda sans me répondre. Je ne voudrais pas que Master arrive au mauvais moment. Même si voir sa tête quand j'aurai ma bite entre ses cuisses me ferait jouir plus vite que la meilleure pute de Reno.

Quoi ? Il ne va pas…

Reda lui lance un regard surpris, il n'a pas l'air à l'aise avec ce que son ami vient de dire. Quant à moi, la panique prend le dessus sur le reste et je me jette vers la porte laissée ouverte par la fuite de Loly.

Mais Reda et Lincoln ne me laissent même pas poser un doigt de pied sous le porche. Je ne sais pas lequel des deux me jette en arrière. C'est trop rapide et je tombe si fort que mon crâne percute la première marche de l'escalier. Des milliers d'étoiles explosent sous mes paupières, me rendant incapable de bouger.

– Doucement, je ne veux pas qu'elle soit inconsciente.

J'ai mal à la tête et la nausée qui monte en moi m'empêche de respirer.

Ma vue est trouble tandis que je suis des yeux Reda et Lincoln qui sortent à leur tour de la maison. Je calcule un instant mes chances de m'enfuir en courant une seconde fois.

– N'essaie même pas, articule Tiago en attrapant mon bras.

Je me débats, mais sa poigne est trop forte. La gifle qu'il m'assène me plonge dans le noir et quand je reprends connaissance, je n'ai plus aucune échappatoire.

Je suis allongée sur la grande table du salon et mes jambes qui pendent dans le vide n'ont aucune accroche. Pire, je suis tellement tétanisée de peur que je n'arrive pas à ordonner à mes membres de lutter.

– Oh putain, s'extasie Tiago en me touchant les cuisses de la pire des manières.

– J'ai plus de valeur vierge, je gémis en sentant ses doigts remonter plus loin.

– Oh ne t'en fais pas, ça je le sais ! Mais il y a tellement d'autres choses à faire sans détruire cette petite fleur.

Il appuie son geste d'une pression de son index contre ma culotte et je trouve enfin la force de me rebeller. Je me revoie des années en arrière, quand Mike s'apprêtait à me violer. Sauf qu'aujourd'hui, Ingrid ne viendra pas me sortir des griffes de Tiago. Je suis seule, abandonnée encore une fois.

Je serre les dents. Je dois me sauver toute seule, et si j'échoue, il ne m'aura pas sans résistance.

C'est tout ce que je peux me promettre à moi-même en cet instant.

– Ne me touche pas ! je hurle en envoyant mes jambes vers lui.

– Pourquoi tu résistes, Virgin ? Je vais te faire exactement ce que les autres te feront bientôt. Et je te promets d'être doux… il ajoute en léchant mes lèvres.

Mes dents s'enfoncent dans sa chair et le goût de son sang envahit ma bouche. Il éclate de rire et je détaille cet homme sordide qui a la main sur moi.

– Mais si tu n'es pas sage, il reprend en tirant sur mes poignets pour m'asseoir, je te baiserai plus fort…

Je ne comprends rien, il vient de me dire qu'il ne touchera pas à ma virginité et maintenant il… *Oh mon Dieu.* Mon cerveau refuse l'image qui tente de s'imprimer en lui. Il lutte contre cette idée horrible jusqu'à ce que Tiago me tire en avant pour me faire rebasculer sur la table. Sur le ventre, cette fois.

– Non, non, non… je crie en essayant de me délivrer de sa prise.

– Ce sera notre petit secret, Virgin, il susurre dans mon oreille tandis que son corps entier est appuyé contre moi. Contre mon dos, mes jambes. Contre mes fesses.

Pas ça. Par pitié, pas ça.

J'essaie de glisser contre la table, mais il maintient mes mains au-dessus de ma tête et s'appuie plus fort contre moi. La fraîcheur ambiante fait frissonner ma peau quand il relève ma jupe sur mes hanches. Je pleure, je le sais parce que mes larmes qui s'étalent sur la table me rentrent dans le nez à chaque inspiration.

Malgré le bourdonnement qui s'amplifie dans mes oreilles, j'entends très distinctement le bruit de sa braguette descendre et le poids de son pantalon tomber sur le sol.

Alors je crie, comme je n'ai jamais crié. Je hurle en espérant couvrir le reste. Comme si ça pouvait suffire à effacer ce qu'il s'apprête à faire. J'ai mal à la gorge, mais je n'arrête pas. Je m'accroche à ce son déchirant qui sort de ma poitrine en priant pour qu'il arrête le temps. Et ça fonctionne.

Soudain, je ne sens plus rien. Ni ses ongles enfoncés dans mes bras, ni son corps écœurant affalé sur le mien. J'ai tellement mal à la tête que mes oreilles sont comme emplies de coton. Et mon corps est si transi de peur que je galère à me redresser.

– Va-t'en, Gin. Dépêche-toi !

La voix qui vient de crier ainsi perce le voile opaque qui m'entoure. Je suis incapable d'analyser à qui elle appartient, mais en me retournant, je suis persuadée que c'est Mas. Je veux croire que c'est lui, qu'il a changé d'avis et est revenu juste à temps. Pour moi.

– T… Tara ? je bafouille en découvrant la personne qui se tient en fait derrière moi.

Mes yeux se portent au-delà de son visage, mais il n'y a personne d'autre avec elle.

– Qu'est-ce que tu fais là ?

– Vite ! elle s'affole en regardant sur ma gauche.

Tout est au ralenti autour de moi et les pulsations qui frappent l'arrière de mon crâne me déséquilibrent quand je me tourne trop vite dans la direction qu'ont prise ses yeux.

– Putain…

Tiago est allongé juste à mes pieds, une plaie énorme inondant sa tempe d'un sang écarlate. Je pourrais presque rire de voir son cul nu ainsi exhibé, mais un haut-le-cœur surgit au même moment et je vomis sur mes pieds. *Merde, j'aurais dû viser ce déchet !*

– C'est toi qui as fait ça ? je demande à Tara en m'essuyant la bouche. Comment tu as su ?

– C'est Loly, elle m'a envoyé un message dès que Tiago est arrivé. La connaissant ça m'étonne d'elle, mais tu as le don pour te faire les alliés les plus surprenants. Dieu merci, j'étais tout près.

Dire que je l'ai maudite sur onze générations…

– Il faut partir et vite !

– Où est Mas ?

– J'en sais rien, j'ai seulement réussi à joindre Garett pour le prévenir.

Malgré les vertiges et le choc qui accaparent mon esprit, la déception s'infiltre en moi et amplifie la douleur mille fois. Il n'est pas là. C'était la dernière fois que j'avais encore un espoir. À partir de maintenant, c'est terminé.

– J’ai frappé fort, mais il est costaud, ce bâtard. Il faut filer, Gin.

Elle passe un bras sous le mien pour m’aider à avancer et à mesure que la porte d’entrée se rapproche, la douleur dans ma tête s’intensifie.

– Tiens le coup, on y est presque, me souffle Tara en me sentant flancher. Ça va a…

Mon corps part en avant et je n’ai pas la force de me raccrocher à quoi que ce soit.

– Espèce de salope !

Je me retourne sur le dos et la carrure imposante de Tiago remplit tout mon champ de vision. Je sais alors que c’est fini. Il tire sur mon bras pour me remettre sur pied et me balance si fort contre la table que j’en ai le souffle coupé.

– Je vais finir ce qu’on a commencé et ensuite je m’occuperai de ta copine.

Je lance un regard tout autour de moi et repère Tara, inconsciente dans un recoin du salon, du sang dégoulinant le long de ses cheveux blonds.

– Non !

J’essaie de me jeter sur elle mais Tiago ne me laisse pas faire. Il me bloque et m’envoie une gifle phénoménale d’un revers de la main. Le geste est si violent que sa bague s’enfonce dans ma pommette. Je sens un liquide chaud couler sur ma joue, tandis qu’il me rallonge sur cette maudite table.

– J’ai changé d’avis, il grogne dans ma nuque. Je ne serai pas doux.

Ses mains agitées se faufilent à nouveau sous ma jupe pour la relever et quand je le sens à la lisière de mes fesses, j'arrête de respirer.

Je n'aurais jamais dû venir ici. Qu'est-ce que je croyais ?

Je me blinde, mords ma langue de toutes mes forces, mais je crie quand même quand un *clac* assourdissant retentit et que mon corps part en avant. Tiago est si lourd sur moi, la douleur dans mon dos si puissante.

Je sombre enfin dans l'inconscience, espérant pour la première fois de ma vie ne plus jamais me réveiller. Si nos morts sont écrites à l'avance, je prie pour que la mienne arrive aujourd'hui.

CHAPITRE 12

Mas

Les trois premiers verres de whisky auraient dû rendre son visage plus flou. La tequila qui a suivi aurait dû effacer les contours de son corps gravés dans mon esprit. Et je comptais sur la vodka que je suis en train de mélanger à tout ça pour l'éradiquer complètement de mes pensées. Sauf que rien n'y fait. Je m'enivre dans ce bar et Virgin continue de flotter devant mes yeux rougis. L'ivresse fait danser sa silhouette devant moi comme une putain de danseuse de pole dance !

– Isobel, je crache d'une voix rauque. Ramène ton cul par ici !

L'instant d'après, elle pose ses fesses maigres sur mes cuisses contractées et gémit en sentant ma main s'engouffrer entre ses jambes.

– Enfin, elle s'extasie en appuyant son dos contre mon torse. Tu m'as trop manqué, Mas.

Mon cœur s'emballe, mais certainement pas sous le coup de l'excitation. Il se rebelle seulement contre ce que je suis en train de faire, frappant contre ma poitrine blindée pour se faire entendre. Ce connard en veut une autre et il essaie de ramener mon corps à la raison. Heureusement, je suis suffisamment saoul et excédé pour le laisser s'exciter sans m'arrêter. Il va finir par s'essouffler et revenir à la normale.

Isobel remue ses hanches pour chercher ma queue entre ses fesses. Elle insiste, s'enfonce avec plus de vigueur, mais finit par lâcher l'affaire. S'il y en a une qui se ligue contre moi sans états d'âme avec mon enfoiré de cœur, c'est ma putain de queue. Elle refuse de coopérer. Depuis que le bout de mon gland a frôlé la fente de Virgin avant d'en être privé, elle me le fait payer. Si j'ai réussi à me faire la fille du club, depuis, rien n'y fait : Isobel est la troisième que j'essaie de me taper, sans succès. Je n'ai même plus la force de la faire jouir sur ce putain de tabouret bancal.

– Bouge, je grommelle en l'éjectant de mes jambes.

– Tu te fous de ma gueule ? elle s'énerve en serrant ses cuisses. C'est quoi ton problème ?

Je lui adresse un mouvement de main sans équivoque et elle me lâche un dernier regard furieux, avant de rejoindre une autre table. Dans le miroir qui me fait face, je regarde son reflet malgré moi. Et encore une fois, alors que je l'observe monter à califourchon sur les genoux d'un autre type, je ne peux pas m'empêcher d'imaginer Gin à sa place. Dans très peu de temps, quand elle sera devenue une pute comme les autres, quand sa rareté et sa pureté auront été éradiquées, elle finira par déambuler ici comme un mannequin à qui on aurait fait porter trop de choses.

– Rha !

D'un geste rageur sur le comptoir, je fais tomber tous les verres vides que je me suis enfilés depuis que je suis venu me terrer ici. La barmaid doit avoir l'habitude, parce qu'elle se met à tout ramasser sans un mot ni un regard.

La tête entre les mains, je presse mon crâne avec une hargne insoupçonnée. Peut-être qu'en écrasant ma tronche de toutes mes forces j'arriverai à en extraire ce poison foireux. Je veux qu'elle sorte de ma tête. La refourguer à Lincoln était censé me permettre de passer à autre chose et venir me bourrer la gueule ici devait détruire mes dernières résistances. Mais pour l'instant, c'est juste pire qu'hier. L'étau qui enserre mon thorax est en train de briser plus que mes souffles.

– La bouteille, je gronde en tendant une main agitée vers la barmaid qui sert du whisky à un autre client.

Elle s'exécute sans riposter et je noie mes relents de Gin sous le liquide cuivré. Je ferai ce qu'il faut pour me débarrasser de ce qu'elle a fait naître en moi, même si je ne sais pas par où commencer. Difficile d'appréhender cette fumée qu'elle a lentement insufflée sous ma peau, jusqu'à intoxiquer ce que je croyais maîtriser.

– Mas, putain, je t'ai cherché partout !

La voix de Garett surgit de nulle part et je suis trop bourré pour mettre ses mots dans le bon ordre.

– Ferme-la, tu me casses la tête à gueuler comme ça !

Il continue à déblatérer des paroles incompréhensibles et je me lève si brusquement que mon tabouret bascule en arrière. D'un coup d'épaule, j'éjecte mon collègue et titube entre les tables. Je devrais être plus saoul que ça, bordel, même l'alcool se bat difficilement contre cette fille !

– … Virgin !

Voilà que j'entends son nom résonner à mes oreilles comme un ouragan qui planerait au-dessus de ma tête.

– … de Virgin, là !

Mais quand est-ce que ça va s'arrêter ?

Garett me dépasse pour me bloquer le passage. Il me pousse en arrière et sa voix se fait soudain plus claire.

– Mas, merde, faut vraiment que t'ailles la chercher !

– Fous-moi la paix, j'en veux plus de cette fille, elle me rend dingue !

– Qu'est-ce qui t'a pris de la refourguer à Lincoln ?

J'essaie de me débarrasser de lui, mais ce qu'il me dit ensuite m'empêche de bouger.

– Il est de mèche avec Tiago depuis des mois ! Tara vient de m'appeler, Tiago est là-bas !

– Quoi ?

Je secoue la tête pour être sûr que le whisky ne me joue pas des tours, mais bizarrement, je me sens beaucoup plus net, tout à coup.

– Répète ce que tu viens de me dire !

– Tiago est chez Lincoln. Il a su que tu t'étais débarrassé de Gin chez lui et il a cash rappliqué. Loly a appelé Tara pour la prévenir que c'était la merde. Je crois que Virgin…

– Que Virgin quoi ? je hurle en l'attrapant au col malgré moi.

– Lâche-moi, putain ! Tu l'as cherché alors t'en prends pas à moi ! D'après ce que Loly a dit à Tara, Tiago compte s'en prendre à Gin…

Je n'entends pas la fin de sa phrase. Mes jambes se sont mises à courir vers la sortie. Je ne devrais pas conduire dans cet état, mais il est hors de question que je reste ici une minute de plus.

– Où sont mes clefs, putain ?

– Laisse-moi conduire, Mas. T'es furieux et bourré, tu vas te tuer.

Je lève les yeux vers Garett qui a ouvert ma portière et agite mes clefs devant mon visage.

– Fonce, je me contente de répondre en me décalant sur le siège passager.

– Quoi qu'il se soit passé, ne le tue pas, Mas.

Je ne réponds rien. Je suis déjà en train de réfléchir à la manière dont je vais faire souffrir ce bâtard.

– Roule plus vite, putain, je fulmine en tirant sur mes cheveux.

– Je suis au max, mec. Pourquoi t'as fait ça, merde ?

– Je…

Garett est ce qui se rapproche le plus d'un meilleur ami.

– Hier soir, j'ai failli coucher avec elle.

– Comme si c'était la première fois, il rétorque en grillant un feu rouge.

– Tu ne comprends pas, ça n'avait rien à voir avec les autres fois…

– Merde, ne me dis pas que t'es amoureux de cette fille !

Il éclate de rire et mon poing percute son épaule sans prévenir.

– Carrément pas !

– Alors je comprends pas…

– Tais-toi et roule, connard.

– Quoi qu'il se passe là-bas, Mas, tu me laisses gérer, ok ? Tu t'occupes de Gin et tu me laisses Tiago.

– J'aurais dû le finir quand c'est parti en couille avec Shana…

– T'aurais eu les pires ennuis, mec. Tiago fait partie des gros du Round. Il traite en direct avec Oncle Bobby et il ne t'aurait pas laissé t'en tirer comme ça, tu le sais très bien. C'était le mieux à faire, pour tout le monde.

Il m'adresse un coup d'œil équivoque avant de se retourner vers la route.

– On arrive, je le coupe en sautant de la voiture avant qu'elle ne soit complètement arrêtée.

– Mas, attends-moi !

Certainement pas. La porte entrouverte n'augure rien de bon et si je suis paniqué quand je pénètre dans la petite maison, la scène qui m'attend à l'intérieur fait tout exploser. Mes émotions se mélangent, se fracassent entre elles si fort que je tombe à genoux sans le vouloir.

– Non, non, non, non, non…

Je bouge la tête de tous les côtés pour essayer de trouver du sens à ce que je vois. Et puis je l'aperçois. Et mon cœur cesse de battre.

– Cadence ! je hurle à en perdre la voix. Espèce d'enfoiré, je vais te buter !

Sur la grande table qui me fait face, je reconnais le corps de Tiago courbé sur celui de Gin. Je la devine à peine, minuscule sous la carrure de ce fils de pute. Son pantalon aux pieds, je n'ai aucun doute sur ce qu'il est en train de lui faire. Je vais le tuer, je le sais.

Je me jette sur lui, tire sur le col de sa chemise et le rejette en arrière. Je m'apprête à enfoncer ma semelle dans sa sale gueule pour exploser son crâne, mais un détail me frappe soudain. Un énorme détail. Tiago est déjà mort.

– Il allait la violer…

Je lève la tête pour trouver celle qui a parlé.

– Il allait la violer…

Je reconnais Tara à l'autre bout de la pièce. J'étais tellement concentré sur Virgin que je ne l'ai même pas vue en entrant. Assise par terre, le visage couvert de sang, elle braque encore un flingue devant elle.

– Baisse ça, Tara.

– Est-ce qu'il est…

– Mort ? Ce fumier est mort, ouais.

Je m'attends à la voir s'effondrer, mais contre toute attente, elle range tranquillement son arme dans son petit sac avant de se relever.

– Bordel de merde !

Garett vient de nous rejoindre et, comme moi, il ne sait pas où regarder.

– Gin… il murmure soudain.

Je me retourne aussitôt vers elle et rejoins la table comme un fou. La douleur m'oblige à me retenir à une chaise. Une douleur si puissante que ma vision se trouble. Mais pas assez pour effacer de ma vue le corps de Gin et ses fesses dénudées, qui portent les traces rouges des mains de Tiago. *Pitié... Faites qu'il n'ait pas fait ça.*

Mais le rouge ne s'arrête pas là et mes craintes explosent puissance mille. Il y a du sang. Partout. J'essaie de crier mais mes cordes vocales sont tétanisées, comme le reste de mon corps. Et je réalise que Gin est immobile, inerte et couverte de sang. Ses cheveux emmêlés sont poisseux, sa chemise qui était immaculée quand je l'ai laissée est à présent écarlate.

J'entends une déchirure nette s'étendre de part et d'autre de mon âme. La douleur que je croyais à son paroxysme grandit encore et des cris éclatent dans mon esprit. Je ne sais pas s'ils franchissent ma bouche, mais ça ne change rien. En moi, c'est le chaos total, l'anarchie.

– Gin ? Gin ?

Je l'appelle sans oser l'approcher davantage, plusieurs fois, mais elle reste muette. Horriblement immobile. Je la supplie de se redresser, de m'adresser le moindre signe de vie, mais rien n'y fait. Une vérité s'imprime alors dans mon esprit. Si je la perds aujourd'hui, je me perds aussi. *Non !*

Je retrouve enfin le contrôle de mon corps et me rue sur elle. Je la fais doucement glisser jusqu'à la tenir entre mes bras, molle dans mon étreinte comme une poupée sans vie. Je pose deux doigts contre sa gorge, mais je tremble tellement que je n'arrive pas à sentir son pouls. Alors je tire sur sa chemise et plaque ma main contre sa poitrine. Mon cœur qui était en train de se traîner au fond de ma cage thoracique se remet soudain sur pied. *Elle respire. Seigneur, elle respire.*

– Qu'est-ce qu'il s'est passé ? Tara ! Qu'est-ce qu'il lui a fait ?

– Je l'ai tué avant, elle murmure dans mon dos. Je te le jure, il n'est pas allé au bout de ce qu'il avait prévu de lui faire. Elle a dû s'évanouir, le sang n'est pas le sien, Mas. Calme-toi.

– Son visage, putain… je grogne en remarquant l'entaille qui orne sa pommette.

Je suis en train de partir en vrille. À mesure que je repère les traces qui marquent son joli visage, je m'enfonce dans la fureur. Et dans la douleur. *Qu'est-ce que j'ai fait* ?

– Quand je suis arrivée, Tiago était déjà là. Je crois qu'elle a reçu un coup à la tête, parce qu'elle tenait à peine sur ses jambes. Il l'a frappée au visage quand elle s'est débattue.

– Le bâtard…

En moi, c'est un ouragan de rage qui s'abat. Je la serre contre mon torse et ferme les yeux. Garett et Tara peuvent bien croire ce qu'ils veulent en me voyant agir ainsi, je m'en tape. Je n'aurais jamais dû la laisser là. Je n'aurais jamais dû faire ça. J'ai été lâche et elle en a payé le prix.

J'ai passé deux jours à tenter d'obliger mon esprit à la renier. Deux putains de jours à essayer de reprogrammer mon cœur étourdi. Sauf que c'était inutile. Maintenant que je la tiens entre mes bras, que je détaille son visage sans retenue, je sais que j'étais déjà foutu.

– Il faut bouger, lance Garett en sortant son téléphone. Je ne sais pas comment on va gérer ce merdier.

– Je vais m'en occuper, intervient Tara en m'adressant un sourire désolé. Allez-y, Gin a besoin de voir un médecin et toi, Mas, vaut mieux pas qu'on te trouve ici. Avec ce que le Round te reproche déjà, on va éviter de rajouter un mort à ton dossier.

– Comment tu vas faire ?

– T'en fais pas, Oncle Bobby et moi on se connaît bien. Il me fait confiance et il me croira quand je lui dirai que Tiago était sur le point de briser un gros business, il connaît ses travers. Et avec le coup que ce connard m'a mis sur le crâne, il n'aura aucune peine à croire que je n'avais pas d'autre choix Il sait à quel point Virgin est précieuse, il aurait tué Tiago de ses propres mains si je ne l'avais pas fait. Reda est dans le coup lui aussi, même si je mettrais ma main à couper que Tiago ne lui avait pas tout raconté de ses projets. Je vais m'occuper de lui, j'ai de quoi le tenir, il se place toujours du côté des plus forts. Maintenant barrez-vous.

Je colle Gin contre moi, adresse un dernier regard empli de reconnaissance à Tara et file à la voiture.

– On la ramène chez toi, balance Garett en m'ouvrant la portière arrière. Je vais dire au Doc de nous rejoindre là-bas. S'il le sent pas, il l'emmènera à l'hosto, t'en fais pas.

– J'suis qu'un connard, putain, j'aurais jamais dû la laisser là. Pas avec la menace qui pesait déjà sur elle.

Je m'installe sur la banquette et cale Virgin contre moi. Mes lèvres sur son front gelé, je ne sais même pas ce que je lui murmure. Ça provient de bien trop loin au fond de moi.

Quand je relève la tête pour chercher de l'air par la vitre, je croise le regard de Garett dans le rétroviseur. Je sais exactement à quoi il pense, il a déjà eu ce même regard il y a quelques mois. Et je n'aurais jamais cru que cela se reproduirait. Pas encore. Pas si vite. Pas avec moi.

Je repose mes yeux sur le visage de Virgin. Je la détaille jusqu'à en avoir mal à la tête. Et au cœur. Parce que, quoi qu'il se passe dorénavant, je ne serai pas capable de recommencer. Je ne pourrai pas lui faire ce que j'ai dû faire à Shana. Je n'ai plus personne pour couvrir mes arrières et je vais devoir faire un choix. Sauf que je n'y arrive pas.

Alors je ferme les yeux et laisse mon esprit imaginer mille scénarios possibles. Et quand Garett se gare devant chez moi, je n'ai qu'une certitude : il n'y en a aucun dans lequel tout le monde s'en sort indemne.

CHAPITRE 13

Cadence

Je déteste l'instant où les rêves se dissipent. Ce petit moment où l'obscurité se laisse envahir par la lumière du jour. Je ne veux pas me réveiller. Je refuse de reprendre pied dans cette réalité que j'ai été folle de choisir. Je préfère fuir.

Mes paupières sont lourdes et douloureuses. À chaque battement, j'ai la sensation que du papier de verre râpe ma rétine. J'ai tellement pleuré que je n'ai plus de larmes pour me soulager. Je n'ai plus rien, je me sens vidée.

J'entends un râle s'échapper de mes lèvres pincées et quand mon cerveau m'avertit que je me trouve dans un lit, mon corps s'agite et se jette hors des couvertures. J'atterris sur le sol dans un cri étouffé et marche à quatre pattes sans savoir où je vais. Je n'ai toujours pas réussi à ouvrir les yeux, trop terrifiée par ce que je vais voir.

– Gin…

Je me fige et mes muscles endoloris se tétanisent quand j'entends cette voix. Cette putain de voix que j'ai rêvé d'entendre là-bas en vain. Je suis en train de délirer.

Je sens des mains se poser sur mes épaules et je hurle plus fort. Je ne retiens aucune réaction, griffe et mords les bras qui m'entourent.

– Calme-toi, c'est moi. C'est moi !

– Non !

C'est une complainte à peine plus forte qu'un murmure qui vient de franchir ma bouche, mais ça semble suffire à éloigner les mains qui me touchent. Je reste prostrée, recroquevillée par terre en position fœtale. Les larmes sont enfin de retour et apaisent la brûlure qui fuse sous mes cils.

– Tout va bien, Cadence…

Je sursaute en entendant mon prénom. Tiago ne le connaît pas et il n'y a qu'un seul homme qui le prononce comme ça. J'ouvre enfin les yeux, et dans la pénombre de la pièce, je discerne sa silhouette à quelques pas de moi. Assis par terre, les genoux entourés de ses bras, il me regarde sous ses mèches de cheveux.

Mes dents se mettent à s'entrechoquer et mes ongles s'enfoncent dans le parquet. Je suis prise entre deux volontés, qui arrivent l'une derrière l'autre et se disputent la ligne d'arrivée. Ma première réaction est celle de me jeter sur lui pour me sentir en sécurité. Mais très vite, la seconde me confronte à la vérité. Je ne suis pas en sécurité avec Master. Je l'ai cru, j'ai voulu que ce soit vrai, mais j'ai compris à mes dépens que ça n'arriverait jamais.

Il m'a laissée là-bas, à la merci de Tiago, et ça, je ne sais pas si je pourrai lui pardonner.

– Je ne savais pas que Tiago serait là. Je te le jure, j'ai cru que tu serais à l'abri là-bas.

Je continue à le dévisager, muette et fermée. *À l'abri de quoi, putain ?*

– Dis quelque chose, je t'en prie.

Je ne peux pas. Parce qu'il vient de prononcer tout fort le nom de ce salaud et que la panique s'est immédiatement engouffrée dans mon cœur ouvert en deux.

Je me relève et mes jambes tremblent si fort que je suis obligée de me tenir au bord du matelas pour avancer. Lorsque je passe à proximité de Mas, il se redresse et cherche à m'aider. Sauf qu'il n'ose pas me toucher. Il doit sentir combien sa proximité est un problème, combien mes tremblements se sont accentués quand il s'est rapproché.

J'aimerais lui hurler de reculer, de sortir de cette pièce, mais mon cerveau n'a qu'une idée en tête. Une seule nécessité qui scellera toutes les suivantes. Je dois savoir si Tiago est allé au bout.

Mon Dieu ! Les souvenirs de son sexe contre mes fesses reviennent sur moi comme une vague meurtrière et je m'entends gémir en me rattrapant au lavabo devant moi.

Mas marmonne quelque chose au moment où je ferme la porte d'un coup de pied. Je le sentirais, pas vrai, je le saurais si ce bâtard m'avait violée ?

Ma respiration s'emballe et mon cœur bat trop vite pour que je puisse respirer normalement. La pièce se rétrécit et j'ai l'impression que plus rien ne me retient. Je vomis dans la douche avant même d'avoir pu rouvrir les yeux. Accroupie contre le carrelage glacé, je suis en train de revivre ce qu'il s'est passé. Et quand j'entends la porte grincer, je me recule dans un coin de la salle de bain en me protégeant de mes mains.

– Gin, c'est moi, c'est Tara.

Je me balance d'avant en arrière, incapable de me maîtriser.

– Il m'a… Il m'a…

Je répète ce morceau de phrase encore et encore, sans pouvoir le terminer.

– Il n'a rien fait, Gin. Écoute-moi s'il te plaît, calme-toi. Tiago ne t'a rien fait.

– Tu étais inconsciente, comment tu peux le savoir ? Il n'y avait personne pour l'en empêcher !

Je me suis mise à hurler en tirant sur ma frange pour la faire disparaître. Pour tout faire disparaître.

– Je l'ai tué, Virgin, tu m'entends ? Je lui ai tiré dessus et il est mort.

Quoi ?

J'essaie de me souvenir de ça, sans succès. Je ne retiens que le moment où j'ai senti son corps s'enfoncer sur le mien. Il était lourd, puissant.

– Non…

– Je te le jure, Gin.

Dans un réflexe désespéré, je glisse ma main sous mes sous-vêtements. Je le sentirais si quelqu'un avait pénétré cette partie de moi. Je détaille chaque centimètre de mon intimité sans me soucier de Tara qui doit me regarder. Je veux savoir s'il l'a fait. Mais je ne sens rien. Aucune douleur. Tout est intact, physiquement du moins.

– Tout va bien, elle murmure en s'asseyant devant mes jambes repliées.

Je peine encore à retrouver une respiration normale, mais cette révélation m'apaise. Même si ça n'effacera jamais ce qu'il s'est passé.

– Tu veux que je t'aide à te laver ? elle me demande doucement.

– Ça va, je réponds en me redressant. J'ai besoin d'être seule.

Je n'en veux pas à Tara, bien au contraire, mais j'ai besoin de solitude. Le Round est en train de me tuer de l'intérieur et ses membres doivent s'éloigner. Elle acquiesce avec un sourire compatissant et referme la porte derrière elle.

Je pénètre dans la cabine et l'eau tiède qui coule sur ma peau congelée me tire une grimace. Le gel douche déborde de mes doigts tremblants et j'ai beau frotter de toutes mes forces, je n'arrive pas à me sentir mieux. Je ne sais plus à qui appartient ce corps que je frictionne sans relâche. Je voulais changer pour pouvoir m'intégrer au Round, jamais je n'aurais cru pouvoir à ce point le regretter.

En passant mes doigts sur ma frange, en touchant mes cuisses plus minces et mes hanches plus étroites, je réalise combien j'ai changé. Pourquoi à la fin ? Pour qui ? Pour Ingrid ? Pour moi ? Pour Mas.

Je n'ai pas vu le moment où j'ai flanché. L'instant où cet homme a pris place au milieu de mes projets avec tant de force que j'en ai oublié le reste. Pour la première fois de ma vie, je ressens une fureur dont je ne me croyais pas capable. Je lui en veux comme je n'en ai jamais voulu à qui que ce soit. Faux, il y a bien quelqu'un à qui j'en veux plus qu'à Master. *Moi*. Je suis celle à qui je ne pardonnerai jamais d'avoir fait ça. J'ai cherché ce qui m'est arrivé. Rien ne m'obligeait à faire ce que j'ai fait. Rien ni personne.

Ingrid. Son prénom crisse dans mes oreilles comme si quelqu'un était en train de l'écrire avec un cutter dans mon esprit. Je suis venue pour elle et malgré l'envie de fuir cette ronde meurtrière, je m'accroche à ma première volonté. Après tout ce chemin parcouru, il est trop tard pour faire machine arrière. Je n'ai pas fait tout ça pour reculer maintenant.

En sortant de la salle de bain, j'ai pris deux décisions capitales : j'irai au bout de tout ça quoi qu'il m'en coûte. Et Mas restera ce tuteur que le hasard a mis sur ma route, rien de plus.

J'avance vers le salon et me stoppe quand j'entends Mas et Tara chuchoter.

– Est-ce qu'elle t'a dit quelque chose ? Elle refuse de me parler…

– Et ça t'étonne ? Laisse-lui du temps, Master. Tout est ta faute, tu ne peux pas lui demander de faire comme si rien ne s'était passé. Il ne l'a pas violée, certes, mais ce qu'elle vient de traverser, ce n'est pas rien.

– Je croyais bien faire, putain ! Je pensais que Lincoln était digne de confiance. Tu sais très bien que si j'avais su pour Tiago, je ne l'aurais jamais laissée là-bas !

J'entends un fracas, suivi d'un long silence.

– Je ne te reconnais pas… Ce n'est pas ton genre de baisser les bras comme ça. C'est à cause de Shana ?

– J'en sais rien…

Shana. Décidément ce prénom est partout. Jusqu'ici je ne m'étais pas trop penchée sur l'histoire de cette fille, mais tout semble toujours tourner autour d'elle.

– J'avais bien vu que ta manière d'être avec Gin n'était pas habituelle. Fais attention, tu sais très bien que certaines choses sont dangereuses. Je pensais que le cas de Shana t'avait immunisé contre ça.

– Ça n'a rien à voir !

– Vraiment ?

Cette conversation prend une tournure intéressante ! Je pose mon front contre la porte derrière laquelle je suis cachée pour les entendre chuchoter. Sauf qu'avec ma discrétion légendaire, cette dernière s'ouvre sous mon poids, dans un grincement immanquable.

J'ai une vue directe sur Mas qui se redresse brusquement. Il attrape quelque chose sur la table et le fait glisser jusqu'à sa poche arrière. Il a été rapide, mais je suis presque sûre d'avoir vu ce qu'il cherche à cacher dans son dos. Et ça n'augure rien de bon.

Il avance d'un pas, puis hésite à combler la distance qui nous sépare.

– Je vais vous laisser, je dois voir Oncle Bobby pour régler cette merde.

J'ignore Mas pour adresser un regard reconnaissant à Tara.

– Je repasserai plus tard, Gin.

Je hoche la tête et l'observe sortir de l'appartement. Je n'arrive pas à détourner le regard de la porte qui vient de se refermer, je suis incapable de poser les yeux sur mon tuteur. Je ne veux plus le voir. Mais je n'ai pas le choix. Malgré tout ce que je ressens à son égard, j'ai encore besoin de lui. Et cette fois, il ne sera rien d'autre que ma porte d'entrée vers Ingrid. C'est le rôle qui lui incombait depuis le début et j'ai eu trop vite fait de l'oublier.

– Tu veux manger quelque chose ?

– Non.

Il semble soulagé d'entendre ma voix et fait un pas dans ma direction.

– Non, je répète en levant une main entre nous.

Je me sers une tasse de café. Je sais que je ne la boirai pas, mais j'ai besoin de quelque chose pour m'occuper les doigts. Malgré toute ma bonne volonté, j'ai du mal à me battre contre la rage qui bout en moi. Il m'a trahie et j'ai envie de lui faire payer. Je ne sais pas encore comment, mais je le ferai.

– Sur le moment, j'ai cru que c'était la meilleure chose à faire…

Je lève les yeux vers lui et croise enfin son regard noir.

– Laisse tomber, j'articule en essayant de garder mon calme. Il ne nous reste que quelques semaines pour terminer ce que nous avons commencé, alors on va faire comme si de rien n'était. Mieux, on va faire ce qu'on aurait dû faire depuis le début : on va bosser. Rien de plus.

– Je ne peux pas… Je ne peux pas faire comme si cet enculé ne t'avait pas…

– Arrête ! Ne joue pas à ce jeu-là avec moi.

– Je ne joue pas…

– Oh que si, depuis que ça a commencé, tu joues comme un pro. C'était moi l'amatrice ! je m'étrangle en perdant mon contrôle de façade.

– Gin, tu ne comprends pas, tu ne vois pas…

– Si, j'y vois même très clair !

– Alors dis-le, putain ! il beugle comme un taré en abattant ses mains sur la table.

– Dire quoi, Master ? Que tu m'as laissée tomber ? Que tu m'as larguée chez cet enfoiré sans te retourner ? Que j'ai espéré chaque seconde que tu reviennes me chercher ?

La vanne que je tentais de garder scellée me glisse entre les doigts et je lutte désespérément pour retenir tout ce que j'ai sur le cœur.

– Tu avais le choix, à ce moment-là ! Tu aurais pu… tu aurais pu…

Ne dis pas ça, Cadence, retiens-toi. Tu as déjà ouvert ton corps et ton cœur à cet homme et regarde ce qu'il en a fait. C'est trop tard.

– Je ne sais pas pourquoi tu as fait ça… je lâche sans pouvoir m'en empêcher.

Cette question a trop de poids.

Il avale ma réplique sans broncher, mais ses lèvres se mettent à formuler des mots inaudibles.

– J'ai fait ça pour te protéger ! il se met soudain à hurler.

Je comprends à son visage que, comme moi, il n'a pas pu retenir ses paroles.

– Pour me protéger ? Me protéger ? je crie plus fort encore. Mais de quoi, Mas ? De Tiago ? De Reda ?

– De moi !

Ma glotte se fige et je manque de m'étouffer.

– C'est moi le plus dangereux… il murmure en enfonçant les mains dans ses cheveux.

Le temps que j'assimile ses mots, il se barre sur le toit et me laisse là, à essayer de mettre un sens sur ses paroles. Hors de question qu'il fuie encore si facilement !

– Tu sais quoi ? je crie encore en ouvrant la porte du toit-terrasse à la volée pour le suivre. J'en ai rien à foutre de tout ça !

Ses mains sont posées sur le rebord, je vois son dos se soulever à toute vitesse.

– Tu m'entends ? J'en ai rien à foutre ! je répète en me rapprochant de lui. Tu es le tuteur et je suis la pute, basta !

– Non… il souffle sans se retourner.

– Si, je rétorque en tapant du pied.

– Tu viens de sortir de l'enfer et t'es déjà prête à y retourner ? il lance en me faisant enfin face.

– Je n'en suis jamais sortie, je réplique en posant mes poings sur mes hanches. Et on n'a pas fini.

– Alors, c'est ça ? C'est ce que tu veux ? Faire comme si de rien n'était…

– C'est ce que tu fais depuis le début, Mas !

– Et regarde ce que ça a causé !

– C'est ma faute, c'est moi qui n'ai pas su faire ce qu'il fallait !

– Mais qu'est-ce que tu racontes, putain ?

Il a l'air complètement retourné par mes mots. Pas moi. C'est exactement le fond de ma pensée.

– À partir de maintenant, on fait ce qu'on attend de nous.

– Et qu'est-ce que toi tu attends de moi, au juste ? il soupire en laissant son dos glisser contre le mur.

– Que tu me mènes tout en haut du Round. C'est là que je veux aller, là où il n'y aura plus rien pour se dresser entre moi et le sommet.

Il reste immobile, à me fixer sans ciller. Il semble dévasté. Je le vois à la lueur qui brille au fond de ses yeux.

– À partir d'aujourd'hui, on met à profit le temps qu'il nous reste. Je veux que Tara et les filles m'apprennent les ficelles et toi... Toi, t'as juste à faire ce que tu fais le mieux.

Je repars vers les escaliers, emplie d'une certitude qui m'avait manqué jusqu'à maintenant. Je me retourne, avec l'impression qu'il vient de murmurer mon prénom. Le vrai. Je reste sur le pas de la porte, suspendue à ses lèvres qui sont ouvertes.

– D'accord, il lâche en se remettant sur ses pieds.

Je l'observe revenir vers moi, portant à nouveau son costume de tuteur. Celui que je croyais vouloir voir disparaître. Avant.

– D'accord pour Tara, je vais organiser tout ça. Mais pas aujourd'hui.

– Pourquoi, quel est le programme ? Tu veux que je montre mes fesses à quelqu'un d'autre ?

Il blêmit, juste une seconde, avant de se reprendre.

– Tu as vu le vrai visage du Round, Gin. Tout ce qu'il te manque, ce sont les armes pour t'y confronter. Et je ne parle pas de cul, cette fois.

– Alors tu parles de quoi ? je l'interroge en le suivant dans le salon.

– De ça.

Il enfonce un couteau sorti de nulle part dans le bois de la table basse et m'adresse un regard indéchiffrable. Je baisse les yeux sur l'arme qui vibre encore, avec à peu près le même regard que j'avais le jour où Mas a sorti son pénis pour la première fois.

– Le lancer de couteau ? je raille mi-amusée mi-stressée.

– T'aurais fait quoi si t'avais eu une lame à portée de main quand Tiago te…

Il ne finit pas sa phrase et fait le tour de la table.

– T'aurais fait quoi ?

– J'aurais gravé des petits cœurs sur le bois avec un M à l'intérieur ?

– Gin…

– Vu ma maladresse qui n'a plus de secrets pour toi, tu sais très bien ce que j'aurais fait.

– Je peux te montrer, il lâche d'une voix sombre en tirant sur le manche avant de me le tendre.

Qu'est-ce qui lui prend, à la fin ? Je ne l'ai jamais vu aussi dangereux qu'aujourd'hui.

– Tu es inconscient, je souffle en le prenant dans ma main.

Il me scrute longuement et je refrène mon cœur qui se remet déjà à battre plus vite en sa présence. Face à moi, il attrape ma main vide et vient caler la paume contre son abdomen. On lâche une inspiration identique au même moment.

– Tu frappes ici.

Il relève son tee-shirt et je recule en sentant sa peau sous mes doigts. Il me rattrape et plaque ma main sur lui avec plus d'intensité.

– Et là, il ajoute en la faisant glisser sur son flanc.

Je déglutis bruyamment et fais un pas vers lui. Je sens ses muscles se raidir sous ma paume tandis que je me rapproche encore.

– Gin…

Je reste concentrée sur ma main qui continue à progresser vers son dos. Le couteau que je tiens dans l'autre tapote ma cuisse au rythme de mon cœur qui s'emballe. Quand je sens le tissu de son jean au bout de mes doigts, je lève mes yeux pour les plonger dans les siens.

Son regard m'appelle encore, mais la fille qui se tenait là il y a peu a trop changé pour se laisser amadouer.

– Je préfère laisser tomber le couteau, je murmure en joignant le geste à la parole.

La lame tinte contre le sol, mais pas assez fort pour couvrir le bruit du cran de sûreté. Je dégage ma main de son dos, recule de trois pas et tends entre nous le flingue que je viens de lui soustraire, jusqu'à viser son front.

– Le prochain qui essaie de me faire du mal, je préfère lui mettre une balle dans la tête.

Je récite ces mots comme une actrice de cinéma, mais vu les yeux écarquillés de Mas, je crois que l'oscar me pend au nez.

CHAPITRE 14

Mas

Je louche entre le canon du flingue qui me tient en joue et les yeux perçants de Gin. Je ne sais pas ce qui me perturbe le plus : la voir tenir mon arme comme une vierge vengeresse ou ne plus trouver dans son regard ce que je pensais connaître par cœur.

– Ok, on laisse tomber le couteau, j'acquiesce en posant mes doigts sur le canon pour l'éloigner lentement de mon visage.

Elle m'adresse un sourire froid, claque le gun sur la table et part vers sa chambre sans un mot. *D'accord, peut-être que le timing pour cette leçon n'est pas idéal...* Je n'ai pas envie de me prendre une balle entre les deux yeux.

Je continue à fixer la porte de sa chambre, sans trop savoir quoi penser. Je me sens mieux de l'avoir à nouveau près de moi, en vie. Mais le contrecoup est brutal. Les derniers événements m'ont si profondément chamboulé que j'ai du mal à mettre de l'ordre dans mes idées.

J'ai toujours cru que Virgin finirait par se tirer, qu'elle ne tiendrait pas devant la réalité du Round. Mais Dieu seul sait ce que cette petite vierge maladroite et insensée peut bien avoir dans la tronche. Avec ce qu'il s'est passé, j'étais certain que la première réaction de Virgin serait de vouloir tout arrêter. J'étais persuadé qu'elle me supplierait de la sortir du Round à n'importe quel prix. Et le pire, c'est que je crois que je l'aurais fait. Sauf que c'est exactement l'inverse. Encore une fois, Virgin s'amuse à mettre à mal toutes les prédictions que je fais à son égard. Elle ferait saigner du nez le meilleur médium du pays.

Putain, mais qui est cette fille ? Chaque fois que j'ai le sentiment de faire un pas vers elle, de la maîtriser, elle s'éloigne un peu plus. Et là, je ne la comprends vraiment plus. Je ne l'ai jamais vue si sûre d'elle en parlant du Round.

Dans un sens, elle me rend service, je devrais la remercier de me faciliter enfin la tâche. En agissant ainsi, elle devient le gouvernail qui me manquait. Elle m'empêche de flancher. Sans le savoir, elle m'aide à garder en tête que rien d'autre qu'Abby ne compte. D'ailleurs, je ne crois même pas qu'elle ait compris que c'est pour elle que je fais tout ça. Tout ce qu'elle voit, c'est que je l'ai trahie. J'ai goûté son corps de la plus délicieuse des manières, avant de la balancer sur un trottoir comme une pute périmée. Elle n'imagine pas que je revis cette scène cent fois par jour et encore plus la nuit. Elle pense que j'ai choisi de la rejeter pour faire passer le business avant tout. Sauf que ce n'est pas la vérité. Je l'ai repoussée pour Abby, mais pour elle aussi. Si je l'avais choisie cette nuit-là, les conséquences auraient été bien pires pour elle. Alors je préfère la laisser croire que je l'ai laissée tomber. Même si ça me fait un mal de chien de la sentir si loin. Je suis un brin cinglé.

Je me traîne jusqu'à mon lit pour essayer de stopper le chaos qui règne dans ma tête. Mais je ne fais que penser à elle, avec l'envie irréelle de tout envoyer chier. Je rêve de débouler dans sa chambre et de lui dire que tout est terminé. Sauf que sa volonté semble être devenue plus puissante que la mienne, je n'ai pas le courage de l'affronter. Ni de m'affronter moi-même. Je n'ai plus qu'à attendre le moment où tout cela prendra fin. Quand l'un comme l'autre nous aurons enfin atteint ce putain de sommet. Peut-être que, là, je n'aurai plus peur de plonger.

***

Les jours passent et le même climat tendu se maintient entre nous. Elle évite de me regarder, j'évite de la croiser de trop près, alors que j'en meurs d'envie. Je ne pensais pas avoir pris une telle habitude, et pourtant, maintenant qu'elle s'évertue à m'ignorer, je m'étouffe avec mes pulsions.

Nous ne reparlons plus de Tiago, ni de cette nuit où l'attirance que j'ai pour elle a pris le dessus sur le reste. Pourtant, j'en suis arrivé à la conclusion débile que j'aimerais qu'elle me hurle dessus, qu'elle pleure, qu'elle griffe… n'importe quoi. Juste qu'elle réagisse, point final. Je ne supporte plus qu'elle soit si différente et indifférente.

En bref, je deviens dingue et je ne sais pas quoi faire pour que ça s'arrête. Dieu merci, j'ai encore la force de m'accrocher à celui que je suis ici, même s'il tangue dangereusement sur ce fil trop tendu.

– Reviens vers la lumière, Master !

Tara tape dans ses mains devant mon visage et éclate de rire avant de repartir vers Virgin. *Reviens vers la lumière, Master, la bonne blague !*

Je regarde ma montre, encore. Ça fait déjà deux heures qu'on est chez Tara, dans son sous-sol aménagé exprès pour ce qu'elle fait de mieux.

– Tourne autour de cette barre, Virgin ! Allez ! s'impatiente une rousse à côté de Tara.

Bam. Pour la troisième fois, Gin vient de tomber, le cul par terre. Y a pas à dire, le pole dance n'est pas pour elle.

– Arrête de regarder la barre comme si c'était une putain de rampe d'escaliers ! rugit à nouveau la même fille. Vois-la comme une immense bite, regarde-la avec envie ! J'ai dit avec *envie* !

Je me mets à rire devant le visage déconfit de Virgin, qui s'agrippe à sa barre mal à l'aise. Je ne suis pas sûr que cette image soit la meilleure dans son cas à elle. Ni dans le mien d'ailleurs.

– Quand des types te regardent danser autour de la barre, leurs cerveaux de dégénérés font un transfert direct sur leur bite, ok ? Tu tournes autour de la barre, mais eux, tout ce qu'ils voient, c'est que tu tournes autour de leur queue ! Que tu te frottes contre leur queue, que tu lèches leur foutue queue ! Voilà, c'est ça !

Virgin vient de se mettre à onduler autour de sa pseudo-queue d'acier et, très vite, je n'arrive plus à m'en détacher. Merde, la rouquine avait raison, quand je la vois se cambrer comme ça, je l'imagine instantanément sur moi. *Fait chier !*

– J'me casse, je lâche à Tara qui me regarde, amusée. Tu me la ramènes dès que c'est terminé, compris ?

– Oui maître ! elle raille en m'envoyant un baiser.

J'ai besoin de prendre l'air. Si laisser Virgin aux mains de Tara me retourne la tête, je n'ai pas le choix. C'est vital, pour elle comme pour moi. J'ai beau me bercer des plus belles illusions, le tuteur est en train de battre de l'aile. Je n'ai plus la force de faire ce que je fais depuis toutes ces années. Alors je préfère laisser Tara gérer. C'est sûrement mieux ainsi, après tout.

Qu'est-ce que je raconte ? Ça me rend malade de la voir driver Virgin comme la pute parfaite qu'elle est. Ça me rend dingue de la sentir m'échapper. J'assiste à chacune de leurs rencontres, en prétendant veiller sur elle. Mais Tara n'est pas dupe.

Elle a compris quelque chose que je refuse encore d'admettre aujourd'hui.

Je tiens le coup, je résiste au sablier qui s'égraine lentement vers la fin de cette formation. Comme un compte à rebours salvateur. Ou pas.

Je suis déjà chez moi et j'ai à peine posé un pied dans ma chambre que je renverse tout ce qui se trouve sur mon bureau et enfonce mon poing dans le mur. Il y a des moments où mes sentiments se rebellent et dépassent les barrières que je maintiens comme je peux. Et quand c'est comme ça, je ne peux pas m'empêcher de tout retourner. Impossible de faire table rase.

Quand ma piaule n'est plus qu'un amas de trucs cassés et froissés, je m'assieds au bord du lit, la tête entre les mains.

– Putain… je grommelle en enfonçant mes doigts dans mes cheveux.

Je relève la tête vers les portraits d'Abby qui ornent mes murs depuis le jour où j'ai mis les pieds au Round. Ils sont là pour me rappeler qui je suis et pourquoi je fais ce que je fais. Je ne sais pas combien de temps je passe à les observer, en espérant redevenir celui que j'étais.

***

– Salut…

Je ferme les paupières en entendant la voix de Gin. Depuis deux jours, nos relations se sont calmées. Ce n'est plus comme avant, elle et moi avons trop changé, mais je la sens moins furax.

– Comment tu es rentrée ? je souffle sans la regarder.

– Vu que tu es parti avant la fin, c'est Garett qui m'a ramenée. Il est arrivé juste après ton départ.

– Parfait.

Je devrais être plus présent, prendre davantage part à ce qui se profile. Tara est en train de préparer Virgin à l'événement le plus important de tous.

Quand les quatre mois seront écoulés – et on y est presque –, Gin devra s'exhiber une dernière fois, sans rien mettre de côté. Et je ne suis pas prêt à ce qu'elle le fasse. Je ne fais que me disputer avec Tara à ce sujet. Je suis son tuteur, c'est moi qui décide de ce qu'elle doit montrer aux clients et aux émissaires qui seront présents lors de cette soirée. Sauf que je suis incapable de le faire correctement. Et Tara n'est pas conne, elle a de l'expérience, elle s'en rend compte. Moi qui ne laisse jamais rien au hasard en temps normal, ce que je prévois pour Virgin est trop suspect. Mais je ne peux pas me résoudre à la laisser inonder cette dernière scène de toute sa lumière. Je n'y arrive pas et si Tara ne fait aucun commentaire, je sais qu'elle n'en pense pas moins. Garett aussi est différent avec moi, mais il a la présence d'esprit de ne rien dire.

– Je ne comprends pas… elle poursuit en s'asseyant à côté de moi.

Je me crispe, parce que depuis qu'elle est revenue de chez Lincoln, Gin n'a plus posé la moindre partie de son corps sur mon lit. Et ça non plus, je ne le supporte plus.

– Quoi ?

– Cette jeune femme sur les portraits, c'est Abby. Mais elle est bien plus jeune en vrai, alors pourquoi ça ? Je ne saisis pas…

J'arrache les peaux autour de mes ongles, mords l'intérieur de ma bouche. Suis-je prêt à lui offrir une partie de moi que je n'ai jamais dévoilée à personne ? Si je lui réponds, elle comprendra tout. Et je ne sais pas si c'est ce que je veux.

– C'est Abby telle que je l'imagine dans quelques années, j'avoue finalement, usé par cette journée.

– C'est toi qui l'a peinte ?

– Non, c'est ma mère.

– Oh d'accord.

– Je lui ai demandé de les faire pour moi, j'en avais besoin.

– Pour garder espoir ?

– Pour garder le cap…

Je devrais m'arrêter là, mais lorsque je croise ses yeux et que je sens ses doigts frôler mon avant-bras, je ne peux pas. Je veux qu'elle connaisse cette partie-là de moi. J'espère maladroitement que ça me rendra plus fort. En la mettant dans la confidence, ça rendra peut-être les choses plus faciles entre elle et moi.

– C'est pour elle que je fais ça, je souffle sans la quitter des yeux.

J'ai l'impression d'avoir lâché un poids d'une tonne. Ce ne sont que quelques mots, c'est vrai, mais la démarche est unique. C'est la première fois que je parle de ça.

Je relève mon visage vers le sien et reste bloqué sur ses prunelles. J'attends, et je vois distinctement la seconde où le déclic se fait dans sa tête.

– Bien sûr…

– Les thérapies qui peuvent la soigner coûtent une fortune, et le Round, c'est ce qui paye le mieux et le plus vite…

Je ne sais pas ce qui me prend de me confier de la sorte, mais je ne peux plus m'arrêter. Et à mesure que je lui dévoile cette part de moi, je la sens s'essouffler.

– Est-ce que ça va ? je lui demande alors qu'elle n'a pas prononcé un mot depuis déjà cinq minutes.

– Tu aurais dû m'en parler… elle murmure en tirant sur sa lèvre. Pourquoi tu ne le fais que maintenant ? Quand on était chez ta mère, tu aurais dû m'expliquer.

– Qu'est-ce que ça aurait changé ?

– Ça aurait tout changé… Je n'aurais jamais…

Ses réflexions m'échappent et quand elle se met debout, j'en fais autant pour lui faire face. Je ne m'attendais pas à ce qu'elle réagisse comme ça, encore moins à ce qu'elle comble l'espace entre nous pour me serrer dans ses bras.

Son odeur et sa chaleur m'entourent et même si je ne devrais pas, je la serre plus fort et enfouis mon nez dans son cou.

Je sens son pouls s'emballer, son étreinte se raffermir, et dans un recoin de mon esprit, je sais que rien ne pourra jamais plus être comme avant.

– Je t'en ai voulu… Parce que je croyais que rien ne comptait pour toi, elle chuchote contre ma mâchoire. Mais j'avais tout faux… Bon sang, ça explique tellement de choses…

Sans la lâcher, je l'éloigne un peu pour tenter de lire dans ses yeux ce qui lui passe par la tête.

Perplexe, j'attends qu'elle rouvre ses paupières serrées, avide des émotions qui traversent son visage. Elle mord ses lèvres et finit par ancrer ses yeux dans les miens.

L'hameçon qu'elle avait dû lâcher dans ma poitrine il y a un certain temps s'anime et je sens qu'il fait remonter tout ce qui se trouve en moi. J'arrive à faire taire certaines choses, d'autres plus difficilement.

J'ai envie d'elle, bon sang. Rien de bien nouveau a priori, sauf que là, j'ai envie d'elle au sens entier. Et je crois qu'elle le lit au fond de mes iris avec plus de netteté qu'avant.

– Mas, elle lance en se reculant subitement pour briser l'instant. Quand tu es parti tout à l'heure, Tara a reçu un appel.

Le changement de sujet est si violent que je secoue la tête quelques secondes pour remettre mon cerveau à la bonne heure. Si elle n'avait pas reculé, je crois que je l'aurais embrassée. Et je ne crois pas que j'aurais pu m'arrêter là.

– Et ?

– C'était Oncle Bobby… Merde, j'ai envie de rire chaque fois que je prononce son nom, elle pouffe en secouant la tête.

Elle remet sa frange en ordre, s'éloigne davantage et reprend :

– Il veut me voir…

Elle mordille sa bouche dans l'attente de ma réaction, qui ne tarde pas à venir.

– Comment ça « Il veut te voir » ?

– Il veut que je sois au *Deep End* jeudi soir.

Les mots s'insinuent en moi au ralenti, carbonisant chaque millimètre sur leur passage. *Le Deep End ? Pas elle. Et pas... déjà !*

– Attends, rembobine deux secondes. Pourquoi il a appelé Tara et pas moi, déjà ?

– Aucune idée, je pense que ça a un rapport avec la mort de Tiago. Ils ont discuté de lui un bon moment, il était hyper remonté. Ensuite, c'est là qu'il a parlé du *Deep End.*

– Et il a dit quoi, exactement ?

– Rien de plus, Mas. Tara a fait une drôle de tête elle aussi. Elle avait l'air surpris. Quand je lui ai demandé de m'en dire davantage, elle a répondu que c'était à toi de m'en parler. Alors vas-y, explique-moi.

Lui expliquer ? Je ne sais même pas comment le formuler. Je pensais avoir encore au moins trois semaines devant moi avant d'avoir cette discussion. Et le *Deep*, merde… C'est le sésame pour les gros chéquiers. Peu de filles ont l'opportunité de s'exhiber là-bas, uniquement les plus prometteuses.

– Mas ? elle s'impatiente en claquant des doigts. Il se passe quoi au *Deep End* ?

– Tout, je souffle en me laissant tomber assis par terre. Comme son nom l'indique, c'est l'ultime limite. La fin des quatre mois, Gin. La dernière danse.

J'aimerais lire le même stress en elle, mais c'est tout le contraire.

– Ok, elle lâche en frottant ses mains.

– Ok ? Tu réalises ce que ça veut dire, Gin ?

– Oui, Mas, ça veut dire que tout ça va bientôt cesser.

En disant cela, elle balaie distraitement l'espace entre elle et moi. Je ne crois pas qu'elle l'ait fait volontairement, mais ça ne change rien. Elle veut que ça s'arrête et quand je regarde Abby qui me sourit au-dessus de sa tête, je préfère me persuader qu'elle a raison.

Il faut que ça cesse, avant que je ne perde définitivement la raison. Je suis assez fort pour surmonter ça. Il le faudra. Ça va faire mal, mais ça passera.

CHAPITRE 15

Cadence

Mas est redevenu silencieux, fermé et perdu dans ses pensées. Je ne sais même pas s'il s'est rendu compte que j'ai reculé pour sortir de sa chambre. Je cours presque jusqu'à la mienne, m'engouffre dans la salle de bain et me laisse tomber sur les toilettes.

Abby. Son nom et son visage flottent dans ma tête.

Quand j'ai pénétré dans l'univers de Mas, que j'ai pu observer chaque membre de sa famille, je me suis demandé comment Thomas avait pu devenir ce Master froid. Je me suis posé cette question mille fois. Et maintenant qu'il vient enfin de m'offrir une réponse, je me sens encore plus mal qu'avant. Parce que je comprends trop bien ce qui l'a poussé à faire ça. *Seigneur, je ne pensais pas qu'on puisse à ce point se ressembler.*

Je m'en veux. Je m'en veux de lui en avoir voulu, de l'avoir poussé à m'étreindre et à l'éloigner de ce qu'il est venu faire ici. C'est exactement ce qu'il m'a fait, sauf que lui n'en avait pas conscience. Moi non plus bien sûr, jusqu'à maintenant.

Alors je ne regrette pas la décision prise à mon retour de l'enfer. Pour lui comme pour moi, il faut couper court à tout ça.

J'ai eu besoin de le prendre dans mes bras, pour m'excuser silencieusement de l'avoir écarté de ses objectifs, de m'être immiscée entre sa sœur et lui. D'avoir joué avec la vie de cette petite fille comme une égoïste née. *Ce n'est tellement pas moi, bon sang !* J'ai vécu ma vie entière en me faisant passer après les autres. Je n'en suis pas fière, mais je suis comme ça, difficile de lutter contre sa nature. Et aujourd'hui, si je suis là, c'est encore à cause de ça. C'est pour Ingrid que je fais ça, au même titre que Mas le fait pour sa sœur malade. Alors j'ai eu besoin de le sentir près de moi une dernière fois.

J'ai lu dans ses yeux le reflet de ce qu'il y avait dans les miens. Ces sentiments contre lesquels je ne croyais pas pouvoir me battre, et pourtant, il le faut. Cette semaine à l'ignorer a été presque plus douloureuse que les deux jours passés chez Lincoln. Lui qui habituellement reste dans le contrôle, lui qui sait trop bien être cet homme distant, durant cette semaine qui s'est écoulée tellement lentement, je ne l'ai jamais vu si vulnérable. Plus d'une fois j'ai eu envie de tirer un trait sur tout ça, parce qu'il me manquait, parce que je n'arrivais pas à faire comme si tout ça allait très bientôt s'arrêter.

Maintenant c'est très clair et je n'ai plus peur. Il y a trop en jeu. Plus qu'une simple virginité. Je viens de trouver dans Mas, dans Thomas aussi, l'ultime force qu'il me manquait.

Je me redresse et retourne au salon, forte de ces nouvelles convictions.

– Deux jours.

Je cherche Mas des yeux et le repère assis sur le plan de travail, un calendrier entre les mains.

– Deux jours avant le *Deep End*, il poursuit. Et une invitation spéciale du Big Boss par-dessus le marché. Putain, si on m'avait dit ça le soir où t'as pioché ce foutu numéro neuf, j'l'aurais jamais cru…

– Et moi donc, je pouffe en m'asseyant face à lui.

– Tu te sens prête ? il me demande d'une voix rauque.

– Je me sens… bizarre, en fait. Je suis à la fois curieuse et terrorisée. Excitée et inconsciente, probablement.

Il acquiesce, sans me regarder.

– Et toi, tu te sens comment ?

– Curieux et terrorisé. Excité et inconscient.

– Aucune personnalité.

– Non, plus aucune personnalité, il souffle en remettant une mèche de cheveux derrière son oreille.

– Tu ne m'as jamais reparlé de l'après, je lance soudain.

– Je croyais avoir encore du temps pour ça, mais c'est passé si vite…

– J'aurai le droit de retourner vivre chez moi ? J'aurai ma maison, comme Tara ?

Je n'ai pas l'intention d'en arriver là, mais je préfère me renseigner.

– Ça dépend.

– De quoi ?

– De tes contrats. En général, les premiers mois, tu restes dans le coin, tu tournes sur les États, sur le pays à la limite. Le Round n'aime pas trop que ses filles dépassent les frontières. Ce sont plutôt les clients qui viennent à elles.

– Donc pas d'escapades à l'étranger ? je souffle, rassurée de me dire qu'Ingrid n'est pas perdue au milieu du désert à des milliers de kilomètres d'ici.

– Non. Sauf qu'avec toi, j'ai arrêté de me projeter…

Il fait une pause et cette phrase résonne en moi dans un sens totalement différent. *Respire, Cad.*

– Tu foires toujours mes meilleurs plans, il lâche en sautant du plan de travail.

– Mais ça fonctionne quand même ! je me défends en le défiant du menton.

– Ça marche toujours… il réplique en passant son pouce sur ma frange avant de me dépasser.

– Qu'est-ce qu'on fait ce soir ?

Il se stoppe, puis se retourne lentement vers moi, avec un sourire en coin que je ne lui connais que trop peu.

– T'es chaude pour une partie de billard ?

Waouh, je ne m'attendais pas à ça.

– Carrément ? Tu ne préfères pas qu'on bosse en prévision de jeudi soir ?

– Non, il lâche trop vite. Pas besoin, il ajoute en s'allumant une cigarette. Demain, on s'occupera de ta tenue et des derniers détails. Ce soir, on se détend un peu. J'en ai besoin, il souffle en montant sur le toit dans un nuage de fumée.

Ok, on se détend ! Je vais en avoir besoin moi aussi pour orchestrer la fin de cette histoire. Le *Deep End* est l'ouverture que j'attendais pour approcher Oncle Bobby. C'est l'occasion ou jamais de pouvoir discuter avec lui. Je l'espère, en tout cas. J'ai besoin de savoir où est son bureau, pour mettre la main sur ses listings d'une manière ou d'une autre. C'est la seule opportunité, la dernière, si je veux pouvoir mettre un terme à tout ça.

Je ne sais pas encore comment je vais pouvoir faire machine arrière une fois que j'aurai trouvé Ingrid. En espérant que je le puisse. C'est trop tard pour y penser. Je me suis jetée tête baissée dans le Round, seul l'avenir me dira si j'ai bien fait. Alors on se détend, ce soir. Du moins on essaie, le temps d'une soirée. Sauf que ça ne dure pas.

***

Aujourd'hui, Mas est comme un lion en cage. J'ai l'impression de revoir le tuteur de mes débuts.

Demain c'est le grand soir. Et même si je suis sûre de moi, j'angoisse de plus en plus. Sans compter sur Master qui me communique son stress de la pire des manières.

– Arrête d'aller et venir comme ça, à la fin ! je m'énerve à force de le voir faire des tours dans le salon. Ça va bien se passer !

Il grogne un truc incompréhensible et je lève les yeux au ciel.

– Je vais aller me coucher ! je lance gavée. Tu me fatigues à t'agiter comme ça !

Je le laisse seul, prends une douche et me glisse sous les couvertures. Je n'ai pas sommeil, mais je ne supporte plus de regarder les minutes défiler au rythme des pas de Master.

Hier soir, pendant qu'on jouait au billard, il a fini par se détendre et on a même bien rigolé. C'était étrange, j'ai eu le sentiment éphémère d'une soirée en dehors de l'espace et du temps.

Ce n'est qu'en remontant dans la voiture que je me suis rappelé vers quoi elle nous conduirait dans très peu de temps. Et Mas a eu l'air de ressentir la même chose parce que, depuis, il s'est renfermé et rumine comme une gonzesse indisposée.

– Je peux entrer ? j'entends derrière ma porte.

Je jette un coup d'œil à ma tenue qui ne couvre pas grande chose et tire le drap sur mon top et mon short ridicule.

– Ouais !

J'observe un Mas changé entrer dans la pièce. Ses cheveux dégoulinent encore de la douche qu'il vient de prendre et l'unique vêtement qu'il porte est un bas de jogging qui ne tient que par miracle sur ses hanches.

– Qu'est-ce qu'il y a ? je l'interroge alors qu'il se rapproche de mon lit.

Je plisse les yeux pour essayer de voir son visage dans la pénombre de la pièce.

– Mas ? Qu'est-ce que tu fais ? je m'étrangle alors qu'il lève le drap pour se glisser en dessous.

– J'arriverai pas à dormir là-bas, il rétorque d'une voix sourde.

– Euh…

– Juste cette nuit, il ajoute en posant son bras sur son visage.

Bon, ce n'est pas la première fois que je partage son lit. Enfin, le mien, si, mais passons. Sauf que depuis cette nuit où mon cœur s'est jeté à ses pieds, je n'ai plus dormi près de lui. Mes résolutions sont en acier trempé désormais, certes, mais le voir juste là, c'est dur, putain. Plus encore quand je le sens bouger sur le matelas et que son torse vient se coller à mon dos crispé.

– Mas, non… je m'entends le supplier.

– Je ne ferai rien, il murmure sur mon épaule.

Je ne sais pas si c'est la caresse de son souffle ou bien un léger baiser, mais mon épaule fourmille et frissonne. J'essaie de résister lorsqu'il passe un bras sous le mien. Je ferme les yeux en sentant sa main remonter sur ma poitrine, mais il ne s'arrête pas en chemin et remonte jusqu'à ma gorge. Prisonnière de son étreinte, je le laisse me coller plus fort contre son torse. Il ne lâche pas sa poigne et reste comme ça, sa paume plaquée à la base de mon cou, à respirer mes cheveux sans broncher.

– Dis-moi pourquoi tu fais ça, Cadence…

Mon cœur se contracte si violemment que j'en grimace. J'essaie de ne pas lui montrer combien j'ai du mal à respirer. Je déteste quand il m'appelle comme ça. En un mot, il pénètre bien au-delà de ce qu'il croit.

– Dis-le-moi…

Seigneur, je ne peux pas. Pas maintenant.

– Je ne peux pas, Mas.

J'attends qu'il dise quelque chose, mais rien ne vient. Mon cœur pulse si vite que Mas doit le sentir sous sa main.

Sa respiration s'est calmée, il s'est endormi derrière moi en murmurant deux fois mon prénom. *Cadence.*

Je pose une main sur la sienne qui me retient encore et je réalise que celle qu'il garde prisonnière contre lui n'a plus de raison d'être. *Cadence.* Je ne sais même plus à quel moment précis elle a disparu. Peut-être chez Lincoln, peut-être aujourd'hui.

Je ne crois pas pouvoir m'endormir, mais mon esprit embourbé dans mille pensées contradictoires finit par se laisser aller. Je sombre après avoir lâché un dernier soupir, comme l'ultime souffle d'une double vie qui se termine maintenant. Demain, il ne restera que Virgin et sa mission suicide.

CHAPITRE 16

Mas

Je savais, en fermant les yeux cette nuit, qu'en dormant contre elle, le réveil n'en serait que plus difficile.

J'ai quitté son lit après avoir respiré une dernière fois le parfum si particulier de ses cheveux et de la peau si fine de son cou. Elle a remué, mais je suis sorti de la chambre avant qu'elle se réveille. J'ai quitté l'appartement avant de devoir me confronter à celle qu'elle est devenue.

Tara se chargera de la conduire au *Deep End* sans moi. Les jours qui suivront et qui précéderont son départ définitif seront déjà assez durs comme ça. Je dois rester fort, tenir le coup cette ultime journée parce que, dès ce soir, les dés seront jetés. La ronde l'aura embarquée.

J'arrive sur le parking du *Deep End* qui est déjà plein à craquer. Tout le monde sait que c'est ici que se font les meilleures transactions. Ce n'est pas la première fois que l'une de mes filles termine là, mais c'est quand même assez rare. Et très rentable.

Sauf que cette partie de l'équation prend de moins en moins de place dans mon esprit.

J'envoie un message à Tara pour m'assurer qu'elles sont arrivées, puis je m'installe au milieu des autres, seul autour d'une petite table.

Virgin passe en dernier

J'efface le message de Tara immédiatement après l'avoir lu et m'enfonce dans mon fauteuil. Cette soirée va être longue, horriblement longue.

Un poing sous le menton, je détaille chacune des filles qui passent sur scène, en me demandant comment j'ai pu supporter tout ça si longtemps. Et comment je vais bien pouvoir continuer… Pourtant il le faudra bien. À un moment, je me retrouverai seul chez moi, à attendre que la suivante prenne la relève.

– Et maintenant, la perle de la soirée, douce et immaculée…

Des cris s'élèvent dans la grande salle sombre et le sol tremble sous les battements de semelle des spectateurs.

– Belle et innocente…

L'atmosphère devient pesante et assourdissante à mesure que le *speaker* fait monter la pression.

– Réservée à celui qui saura y mettre le prix…

Et le prix à payer pour l'avoir est immense, j'en sais quelque chose.

– Virgin !

La foule s'enhardit, s'excite et s'impatiente.

J'enfoncerais volontiers le micro dans la gorge de celui qui vient de l'annoncer, mais les lumières s'éteignent et je retiens mon souffle. Bordel, je suis stressé comme jamais je ne l'ai été jusqu'à aujourd'hui. Quoi que cette fille m'ait fait, je n'imaginais pas ressentir une telle angoisse. Elle m'énerve, me fatigue, me fait rire parfois – souvent –, m'excite quand elle ne cherche pas du tout à le faire. Mais l'angoisse, ça, ce n'est pas quelque chose que je connais. Enfin si, mais jamais par rapport à une nana. J'ai appréhendé parfois, me suis impatienté souvent avec les filles qui sont passées entre mes doigts ces dernières années. Mais cette angoisse-là, *jamais*. Et je déteste ça. Je suis en train de devenir comme lui, putain.

Thor se foutrait bien de ma gueule en sachant que ce soir, alors que Gin va offrir son dernier show, j'ai peur qu'elle y arrive. Je suis terrifié qu'elle décroche le moindre petit contrat. Connaissant ses antécédents de maladresse, j'ai l'espoir tordu qu'elle se brise une cheville en montant sur scène ou qu'elle tombe dans la fosse, le cul en l'air. Même les consignes que je lui ai données sont foireuses. Je le sais. Et Tara le sait aussi.

Je mords ma lèvre en repensant à ses sourcils froncés quand elle a entendu ce que j'avais prévu pour Gin ce soir. Je suis surpris qu'elle ait quand même accepté de m'aider. Ce n'est pas le genre de show que Tara apprécie. Mais après tout, *Virgin est ma nana*.

En pensant ces trois mots, mon estomac se tord légèrement. *Putain de cerveau, sois pas con, quand je dis ça, je parle en langage business, pas comme si*... Comme si elle était… Quoi ? Plus ?

Je vide plusieurs shots et, au bout d'un moment, la nausée se dissipe et ma transpiration se régule. Qu'est-ce qui prend autant de temps ?

Ça doit bien faire trois minutes que le silence règne. J'espère qu'elle ne s'est pas tirée. Sinon je… je quoi au juste ? Une voix diabolique me souffle que je serais probablement plus soulagé que furieux. En fait non, je serais plus furieux que jamais, à cause du soulagement que ça me provoquerait.

Putain de putain de merde !

Quand le dernier juron s'épuise dans mon esprit torturé, les premières notes résonnent. Et au lieu de prendre une grande inspiration, je m'étouffe avec la vodka qui devait m'aider à relativiser. *C'est quoi, ce bordel ?*

J'écoute l'introduction de cette musique qui n'est définitivement pas celle que j'ai choisie pour elle.

« *You don't own me...*[1] *You don't own me...* »

Je me redresse en pinçant mes lèvres comme un malade. Et quand je pense être préparé au pire, le

---

1 Traduction : *Tu ne me possèdes pas.*
Chanson de Grace, feat. G-Eazy

rideau s'ouvre. Je crois que, pendant les quelques secondes qu'il faut à mon cerveau pour analyser la situation, j'ai arrêté de respirer. Pourtant, il va me falloir une sacrée dose d'oxygène pour supporter toute sa représentation.

Un lit immense est installé au milieu de la scène. *Putain, mais pourquoi ?* Depuis quand les filles font autant dans le détail ? Une barre de pôle dance, une chaise, quelques liens en tissu. C'est ça que les mecs dans leur genre veulent. Pas un lit King size, parfaitement recouvert de draps blancs fraîchement repassés.

Les salopes ont comploté dans mon dos. J'aurais dû me méfier de Tara, je savais que ça ne lui ressemblait pas d'accepter « ça » sans broncher. *Merde...*

Je ne contrôle pas mes dents qui s'enfoncent dans ma lèvre. Le sang envahit ma bouche, mais je ne tique pas. Parce que mes yeux, mes oreilles, chacun de mes neurones, mon esprit tout entier, bref, chaque parcelle de mon corps est tournée vers les deux liens blancs qui viennent de tomber du plafond, juste au-dessus de ce lit foireux. J'essaie de voir comment ils ont pu accrocher ça là-haut, mais l'obscurité est trop épaisse pour que je discerne quoi que soit. Je n'imagine pas du tout ce que Virgin va faire de cette mise en scène. *Elle ne va quand même pas se prendre pour une acrobate de cirque et descendre par...*

Des sifflements excités s'élèvent dans la salle et couvrent la flopée de jurons qui se forme à nouveau sur mes lèvres. Et là, sans aucune préparation psychologique, j'assiste au spectacle que je redoutais tant, mais en cent fois pire. Si j'angoissais comme un connard de la voir proposer ce que je lui avais préparé, c'est un sentiment bien plus profond et vicieux qui m'étreint la poitrine en cet instant. Parce que, comme depuis le premier jour, elle va faire exactement l'inverse de ce que j'attends d'elle. J'en suis sûr.

Sa silhouette apparaît tout en haut et j'arrête d'analyser. Je suis simplement un spectateur muet et tétanisé. Le rythme est plutôt langoureux et son corps descend doucement jusqu'à se poser sur le lit. Les draps se froissent à peine sous ses pointes de pieds. Je détaille sa tenue qui, de prime abord, n'a rien de sexy. Une petite nuisette blanche. Pas de dentelles, pas de cuir ou de latex. *Du coton, putain, rien que du coton.* Peu de maquillage et ses cheveux sont… *comme elle, tellement indisciplinés.*

Je crois qu'elle va descendre de là mais mon cœur s'emballe quand je la vois prendre un peu d'élan et se balancer au bout de ces liens. D'une agilité que j'ai du mal à concevoir chez elle, elle se contorsionne et, tête en bas, elle enroule chacune de ses jambes autour d'un lien. *Elle ne va quand même pas…*

Putain si ! Après avoir tourné sur elle-même plusieurs fois, elle se redresse et écarte ses jambes en un grand écart. Tout ça, à un mètre au-dessus du lit. Le genre de position qui l'aurait handicapée à vie il n'y a pas si longtemps.

Un rire de cinglé s'échappe de ma gorge, mais personne ne le remarque. Ils sont tous trop absorbés par le spectacle. Putain, mais où j'étais cette semaine pendant qu'elle se transformait à ce point ?

Elle continue encore quelques secondes ses figures aériennes tellement sexy que j'en bande sans savoir depuis quand.

Le tempo ralentit, elle se laisse tomber assise sur le lit, les genoux légèrement repliés et serrés. Assez serrés pour lui donner un air prude, pas assez pour cacher complètement, entre ses cuisses, un petit bout de tissu du même blanc immaculé. *Pour l'instant*… je pense en serrant les poings.

Elle mord sa lèvre, sans jamais regarder qui que ce soit dans le public. Elle fixe un point invisible en souriant et on pourrait presque croire qu'un homme lui fait face. En tout cas, moi je l'imagine très bien, ce type sans figure qui hante mes nuits.

Son sourire devient plus coquin tandis qu'elle s'allonge sur le dos doucement. Les jambes toujours serrées, elle remue ses fesses sur le matelas et étend ses bras de chaque côté de son corps. Quand ses doigts empoignent les draps pour les froisser, je suffoque. Seigneur, on s'y croirait. Je la regarde et je la vois jouir dans ma tête. Je vois l'homme qui la caresse comme s'il était vraiment là. Ce type qui lui écarte les jambes maintenant et qui souffle sur sa petite chatte avant de l'aspirer tout entière dans sa bouche.

Les mains de Gin froissent les draps de plus belle et mes visions continuent. Les trois doigts qu'il enfonce directement en elle pour la faire crier et pouvoir se délecter de ses premières sensations, avant d'avancer jusqu'à son ventre doux. Ses hanches se soulèvent et j'ai envie de vomir. Littéralement.

La vodka que j'ai ingurgitée me brûle à présent l'œsophage et il faudrait que je respire pour atténuer ces nausées. Mais je ne peux pas. Je la regarde encore onduler sur ces draps emmêlés, avant qu'elle les lâche.

Ses doigts glissent sur son ventre, puis sur sa poitrine généreuse qui n'a jamais quitté mon esprit, pour remonter jusqu'à ses cheveux et cette frange qui est le point de départ de toute cette foutue histoire. Cette putain de frange à laquelle elle a fini par s'habituer. Comme à tout le reste. *Qu'est-ce qui me prend, merde ? Je devrais jubiler.*

Je n'ose pas regarder les visages des membres du Round, des clients, ni même des putes, mais je sens dans l'air cette électricité sexuelle qui ne quitte jamais les endroits profondément dépravés. Ces lieux où le sexe est omniprésent et où le plus coincé se sent soudain excité comme jamais. Et ce soir, le spectacle qu'offre Cadence en simulant l'acte devant tout le monde fait partie de ceux qui font éjaculer dans les frocs. Elle leur offre un avant-goût de sa première nuit. C'est comme s'ouvrir les veines dans une mer de requins. Comme se promener au milieu de la cage aux lions les yeux bandés.

Elle se redresse enfin et mon mirage disparaît. Elle descend de ce lit de malheur et avance pieds nus jusqu'au bord de la scène. Elle lisse sa frange dans ce fichu toc qu'elle traîne depuis le début, mais qui ne m'a jamais semblé plus sexy qu'en cette minute. Je crois qu'elle donnerait envie de baiser à n'importe qui rien qu'en jouant aux dés. Ses yeux scrutent la salle et mes mâchoires se contractent. *Qu'est-ce qu'elle a encore en tête ?*

Je n'ai pas longtemps à attendre pour comprendre. Ma respiration se bloque entre mes amygdales, mes narines se dilatent et mes ongles raclent le bois de ma chaise. Sous sa frange trop longue, ses yeux sont braqués dans *ma* direction. Sur moi, précisément.

Elle descend les marches avec grâce, caresse quelques épaules en passant, sans jamais dévier son regard du mien. À mi-chemin, une révélation douloureuse survient dans ma tête. Elle est méconnaissable. La fille qui s'avance devant moi n'est pas celle qui partage mon quotidien depuis plus de trois mois. Je devrais m'auto-ovationner, m'applaudir et me poker moi-même. Parce qu'au bout du compte, alors que je croyais que c'était impossible, alors que j'aurais aimé que ça le soit, j'ai réussi. Putain de merde. *Ne fais pas ça, Virgin. Je t'en prie. N'avance plus… Arrête !*

Tous ces ordres, ces suppliques, ce sont mes yeux qui les lui disent. Entre les paroles de cette chanson plus qu'équivoques et la manière dont elle avance vers moi, je sais qu'elle va me faire passer un message. J'ai déjà compris l'essentiel et je ne suis pas sûr, pas *prêt*, même, à le recevoir dans son intégralité. Et ça, c'est seulement la partie que je veux bien m'avouer. Parce qu'au fond de moi, je sais que quand elle aura approché, je la verrai. Celle que je croyais chercher. Celle que j'ai créée. *Virgin*. Sauf que si en temps normal j'aurais trinqué avec la bouteille entière de champagne pour saluer cet exploit, cette fois j'ai envie de briser la coupe entre mes doigts.

En quelques pas elle est sur moi et je suis foutu. Fait comme un rat, piégé dans sa lumière.

– Cadence…

Je la vois tiquer, très légèrement. Sans doute parce que les seules fois où je l'ai appelée comme ça étaient des moments où j'étais… un peu perdu. Et jusqu'à ce soir, son nom avait toujours sonné dans ma bouche comme un avertissement à son encontre. Jusqu'à maintenant. Ce moment où, tandis que son corps brûlant est à califourchon sur le mien, que sa culotte fine frotte contre ma queue aux abois, je murmure son nom comme une vieille prière païenne. Une prière qui se veut suffisamment forte pour arrêter tout ça. Parce que, victime de ses gestes sexuellement explicites, je n'aspire qu'à une chose. Voir la lueur indescriptible briller dans ses yeux. Cette lueur que j'ai mis trop de temps à comprendre. Cette étincelle que j'ai perdue depuis son séjour avec cet enculé de Tiago.

– Cadence…

C'est elle que je cherche dans ses prunelles foncées. Sauf que j'ai beau l'appeler, ce sont les yeux de Virgin qui me fixent avec insolence. Des billes d'un noir mat et glacé, qui font frissonner le cœur même de mon âme. Oui, je sens au fond de mon corps, très loin dans des abîmes inconnus, quelque chose qui s'ébranle. Une partie de moi qui se réveille d'un coma de toujours.

Mais tout se paie. J'ai redonné un souffle minuscule à cette partie de moi avortée, en sacrifiant la seule chose qui pouvait vraiment la libérer : Cadence.

Elle fredonne, ses lèvres frôlant presque les miennes.

Qu'est-ce qu'elle veut, putain ? Je ne comprends pas le message qu'elle veut me faire passer. Ou peut-être que je le comprends trop bien. Elle m'offre enfin ce que j'ai cherché à extraire d'elle ces derniers mois. Ce que j'ai arraché sans faire attention aux dégâts que ça entraînait irrévocablement. Faire sortir Virgin de son trou est finalement en train de me coûter plus que ce que je ne pensais.

Là, pendant que ses fesses roulent contre la bosse douloureuse qui déforme mon jean, elle me regarde de biais. Assise sur mes genoux, de dos, elle laisse tomber l'arrière de son crâne contre ma clavicule. Je suis trop tendu pour bouger et même quand ses mains attrapent les miennes pour les poser sur ses seins, je n'esquisse aucun mouvement. J'entends des applaudissements furieux, mais je ne suis pas sûr que cela vienne de la foule. C'est peut-être uniquement mon cœur qui claque dans mes oreilles, en un unique applaudissement moqueur. *Bravo, Mas, tu as tout gagné. Sale con que tu es.*

Elle continue à faire descendre mes mains jusqu'à son entrejambe et quand elle écarte ses cuisses pour s'ouvrir entièrement à mes mains, je vrille. En deux temps. Je libère ma main du joug de la sienne et appuie de toute ma hargne contre le tissu. Elle gémit doucement, mais longtemps. Et ce simple bruit suffit à enclencher le deuxième volet de ma réaction. Tout à coup, comme si le son venait d'être mis au maximum, je prends pleinement conscience de ce qu'elle est en train de me faire. Ici. Devant tout le monde. Comme la pute qu'elle est devenue grâce à moi. J'ai aimé chaque fois qu'on a fait ça devant les autres, mais pas aujourd'hui.

Elle doit sentir à quel point tout mon corps se raidit parce qu'elle se cambre en avant une dernière fois, se retourne pour croiser mon regard, avant de disparaître dans la foule.

Quand les ultimes notes de sa chanson résonnent dans la salle, je ne sais plus où elle est. Dans tous les sens du terme. Tous les spectateurs explosent, exultent, éjaculent probablement, et moi, je vomis intérieurement. Je *me* vomis, en fait. C'est aigre et douloureux, mais il faut que ça sorte parce que c'est encore plus atroce à l'intérieur.

J'ai résisté, j'ai combattu ce truc infâme que je sentais grossir derrière mes côtes. Plus il prenait de la place en moi, plus je forçais Cadence à disparaître. Parce que la seule manière d'arrêter cette tumeur était de faire grandir Virgin. C'est ce que je croyais. Sauf que j'avais tort.

Virgin n'a fait que renforcer cette pression déchirante qui me broie de l'intérieur. Là où Cadence l'aurait apaisée et rendue plus facile à supporter, Virgin l'exacerbe et l'empoisonne.

Des mains me secouent les épaules en signe d'approbation, des poings se cognent contre mes bras pour me féliciter, mais je ne suis déjà plus là. Je ne suis plus des leurs.

À l'instant où je réalise que je dois tout donner pour la ramener, je signe la fin de ma carrière de tuteur.

CHAPITRE 17

Cadence

C'est le black-out.

Entre le moment où je suis entrée sur scène et maintenant, alors que je suis appuyée contre un mur des coulisses pour chercher mon souffle, c'est le trou noir. Mais vu les cris que j'entends encore et les regards que l'on m'adresse, je crois que je me suis bien démerdée.

J'ai super mal aux adducteurs, ce grand écart était vraiment une idée de merde. Je ne suis pas souple et j'ai bien failli m'ouvrir en deux. Heureusement, personne ne semble l'avoir remarqué. Je crois qu'ils étaient tous trop concentrés sur ma culotte pour faire attention au reste. *Et maintenant, qu'est-ce que je fais* ?

Je secoue la tête et me remets en route. Je n'ai qu'une seule chose à faire : trouver l'Oncle Bobby de mes deux et lui soutirer les informations dont j'ai besoin.

– T'étais parfaite ! s'exclame Tara en me prenant dans ses bras. T'aurais dû voir la tête de Mas ! elle se marre en reculant.

Je l'ai vue, Tara. Et ce que j'y ai lu m'a retournée.

Sauf que le temps n'est plus à ce genre de pensées.

– Conduis-moi au Big Boss, Tara.

– Quoi ? Maintenant ?

– Ouais.

– C'est que, t'es pas censée faire ça, Gin.

– J'm'en tape, je veux lui parler. Tu peux faire ça pour moi où je m'adresse à quelqu'un d'autre ?

Elle ne mérite pas un tel manque de reconnaissance de ma part mais tant pis, je n'ai pas fait tout ça pour m'arrêter en si bon chemin.

Je ressens une espèce d'urgence qui monte en intensité et je dois mettre la main sur ce type avant de m'écrouler. J'ai le sentiment d'être allée beaucoup trop loin aujourd'hui et je veux agir avant de me laisser emporter par la terreur tapie dans mon ventre.

– Ok, viens, elle accepte en me tirant par la main. Mais Virgin, j'te préviens : tu te contentes de te présenter, de lui faire deux ou trois sourires et tu te tires, ok ?

– Cool ! Moi qui pensais devoir lui toucher la b…

– Gin !

Elle pose sa main sur ma bouche pile au moment où un homme trapu apparaît sur notre chemin.

– Tara, il lance avec un entrain de vicelard.

– Bob…

Bob, comme dans Oncle Bobby ?

Je le détaille, surprise par sa dégaine. Plus petit que Tara, un cou minuscule et le sourcil en pagaille, il n'a rien de l'image que je m'en faisais.

Il lui fait signe de se décaler et avant de lâcher ma main, elle enfonce ses ongles dans mon poignet pour me rappeler ses avertissements.

– Virgin, il amorce en collant une bise humide sur ma joue. Tu es magnifique !

Il illustre ses paroles par des mains baladeuses écœurantes. Je le regarde droit dans les yeux en lui souriant pendant qu'il tâte la marchandise.

– Parfaite, il susurre en faisant claquer sa langue.

– Je suis honorée de vous rencontrer, je minaude en laissant courir mes ongles sur son bras. Depuis le temps que j'entends parler de vous, j'allais finir par croire que vous n'étiez qu'un mythe.

– Me voilà, en chair et en os, il réplique en empoignant mes fesses pour me plaquer contre lui.

Je retiens ma langue qui cherche à mimer mon vomi mental et lui souris en ricanant comme une idiote.

– J'ai des affaires à conclure ce soir, mais on se reverra très vite.

– Déjà ? je souffle en posant ma main sur son épaule. C'est dommage, on ne vous voit pas très souvent… J'espérais qu'on aurait le temps de discuter…

Je lance l'hameçon, en espérant ferrer ce thon.

– Je quitte rarement mon bureau, c'est vrai. Mais ça ne m'empêche pas de garder un œil avisé sur mes petites putes favorites.

– Et ce bureau, où est-ce que je peux le trouver ?

Il lève un sourcil, face à mon manque certain de subtilité.

– Ton tuteur demeure encore notre intermédiaire jusqu'à ce que ton premier contrat soit signé.

– Oh, très bien. En fait, je croyais qu'à partir de maintenant, nous traiterions en direct.

Foutaises.

– Tu es une femme de caractère, n'est-ce pas ? J'aime ça… il grogne en caressant mes fesses qu'il tient toujours entre ses doigts.

– Je veille à mes intérêts, c'est tout. Et les vôtres sont communs aux miens, si je ne me trompe pas.

– Tu as raison.

Il s'avance et quand je sens sa langue glisser contre ma clavicule, je réprime un frisson de dégoût. J'espère qu'il n'a rien remarqué, je touche presque au but.

– On se reverra bien assez vite, petite Virgin.

Il me lâche, murmure quelques mots à l'oreille de Tara et disparaît dans le couloir.

– Eh bien, balance Tara en se grattant la nuque. Tu me surprendras toujours, toi !

– Qu'est-ce qu'il t'a dit ? je l'interroge pleine d'espoir.

– Il m'a donné ça pour toi.

Je regarde sa main. Je n'avais même pas remarqué qu'il lui avait glissé quelque chose.

– Sa carte, elle ajoute devant mon air surpris.

Je tends les doigts pour m'en saisir, retenant ma précipitation.

– Fais gaffe à toi, elle chuchote en pinçant ses lèvres. Je ne crois pas que Master aimera ça…

– Je m'assure seulement d'atteindre mes objectifs, Tara.

– Tu es vraiment un mystère à part entière… elle commente en me dévisageant. J'espère que tu sais ce que tu fais.

– T'en fais pas pour moi.

Je glisse la carte dans ma pochette. Au fond de moi, c'est la fête nationale. J'ai enfin l'info capitale qui me manquait.

– Qu'est-ce qu'on fait, maintenant ?

– Tu rejoins le sas.

– Le sas ?

– C'est une pièce transparente où les acheteurs potentiels peuvent t'observer de plus près. Ça précède le début des négociations.

– Dit comme ça, c'est engageant… Et Master ? je lui demande d'une voix plus hésitante.

– Il en a presque fini avec toi.

– Ok…

Cette sentence résonne comme une peine capitale dans mon crâne.

– Il doit déjà être en train de parler *money*, elle ajoute en m'entraînant derrière elle. Il viendra te chercher quand ce sera terminé. En général ça dure toute la nuit, j'espère que t'es pas trop fatiguée.

– Ça va, je mens en sentant un poids invisible tomber sur mes épaules.

– Gin !

Je sursaute et manque de me tordre la cheville. *Ça faisait longtemps !*

Je me retourne vers celui qui vient de crier mon nom et je suis surprise de voir Mas courir vers nous. Je n'ai pas reconnu son timbre de voix, et d'ailleurs, je reconnais à peine son visage.

– Viens avec moi ! il lâche à bout de souffle.

– Ils l'attendent au sas, s'interpose Tara en le défiant du regard.

– Occupe-toi de ton cul, je gère mes affaires, là, alors dégage !

– Mais enfin qu'est-ce qui te prend, Master ? T'es gonflé de lui parler comme ça ! j'interviens, sonnée.

– Suis-moi ! il crache en enfonçant sa main dans mon dos.

– Le sas, Mas ! l'avertit Tara.

Il me semble le voir lever son majeur par-dessus son épaule, mais il me fait avancer bien trop vite et je préfère me concentrer sur les petites marches qui descendent vers une arrière-cour.

– Pourquoi on sort ? je lui demande en essayant de le faire ralentir.

– Dans la voiture, il lâche pour seule réponse.

– Mas ! je monte d'un ton en dégageant mon bras. Qu'est-ce qui te prend ?

– Dans la voiture ! il crie plus fort encore.

Son regard désespéré me convainc de le suivre, même si ma raison me hurle de retourner à l'intérieur. Mais après tout, j'ai ce que j'étais venue chercher. Si Mas foire ses négociations, ce n'est plus mon problème. Alors je lui obéis et m'empresse d'attacher ma ceinture.

Il roule comme si le Diable était à ses trousses, en m'envoyant des coups d'œil douloureux.

– Tu vas me faire tomber ! je geins alors qu'il me tire déjà jusqu'au monte-charge. Arrête !

Il ouvre la porte de chez lui si fort qu'elle frappe contre la commode et la claque derrière nous avec autant de vigueur.

– Tu te calmes, maintenant, et tu me dis ce qui se passe ! je tente à nouveau.

Sans succès, il refuse d'ouvrir la bouche et quand je résiste, il attrape ma taille et me fait basculer sur son épaule.

– Mais t'es un grand malade ! T'as décompensé ou quoi ? Lâche-moi !

Il pénètre dans sa chambre, donne un coup de pied dans la porte de sa salle de bain, et quand il me lâche enfin, c'est pour me coincer dans le recoin de sa douche.

– Mas, mais…

Il plaque sa main sur ma bouche et me regarde enfin dans les yeux. Au même instant, il enclenche l'eau et je ne sais pas dire si le torrent glacé qui s'abat sur moi provient du pommeau ou de la souffrance à l'état brut que je lis dans ses prunelles.

– Je peux plus, il souffle en appuyant son front contre le mien.

L'eau nous dégouline dessus et mon mascara me pique les yeux. La main de Mas est toujours sur ma bouche et c'est tant mieux. Le voir comme ça me met le cœur au bord des lèvres et s'il enlève sa paume, j'ai bien peur de le voir s'écraser à mes pieds.

– J'en peux plus… il murmure en glissant son autre main dans mon dos.

Il libère mes lèvres et, derrière ses cils parsemés de gouttes d'eau, il m'adresse un regard sans filtre, sans plus de barrières. Je suis tétanisée, parce que ce que je découvre dans ses yeux est exactement ce que j'ai cherché tout ce temps.

CHAPITRE 18

Mas

Je viens d'enlever ma paume de sa bouche et je la laisse lire en moi pour la toute première fois. Mes mains rejoignent son dos sans un mot. Je suis si près que je sens ses cils papillonner contre mon nez. Sa respiration est bruyante, la mienne plus encore. Pourtant, mes gestes sont doux quand je tire sur l'attache de sa nuisette. Je pourrais aussi bien tout arracher, mais j'ai besoin d'y aller doucement, progressivement. J'ai rendu Virgin plus coriace, à moi de faire remonter la Cadence qui me manque tant. Je défais les liens, et quand plus rien ne la retient, elle tombe à nos pieds.

Je suis obligé de fermer les yeux, pour calmer l'animal qui rugit en moi, pour éloigner l'ouragan qui n'attend que le moment où je le laisserai tourbillonner autour de nous. Je ne dois pas me précipiter. Je ne sais même pas vraiment ce qui est en train de se passer. Aller trop vite reviendrait à me jeter sous les roues de ce camion qui cherche seulement à m'emmener quelque part. Plus loin.

Je sens son regard sur moi, ses expirations et son appréhension quand mes doigts remontent le long de ses flancs et s'y attardent un instant.

Quand ils atteignent son visage, j'entrouvre mes paupières et efface ce maquillage que je ne supporte plus. Le noir s'étale sur sa peau blanche, son rouge à lèvres résiste mais j'en viens finalement à bout.

– Qu'est-ce que tu fais ? elle frémit en penchant sa tête pour croiser mon regard.

À force de frotter sa peau encore et encore, il ne reste presque plus aucune trace *d'elle*. En apparence du moins. Je veux que Virgin disparaisse.

Les yeux rougis, elle cherche au fond des miens à comprendre ce qu'il m'arrive.

– Parle-moi, elle murmure alors que mon doigt efface la dernière touche de rouge de sa bouche.

Je glisse mes doigts derrière ses oreilles et cale mes pouces contre ses joues.

– Dis-moi que ce n'est pas trop tard.

– Je ne comprends pas…

– Dis-moi qu'elle est encore là…

Elle fronce les sourcils et je ne sais pas comment lui dire ce que je ressens. Je repousse sa frange trempée pour la plaquer en arrière, comme pour supprimer un dernier rempart vers ce que je cherche à atteindre.

– Cadence.

Un éclair passe dans ses yeux et j'ai juste le temps de l'apercevoir avant qu'elle ne referme ses paupières.

– Mas, je…

Elle pose ses mains contre ma poitrine, sans me repousser. Ma chemise me colle à la peau, mais je n'ose pas bouger mes bras, posés de part et d'autre de sa tête. Ils retiennent prisonnière celle que je ne veux pas perdre.

– J'avais rien compris, je souffle. Je voulais pas comprendre, j'étais trop braqué sur Virgin pour réaliser combien Cadence est…

Cet aveu est difficile à exprimer, certainement tout autant à entendre. Ses paupières se crispent davantage et sa poitrine se soulève en de petits à-coups silencieux.

– Ne fais pas ça. T'as pas le droit, Mas.

J'aspire les gouttes d'eau qui parsèment son visage et resserre mon étau autour d'elle.

– J'y arrive plus, Cadence, ça me tue…

– T'es complètement fou, elle soupire en me regardant enfin droit dans les yeux. Comment tu peux passer d'un extrême à l'autre comme ça ? Je… je n'arrive pas à te suivre…

J'aimerais qu'elle puisse sentir ce que je ressens en cet instant. Alors elle comprendrait que je suis fou, c'est vrai. Fou à cause d'elle. Fou d'elle tout court.

– J'ai essayé de tout refouler, mais je ne veux plus faire ça.

– Tu m'as fait du mal, elle lâche d'un ton accusateur.

– Je sais. Et je suis désolé. Je n'ai jamais ressenti ça pour personne, Cadence. Ça m'a pris du temps de le réaliser, de l'accepter…

Elle pose un doigt sur mes lèvres et secoue la tête doucement.

– Trop de temps…

Sa bouche s'étire douloureusement et mon cœur se comprime.

– J'ai eu envie de t'entendre dire ça tellement de fois… elle murmure en posant son front contre mon nez.

Je détache enfin mes mains du carrelage et les laisse glisser sur son corps mouillé. Elle frissonne et enfonce ses ongles dans ma poitrine.

– C'est trop tard, on est allés si loin… elle articule alors que mes lèvres sont déjà sur son épaule.

Elle ne me repousse pas, serre ma chemise entre ses doigts pendant que je continue à parsemer sa chair de baisers et de promesses. De supplications muettes. Je n'ai aucune idée de celui que je suis en train de devenir, mais je m'en fous. Je n'arriverai plus à être quelqu'un d'autre. Ce qu'elle a fait ce soir sur la scène du *Deep End* est l'électrochoc qui me manquait et, rien que d'y penser, je sens encore la douleur brûlante que ça a provoqué en moi. Cette fille-là ne lui va pas, ce n'est pas elle.

Du bout de l'index, je me suis mis à tracer la forme de son téton qui apparaît sous le tissu mouillé de son soutien-gorge. J'ai aimé ces seins dès le premier jour et je veux être celui pour qui ils pointent. Le seul pour qui ils s'alourdissent. Comme maintenant.

Je lui retire la barrière de tissu qui m'empêche de les atteindre, cette énième couche dont je veux la défaire pour pouvoir mieux la retrouver.

Il ne lui reste que sa culotte et ses chaussures. Je m'agenouille devant elle et quand je vois son ventre se contracter, je sais qu'elle s'en souvient. Moi, c'est pire que ça. Le goût de ses lèvres me hante depuis cette nuit-là, leur douceur me poursuit. Bon sang, je n'aurais jamais dû partir.

Je défais doucement les lanières et jette ses talons sur le sol de la salle de bain.

Ses gémissements se font plus longs à mesure que mes doigts remontent sur ses jambes, jusqu'à entourer ses hanches. Je n'arrive pas à me détourner du triangle blanc qui me fait face et pose mes lèvres dessus. Juste une seconde, le temps d'y laisser un baiser. Rien que ça, la promesse d'y revenir bientôt.

Je reste à genoux encore un peu et lève les yeux vers son visage. Sa tête est penchée vers moi, sa bouche entrouverte et ses joues rosies. Ses cheveux trempés encadrent son visage, qui flotte au-dessus de ses seins comme un mirage parfait. Elle est splendide.

– Tu es à moi.

Je me redresse sans prévenir, mué par l'envie puissante de l'embrasser encore. J'attrape ses lèvres au vol et ce qu'elle s'apprêtait à dire devient un gémissement sur ma bouche. Elle se retient et j'enfonce ma langue plus loin, pour bien planter ma volonté en elle. Je la veux et je ne la laisserai plus tomber.

Elle reste encore un peu sur la réserve, mais à mesure que je m'approprie son corps et sa bouche, je la sens qui se laisse aller. Ses ongles quittent mon torse et s'enfoncent dans mes cheveux. Sa langue se fait plus guerrière et quand j'empoigne ses fesses pour la hisser contre le mur, je la sens sourire sur mes lèvres endolories.

Malgré le poids de mes vêtements mouillés, je me sens plus léger que jamais. Parce que plus rien ne m'entrave. Plus personne.

– Tu me manques… je lui avoue. Tes vannes, ta maladresse, ton mauvais caractère…

– Tu détestais ça… elle rétorque en soupirant d'aise.

Je la fais remonter plus haut encore et embrasse son cou, lentement, pendant qu'elle se cambre d'excitation.

– Ça m'a toujours plu, j'articule en remontant jusqu'à sa bouche.

Le temps se suspend, se cristallise, avant d'exploser.

Ses lèvres viennent s'accrocher aux miennes avec urgence et j'appuie en bas de ses reins d'une main pour qu'elle soit plus proche encore. Je cherche sa langue, la mords, la cajole, si fort que je l'entends gémir et se raccrocher à moi avec plus de vigueur.

Quand je ne la plaque pas contre le mur, j'essaie de la fondre en moi. Quand elle n'enroule pas ses bras autour de mon cou, ils sont retenus au-dessus de sa tête.

Tout va vite, trop vite. L'eau, la buée, son odeur, nos râles. Je n'ai plus de prise sur l'instant, mais mon cœur s'en fout. C'est la première fois que je lui rends sa liberté. Je ne sais pas ce qu'il va se passer à partir de maintenant, mais je me contente de la seule certitude contre laquelle je ne peux plus me battre.

– Je veux que ce soit moi. Moi, tu entends ?

Elle répond par un *hum* lascif et tourne la tête vers ma chambre, pour me laisser accéder à la fine peau entourant son oreille.

Mes mains se font plus entreprenantes contre ses fesses et je suis tellement perdu au milieu de mes sensations chaotiques que je ne réagis pas quand je la sens se raidir.

– Attends.

Je secoue la tête, certain d'avoir mal entendu, et je continue à explorer sa joue, sa tempe, avant de redescendre encore vers sa nuque.

– Arrête, elle ajoute plus fort en remuant les jambes pour retoucher le sol. J'ai dit stop, Mas.

Le choc de la séparation de nos corps me file un vertige atroce et je suis obligé de plisser les yeux pour l'observer.

– Qu'est-ce qu'il y a ? je l'interroge à bout de souffle.

– On ne peut pas…

Elle pose une main sur sa poitrine comme si elle avait mal et quand je penche la tête pour essayer de contempler son visage, elle fuit mon regard.

– Bien sûr que si, on peut ! je gronde en enroulant mes doigts aux siens. Tu en as envie autant que moi et…

– Et Abby, t'en fais quoi ? elle tranche d'une voix froide.

Elle cherche à me faire réagir, ça pourrait presque marcher.

– Je trouverai autre chose pour elle, pour toi, n'importe quoi, mais pas ça. Plus ça.

– C'est pas si simple et tu le sais.

Elle pose ses mains sur mes oreilles et éloigne ma tête pour pouvoir me regarder dans les yeux.

– Ne fais pas ça, je grogne en la sentant me repousser.

– Je suis désolée, elle articule lentement. Je ne peux pas faire marche arrière maintenant.

– C'est vraiment ce que tu veux ? Te faire baiser pour de la monnaie ?

J'ai craché ça de la pire des manières. *Elle ne peut pas me faire ça !*

– Alors, c'est ce que tu crois ? elle lâche blessée en entourant sa poitrine de ses bras. Tu vois pas, hein, tu vois jamais rien, Mas ! On risque tellement gros en rompant nos engagements maintenant. Tu as bien vu l'ampleur que ça a pris… Il faut qu'on aille au bout, sinon, comment crois-tu que réagiront les émissaires, les clients potentiels,

Oncle Bobby ? Je suis certaine qu'il y a déjà eu des transactions, comment tu crois que ça va se passer si on disparaît ?

Elle a raison, mais…

– Je leur dirai… je sais pas, que tu t'es enfuie… je bredouille en grimaçant.

– Et après ? À qui ils viendront réclamer des comptes à ton avis ? elle poursuit sur sa lancée. À ta famille ? À mes amis ? Je refuse de supporter ce poids sur mes épaules. Je t… je tiens à toi. Et à elle aussi.

Elle pose son doigt sur la paroi en verre et derrière, par la porte de ma chambre restée ouverte, j'aperçois le visage d'Abby me sourire, avec tout ce que ça implique.

– Pense à l'argent qu'on va toucher rien que pour une fois. Une seule fois, Mas. Quand je ne serai plus vierge, je…

Elle s'interrompt, secoue la tête et reprend :

– Ce sera moins risqué de tout arrêter.

– Je refuse que quelqu'un te touche, Cadence. Tu sais très bien ce que ça signifie…

Je me rappelle mot pour mot ce qu'elle m'a dit ce jour-là, quand elle m'a confié ce qui est arrivé à sa mère. Ce moment où j'ai compris que ces histoires de princes charmants avaient bien plus de poids dans sa vie qu'elle ne voulait bien me l'avouer.

– Ce n'étaient que des blocages de gamine orpheline… Ça n'a plus d'importance à présent ! Je ne cherche plus de prince. Et toi, tu as besoin de cet argent pour Abby. Je suis incapable de te regarder faire ce choix entre elle et moi. Pas maintenant que je sais tout ce que ça implique !

– Mais je trouverai autre chose, je te l'ai dit. Je t'en prie ! Tu ne vas pas te sacrifier comme ça !

J'ai haussé le ton mais ça n'a aucun effet sur elle. Elle passe sous mon bras et rejoint ma chambre en attrapant une serviette au passage.

– Cette décision ne t'appartient pas, Mas. C'est la mienne, c'est clair ?

Je la regarde prendre une longue inspiration et avant de sortir de la pièce, elle m'adresse un dernier regard perçant.

– La formation est terminée. Tu as rempli ta part du marché. Laisse-moi remplir la mienne, maintenant.

– Sinon quoi ? je la défie, amer.

Elle ouvre la bouche pour me répondre, mais rien ne vient. Elle reste plusieurs secondes comme ça, ses lèvres tremblant de froid ou d'autre chose qui m'échappe.

– Cadence ! je m'entends hurler alors qu'elle vient de quitter ma chambre.

Je devrais la retenir, continuer à lui prouver qu'il y a quelque chose à tenter, mais je reste immobile. Figé dans cette réalité que j'ai créée et dont je n'arrive plus à sortir.

CHAPITRE 19

Cadence

Je reste droite, pour ne pas lui montrer combien ce qu'il vient de me dire me coupe en deux. Je garde les yeux bien ouverts, pour ne pas qu'il se rende compte des larmes qui attendent de s'échapper.

J'ai cru que ce serait facile de finir ce que j'avais commencé. J'ai cru que Mas ne serait plus un problème, mieux, qu'il deviendrait le moteur de mes actes. Mais maintenant qu'il vient de prononcer les mots que j'attends depuis si longtemps, c'est comme un croche-pied à trois mètres de la ligne d'arrivée.

Mes jambes sont devenues lourdes, vidées de leur volonté. Elles tremblent, essaient de me faire perdre l'équilibre. Elles ne sont pas prêtes à la fuite que je leur impose et qui risque de devenir bien plus importante si je me foire.

Tout se mélange dans ma tête, mais je trouve encore la force de rejoindre ma chambre. Même quand il crie mon prénom d'une voix qui fait vibrer ma poitrine. Je me convaincs que si le destin a prévu Mas dans mes projets, je le retrouverai. Mais seulement quand tout ça sera terminé.

Malgré tout, pendant un bref instant, j'hésite à revenir sur mes pas pour tout lui raconter. Il suffirait que je lui explique enfin pourquoi je fais ça et peut-être qu'il saurait comment m'aider. Mais à quel prix ? Depuis que j'ai compris pourquoi il fait ça, lui, je n'arrive plus à le regarder de la même manière. Si mes sentiments pour lui y trouvent du réconfort, ma volonté surpasse mes états d'âme.

Je dois finir ce que j'ai commencé, pour lui, pour moi, pour Abby, pour Ingrid. Je ne sais pas dans quoi je suis en train de m'enfoncer, mais c'est trop tard.

J'étouffe l'angoisse qui prend de plus en plus de place dans ma poitrine et je me laisse glisser contre la porte de ma chambre, encore dégoulinante de cette douche inattendue. Je regarde cette pièce qui m'accueille depuis trois mois, même si finalement, j'y ai peu dormi. Malgré tout ce qu'il s'est passé ici, je m'y sens un peu comme chez moi, bien plus qu'ailleurs. Parce que c'est chez lui.

Les larmes que je ne sais plus retenir dévalent sur mes joues. Les sanglots silencieux qui secouent ma poitrine ressemblent à un défibrillateur qui chercherait à ramener à la vie la partie de moi que j'essaie d'enterrer.

Mais je tiens bon, Ingrid est là quelque part et je dois savoir ce qu'il s'est passé. Je ne pourrai pas reprendre ma vie avant ça. La reprendre, ou la recommencer.

J'arrache enfin ma culotte trempée et enfile une combinaison kaki. Je m'allonge dans le lit et regarde, par la fenêtre, la nuit noire qui semble si paisible. Pourtant, c'est tout l'inverse, du moins dans ma tête. Parce que le moment est venu pour moi de faire preuve de plus de courage. Oncle Bobby va être occupé au *Deep End* la majorité de la nuit, demain matin sera le moment parfait pour débouler dans son bureau. Je mise sur les quelques heures de sommeil qu'il va bien devoir prendre pour m'y introduire. En tout cas, c'est le plan absolument stupide que j'ai orchestré dans ma tête de cinglée.

Je fais tourner sa petite carte cornée entre mes doigts, en essayant de monter un scénario d'intrusion dans lequel je ne finis pas six pieds sous terre. C'est totalement inconscient et dangereux. Comme tout ce que je fais depuis que j'ai eu cette idée. Jusqu'à maintenant je n'ai jamais réfléchi aux conséquences de mes actes, autant continuer sur ma lancée. Et puis le sablier a fini de s'écouler, la conclusion que je redoute depuis le début et sur laquelle j'ai bien voulu parier est trop proche. Je dois agir maintenant si je veux préserver mon âme et mon corps de cet endroit. Je n'ai pas d'autre choix que de tout tenter.

***

Je suis debout, la main sur la poignée de la porte d'entrée. La clef est encore sur la serrure de l'autre côté, c'est bien la première fois que Mas déroge à ses règles débiles de confinement. Mais il devait être trop occupé à me traîner jusqu'à sa salle de bain pour y penser.

Je l'entrouvre sans un bruit, me faufile dans le hall sur la pointe des pieds et m'empresse de descendre jusqu'au trottoir désert. Le jour est en train de se lever et je m'apprête à traverser la rue à toute vitesse quand une voiture s'immobilise pile à ma hauteur.

– Salut Virgin…

La voix qui s'échappe de la fenêtre arrière entrouverte me fait faire un bond en arrière.

– Tout doux, chérie ! ajoute Reda en ouvrant davantage sa vitre. T'es toute seule dehors ? il m'interroge en sortant son cou de l'habitacle pour vérifier de droite à gauche.

Je prie intérieurement pour qu'une brique lui tombe sur la tronche, là, maintenant.

– Mas arrive, je l'avertis en reculant encore jusqu'à l'entrée du bâtiment.

Je n'ai pas confiance en ce type, il a déjà essayé de me faire du mal chez Lincoln, alors je reste sur la défensive. Là-haut, la porte n'est pas tout à fait fermée, si je crie assez fort, Master m'entendra.

– On est partis sur de mauvaises bases, toi et moi, il poursuit en sortant de la voiture.

– Va te faire foutre, je crache sans pouvoir me retenir.

– Toujours aussi cash et… irréfléchie. Le pire c'est que tout le monde aime ça.

– Qu'est-ce que tu veux, Reda ?

– On m'envoie te chercher, si tu veux tout savoir, il rétorque en m'invitant à m'asseoir sur le siège passager.

– Tu crois vraiment que je vais te suivre, espèce de connard ?

– En fait, t'as pas vraiment le choix.

– Et pourquoi ça ?

– C'est Oncle Bobby qui m'a demandé de venir te récupérer.

Oncle Bobby ? Si c'est vrai, la chance semble avoir enfin tourné. Mais je ne peux pas faire confiance à ce type et le suivre les yeux fermés.

– Je ne monterai pas avec toi, Reda.

– Oh Gin, ne fais pas ta prude angoissée avec moi, ok ?

– Je connais son adresse, je peux prendre un taxi, je réplique sans le lâcher des yeux.

– Monte dans la voiture, Virgin.

La portière côté conducteur s'ouvre alors sur un homme que je reconnais.

– Umar !

La pression qui me comprimait la poitrine s'allège un peu. Je ne l'ai pas revu depuis ce premier soir où il m'a escortée hors de la scène pour me conduire jusqu'à mon tuteur, mais j'ai eu un bon feeling avec lui.

– Salut Virgin, il lâche dans un sourire discret. Tu peux monter, je suis là pour veiller à ce que tu arrives à bon port.

– Est-ce que Mas m'accompagne ?

– Non, répond Reda à sa place.

Je regarde derrière moi, m'attendant à le voir débouler avec son sixième sens de tuteur acéré.

– Il va pas être content, je murmure en avançant vers eux.

– Le Boss va lui filer un gros chèque, ça le calmera, te bile pas. T'as sacrément fait monter les enchères, tu sais…

Je devrais sûrement lui offrir un sourire satisfait, mais cette nouvelle a le don de me refroidir. Je dois être sortie de ce Round avant d'être au pied du mur. Un grand mur parsemé de pénis frétillants et menaçants.

– Allez viens, Oncle Bobby n'aime pas patienter, pas quand l'odeur de l'argent que tu vas lui rapporter fait déjà frémir ses narines.

Je passe devant lui en évitant la main qu'il essaie de glisser dans mes reins et au lieu de m'asseoir à l'arrière près de lui, je choisis de m'installer à l'avant près d'Umar.

– Finalement, Master ne t'a pas traumatisée, plaisante mon conducteur.

– Je crois que c'est moi qui l'ai rendu cinglé, je rétorque en souriant à moitié.

Plus personne ne parle le reste du trajet et je n'arrive pas à m'empêcher de penser à Mas. À sa réaction quand il va comprendre que j'ai mis les voiles. Quand il découvrira les motivations qui m'ont amenée là.

Umar se gare dans un parking souterrain et mon cœur s'affole. Nous avons roulé seulement une dizaine de minutes, pas assez pour que je puisse me préparer mentalement à ce qui m'attend.

– Allons-y, lâche Reda en détachant sa ceinture.

Je lance un regard vers Umar en espérant qu'il nous accompagne, mais il reste immobile derrière le volant. Je suis Reda jusqu'à un ascenseur et la musique d'ambiance va finir par me faire saigner du nez s'il n'arrive pas très vite à l'étage sélectionné. Le dernier, tout en haut. Je ne pourrai donc pas m'échapper par la fenêtre si ça part en vrille.

– Monsieur B nous attend, balance Reda en pianotant sur le large comptoir rutilant qui vient d'apparaître devant nous.

Une jeune femme au carré noir strict lève les yeux de son écran, nous toise l'un après l'autre, en prenant tout son temps sur moi.

– Il est dans son bureau, je le préviens de votre arrivée.

Je lui offre un sourire auquel elle ne répond pas et suis docilement Reda jusqu'à une porte énorme.

C'est l'heure de vérité. L'occasion en or pour accéder aux informations que je désespère de trouver depuis des mois. Quoi que je doive faire, je ne repartirai pas d'ici sans savoir ce qui est arrivé à Ingrid.

– Entrez ! beugle une voix sourde alors que Reda vient de frapper son poing contre le bois.

Je pénètre dans une pièce vaste, lumineuse et peu meublée. L'espace est seulement occupé par un long bureau qui me fait face, auréolé du soleil matinal qui se reflète sur les grandes vitres.

Oncle Bobby lève la tête de ses dossiers et nous fait signe de nous installer devant lui. Je pose mes fesses crispées au bord d'un fauteuil en cuir et essuie mes mains moites sur mes jambes, qui battent une mesure inexistante.

– Ma très chère Virgin, il démarre tout sourire.

– Oncle Bobby, je réponds avec un rictus crispé.

– Je te l'ai déjà dit, mais ta performance d'hier a fait l'unanimité. Ça faisait fort longtemps qu'il n'y avait pas eu autant d'effervescence au *Deep End*. Dommage que tu sois partie si vite, certains auraient aimé te voir de plus près.

Je hoche la tête, sans savoir quoi lui répondre.

– J'ai cru comprendre que tu voulais me parler… il poursuit. Je t'écoute, il ajoute, en m'invitant d'un geste de la main.

Merde, je n'ai même pas réfléchi à mon entrée en matière.

Alors que j'ouvre la bouche, un interphone grésille sur son bureau et la voix de sa secrétaire résonne dans la pièce.

– Monsieur, les Argentins sont là.

– Ils sont en avance, rétorque le boss en appuyant sur le bouton qui clignote.

– Ils sont venus avec l'argent, elle l'informe sur un ton entendu.

Il me regarde, réfléchit en faisant claquer sa langue, avant de faire un signe de tête à Reda.

– J'arrive, il lâche en se relevant.

Il contourne son bureau et, avant de sortir, il me lance :

– Ne bouge pas de là, ça ira vite.

J'acquiesce en lui offrant un sourire niais, celui qui contente tous ceux qui cherchent à m'impressionner.

Reda le suit et referme la porte derrière eux. Je reste immobile, incapable de croire à l'ouverture qu'il vient de me laisser sans le savoir. C'est ma seule opportunité.

Je saute sur mes pieds et fonce jusqu'à la porte. Je l'entrouvre doucement, pour être certaine de les entendre revenir avant qu'ils ne me prennent sur le fait. Je jette un regard circulaire et rejoins le mur du fond, sur lequel des placards laqués me font de l'œil. Je les ouvre les uns après les autres, feuillette du bout du doigt des dizaines de dossiers suspendus sans rien trouver d'éloquent. Des fiches comptables, des plans de bâtiments, des courriers… Rien en rapport avec le Round et son activité.

Plus j'y réfléchis, plus je me dis que cet Oncle Bobby doit avoir une activité officielle, pour faire écran à l'illégalité de son autre passe-temps. Je me hâte jusqu'à son bureau pour fouiller parmi les papiers qui traînent dessus. Alors que je bouge des dossiers, l'ordinateur s'allume et me fait sursauter, comme si quelqu'un pouvait me regarder par l'écran lumineux. Je vérifie que le voyant de la webcam n'est pas allumé et fixe le PC comme s'il allait se mettre à me menacer. Puis mon cerveau s'active et je comprends que le seul endroit où il doit garder des informations, c'est forcément dans cet ordinateur. Logique, c'est le plus facile à embarquer ou à détruire si besoin.

Mon cœur bat à deux mille quand je pose mes doigts sur le clavier. Je suis complètement folle de faire ça, mais c'est ma dernière chance d'en sortir sans dépucelage à la clef.

Je fais défiler les différents menus et, rapidement, je tombe sur une arborescence de dossiers, dont l'un attire mon attention. Des gouttes de sueur glissent le long de ma nuque et sous ma frange à mesure que je cherche dans les fichiers.

Huit clics plus tard, je suis obligée de me retenir au bureau pour ne pas tomber. Mon cœur pompe comme un dingue et mes doigts sont gelés. Elle est là, devant moi. Enfin.

Le visage d'Ingrid me sourit sur l'écran et ma vue se brouille d'angoisse et d'appréhension. Je secoue la tête pour reprendre mes esprits et au moment où je m'apprête à lire ce qui est écrit, j'entends leurs voix dans le couloir. Ils sont tout proches. Le temps est expiré.

Non !

Je m'affole, j'ai envie de hurler mais je n'ai pas le choix, je dois vite me rasseoir à ma place si je ne veux pas me faire démasquer. Je remonte le curseur jusqu'à la petite croix rouge et, avant de cliquer, je lance un regard désespéré à ma meilleure amie.

Mon souffle se bloque, des étoiles valsent devant mes yeux. Mon doigt vient de se figer, le temps s'est comme arrêté. Un mot a attiré mon attention. Cinq lettres que je n'avais pas remarquées tout de suite et qui me brûlent les yeux et le cœur. S.H.A.N.A.

J'entends les deux hommes se rapprocher, mais je ne peux plus bouger. Mon cerveau est en plein *reboot*, il essaie de décortiquer ce mot lettre après lettre. Il tourne au ralenti, comme pour reculer l'instant où il comprendra ce que j'aurais dû deviner plus tôt. Des souvenirs ignorés me reviennent en tête et je réalise trop tard que j'aurais dû faire plus attention à celle dont j'ai si souvent entendu parler. Celle qui était à ma portée. L'ancienne élève de Mas.

Seigneur ! Pendant tout ce temps, l'information capitale dormait à côté de moi, mangeait à ma table, faisait battre mon cœur trop vite et trop fort. Comment imaginer que, parmi tous les tuteurs de la ville, Ingrid ait écopé du même que le mien ? Putain de destin, il a essayé de me faciliter la tâche, il m'a donné un coup de pouce que je n'ai pas été foutue de voir.

Et cette nuit-là, quand j'étais trop bourrée pour me rappeler les paroles prononcées par les amies de Tara… Quelle conne, je me souviens ce qu'elles ont dit sur Shana et sur sa tache de naissance reconnaissable. Pourquoi mon cerveau ne percute-t-il que maintenant devant l'énormité de la situation ?

Pire, tous les regards pesants de Tara, les messes basses au sujet de cette fille qui a fait changer Mas… Depuis le début je pressens que quelque chose est arrivé à Ingrid et tout concorde à présent pour confirmer ce mauvais pressentiment. Mon Dieu, qu'est-ce qu'il s'est passé ?

Je devrais rejoindre mon siège, rejoindre Mas pour l'obliger à me dire où elle est, mais mes yeux refusent de quitter l'écran. Le premier choc passé, ils lisent ce qui est écrit en italique un peu plus bas.

J'entends un gémissement déchirant s'échapper de mes lèvres tremblantes. Tout ça ne compte plus. C'est trop tard. *Je suis arrivée trop tard.*

Je recule, éteins l'écran d'un geste rapide, et je marche d'un pas automatique jusqu'à la porte.

– Où tu vas ? me demande Oncle Bobby en me barrant la route.

– Les toilettes ? je souffle avec toutes les peines du monde.

– Troisième porte à droite, il lance en me laissant passer. Ne traîne pas, on n'a pas toute la journée.

J'avance, sans savoir comment j'y arrive sans m'effondrer. Il faut que je sorte d'ici, c'est tout ce qui me permet de garder le cap. Je tourne dans le couloir et au lieu de rejoindre les WC, j'appuie sur le bouton de l'ascenseur, qui s'ouvre immédiatement. Avec un peu de chance, le temps que le boss comprenne que je me suis tirée, j'aurai eu le temps de mettre de la distance entre nous.

J'atterris sur le trottoir et continue à marcher sans but. Je suis encore sous le choc, incapable de réaliser où mes pas me mènent.

– Virgin !

Je n'ai même pas la force de sursauter, ni même de me retourner vers la voiture qui roule à mes côtés.

– Monte, putain !

Je continue à avancer sans aucune idée de ma destination. Je dois voir Mas, c'est lui qui pourra me dire comment c'est arrivé. Mais je préfère encore marcher, je ne suis pas prête à affronter cette réalité.

J'entends des pneus crisser, une portière claquer, et je sens des doigts s'enrouler alors autour de mon poignet.

– Tara, fous-moi la paix, je grommelle en essayant de me dégager.

– Mas est comme un dingue, Gin ! Il te cherche partout, quand est-ce que tu vas arrêter de jouer à ça avec lui ?

Très bientôt, Tara, tout ça va se finir très bientôt.

Je ne réponds rien et la laisse me pousser dans sa voiture.

– Qu'est-ce qui se passe, Gin ? elle s'inquiète alors en me dévisageant.

Sa question demeure sans réponse et je sens ses coups d'œil sur mes membres qui se sont mis à trembler. Mes dents claquent de plus en plus fort, mais le premier sanglot est encore bloqué.

Elle attrape son téléphone sur le tableau de bord et le colle à son oreille.

– Elle est là, elle lâche en me lançant un regard de biais.

Je reconnais la voix de Mas qui crie et la colère se met à bouillir dans mes veines.

Quand Tara raccroche, elle accélère et se gare devant chez elle en tirant sur le frein à main brusquement.

– Suis-moi, bouge !

Elle fait le tour, ouvre ma portière sans ménagement et me traîne à toute vitesse jusqu'à chez elle. Elle me pousse sur son canapé, jette son téléphone sur sa table basse et se plante devant moi, le regard sévère.

– Qu'est-ce que t'as fait, putain ?

Je ne réponds rien, parce qu'elle sait. À l'heure qu'il est, le boss a dû prévenir Mas, qui a dû en parler à Tara…

– Mas est hors de lui, Oncle Bobby lui a téléphoné furieux en hurlant que t'avais fouillé dans ses fichiers avant de te barrer comme une voleuse ! Pourquoi t'as fait ça, bordel ?

J'ai les dents tellement serrées que les mots refusent de sortir. Et je sais que dès la première parole échappée, je ne pourrai plus me contrôler. Je ne pourrai plus maintenir la bulle de protection que j'ai érigée entre ce que je viens d'apprendre et mon cœur.

– Réponds-moi, Gin, elle soupire en s'agenouillant devant moi. Ce que tu as fait est grave, il faut que tu m'expliques si tu veux que je t'aide. Qu'est-ce que tu cherchais là-bas ?

– Shana… j'articule enfin en la foudroyant du regard.

Elle mord sa lèvre, grimace en secouant la tête et prend une profonde inspiration.

– Merde… elle souffle en serrant son front entre ses doigts.

– Tu le savais, pas vrai ?

Je n'arrive pas à prononcer le mot que j'ai vu écrit sur son dossier. C'est plus facile, ça m'empêche de craquer. Je dois tenir le coup encore un peu. Si je me laisse aller, je vais me mettre en danger. Si j'ouvre cette vanne, ça changera quelque chose en moi. Irrévocablement.

– Gin, tu…

– Réponds-moi ! je crie si fort qu'elle recule d'un pas.

Je veux l'entendre le dire, ça doit venir à mes oreilles de l'extérieur. Je n'arriverai pas y croire autrement.

– Ce n'est pas si simple, elle rétorque en faisant les cent pas. Tu ne sais pas dans quoi tu mets les pieds… Il y a des aspects du Round qu'il vaut mieux ne pas connaître. Tu n'aurais jamais dû faire ça… Cette affaire ne te regarde pas.

– Mas était son tuteur, putain. Bien sûr que ça me concerne !

– Où tu te crois, Gin, enfin ? Depuis le début je me demande comment une fille comme toi peut se retrouver ici ! Après ces mois à t'enfoncer dans le Round, t'as pas encore compris comme ça fonctionne ? On te file un tuteur pour te modeler, mais tu es bien naïve si tu crois que ça s'arrête là ! Et en agissant comme tu l'as fait, tu viens de te mettre en danger.

– Alors tu trouves ça normal ? je m'étrangle devant son air impassible. Je peux savoir ce qu'elle a fait pour mériter ça ? J'peux pas croire que Mas ait laissé…

– Il a fait ce qu'il avait à faire, elle réplique avant de serrer ses lèvres.

Quoi ?

Un haut-le-cœur me prend au dépourvu et un sifflement douloureux agresse mes tympans. Je sens mon corps devenir lourd dans le sofa et je me relève avant de ne plus pouvoir bouger.

– Comment ça, il a fait ce qu'il avait à faire ?

– Qu'est-ce que tu as appris au juste ? elle s'inquiète soudain, consciente d'en avoir peut-être trop dit.

Non... J'ai mal compris. Je tire des conclusions hâtives... Tara ne vient pas de sous-entendre que…

– Tu viens de dire que… que… C'est Mas qui l'a tuée ?

Au moment où je prononce cette phrase, la porte s'ouvre dans un claquement assourdissant et mon tuteur déboule comme un cinglé dans le salon.

– Mais bordel de merde, t'es complètement folle ou quoi ? il hurle en me tirant le bras pour me coller à son torse.

Mon souffle est chaotique et les larmes qui étaient bloquées trouvent enfin le chemin de mes joues. Un raz de marée me submerge et le fil de mes pensées se rompt. Mon cœur bat si fort dans ma poitrine que je suis obligée de poser une main contre, pour le retenir de percer ma peau. Pour essayer de contenir la plaie qui vient de se déchirer à l'intérieur de moi.

– Tu l'as tuée… je murmure dans une plainte douloureuse.

Il fait un pas en arrière, se tourne au ralenti vers Tara qui détourne les yeux, puis me regarde à nouveau.

– Gin, je…

– C'est toi qui l'as tuée ? je me mets à hurler en le frappant au visage. Réponds-moi !

Je refuse d'y croire. Je le connais. C'est lui-même qui me l'a dit, je le connais mieux que personne. Il n'a pas pu faire ça. Il est ce qu'il est, mais ce n'est pas un assassin. Je ne peux pas le croire. Je ne veux pas !

Il attrape mes poings pour contenir mon assaut et les maintient fermement contre son torse.

– Je ne veux pas parler de ça ici, il souffle contre mon visage. Rentre avec moi, Gin.

Son ton suppliant et le regard brillant qu'il m'adresse ne m'atteignent pas.

– Non, je grogne en me débattant. Je ne te suivrai nulle part, pas avant de savoir. Est-ce que c'est toi, Mas ?

Il me jauge longuement et je discerne clairement la tempête qui fait rage dans ses prunelles. Quand il ouvre la bouche, je le reconnais à peine.

– Oui.

Sa réponse entre en moi comme un coup à bout portant. Le bourdonnement à mes oreilles se coupe net et je sens la poigne de Mas se resserrer autour de mon coude alors que je vacille dangereusement.

Bien sûr qu'il l'a fait. Pour Abby, il est prêt à tout. Il l'était jusqu'à moi et j'ai eu trop vite fait de l'oublier.

– Non, je gémis en cherchant à me défaire de sa prise.

Il ne me lâche pas et reste à me scruter, comme s'il cherchait à me délivrer un message impossible à prononcer.

– Viens avec moi, Cadence, il murmure si bas que je suis la seule à l'entendre.

– Non, j'assène en sentant une rage inconnue se répandre comme une traînée de poudre en moi.

– Tara, laisse-nous, tu veux, il ordonne d'un ton sec.

– Elle reste ! je crache au bord du gouffre. Dis-le, Master, je m'entends lui demander, en sachant pertinemment que dès qu'il aura prononcé ces mots, je perdrai pied. Dis-le !

Il me regarde, avec une expression emplie de douleur et de regrets. Il adresse un coup d'œil à Tara, serre les paupières et la mâchoire. Puis il m'achève.

– J'ai tué Shana.

Ingrid. Mas a tué Ingrid.

CHAPITRE 20

Mas

Ce que je redoutais le plus est en train d'arriver et je ne peux rien faire. Pas ici, avec Tara juste à côté de moi, attentive à ce qui est en train de se passer.

Je puise au plus profond de mon âme la force nécessaire à l'aveu que je m'apprête à faire. J'ai besoin de me blinder pour supporter ce que je vais lire sur le visage de Gin. Je ne peux pas nier, pas ici, pas comme ça. Je suis obligé de lui dire.

– J'ai tué Shana.

Je vis depuis des mois avec le poids de ce que ça implique.

– Gin, je t'en prie, écoute-moi…

– Oh mon Dieu…

Elle répète ça, encore et encore, en s'éloignant de moi. Elle m'échappe, dans tous les sens du terme, et je la regarde faire, impuissant. Il faut qu'elle sache, il faut que je la retienne, mais je ne peux pas.

– Pourquoi ?

C'est un cri, une supplique déchirante passe ses lèvres tremblantes. J'essaie de saisir ce qui peut à ce point la bouleverser, je ne comprends pas la douleur qui s'étale sur ses traits.

Je regarde Tara, qui hausse ses sourcils et hoche la tête. Je dois continuer à tenir mon rôle. Pour tous ceux qui sont impliqués dans cette histoire.

– Elle était faible, je m'entends articuler, le cœur au bord des lèvres. Elle allait nous balancer, je…

Autant aller droit au but, répéter ce que j'ai dû raconter au Round quand j'ai été obligé de prendre cette décision. Quand Thor m'a forcé à prendre cette décision.

– Tu quoi ? elle siffle en enfonçant ses ongles dans une commode en bois.

– J'ai dû me débarrasser d'elle, Shana aurait pu nous mettre dans la merde…

Je perds mes mots, ceux que je refuse de prononcer à l'intention de Cadence. Mais je poursuis, contraint et coincé.

– En entrant dans le Round, les filles acceptent de se plier à ses règles… Sinon…

– Sinon vous les supprimez ? Tu l'as assassinée…

J'entends une espèce de gargouillis atroce résonner dans sa poitrine alors qu'elle se plie en deux. Je m'attends à la voir vomir, mais elle reste prostrée, courbée, comme si je venais de faire tomber sur son petit corps une vérité impossible à supporter.

Mes jambes s'animent, muées par le besoin irrépressible de la rejoindre pour la réconforter.

– Non ! elle hurle en me sentant approcher.

Tara aussi a fait un pas vers elle et je lève une main devant moi pour lui interdire de faire un pas de plus.

– Je m'occupe d'elle, je lâche dans un souffle autoritaire.

Tara ouvre la bouche et secoue la tête, me suppliant en silence de ne pas lui faire de mal. Sauf que c'est trop tard.

– Master, tu ne vas pas… elle amorce en lançant un regard vers Virgin qui nous tourne le dos.

J'entends un tiroir de la commode contre laquelle Gin est appuyée grincer et, avant que je puisse comprendre ce qu'elle est en train de faire, je me retrouve braqué.

– Gin… s'étrangle Tara en fixant l'arme qu'elle tient entre ses mains.

– Cadence, s'il te plaît…

– Je t'interdis de m'appeler comme ça ! elle hurle en relevant le flingue vers ma tête.

– Baisse ton arme, Virgin, murmure Tara, affolée. Ne fais pas ça.

– Je croyais que vous étiez différents, elle crache en contournant le canapé. J'ai cru que tu étais différent d'eux, elle s'adresse alors à moi en enlevant le cran de sécurité.

– Ne fais pas de connerie, Gin, je souffle en levant mes mains devant moi.

– Sinon quoi ? Tu vas me tuer moi aussi ?

Je secoue la tête, la suppliant de me croire que je ne ferai jamais une chose pareille. Jamais.

Elle continue à marcher à pas mesurés, tournant autour de nous jusqu'à se retrouver près de la porte d'entrée restée ouverte.

– Ne sors pas d'ici… je l'avertis en comprenant qu'elle s'apprête à partir.

– Si tu bouges, Mas, je te tue… elle lâche sans émotion. Je te tuerai… elle ajoute en reculant sur les marches du perron. Si vous me suivez, vous le paierez cher.

Je ne l'ai jamais vue comme ça. Si sûre d'elle, si guerrière. Elle pourrait le faire, je ne sais même pas ce qui retient son doigt sur la détente.

– Laisse-la partir, Mas, chuchote Tara sans bouger.

– Non !

Cadence est déjà presque arrivée au portillon. Je ne la laisserai pas s'enfuir, pas maintenant qu'elle sait que j'ai tué cette fille. Dieu seul sait ce qu'elle pourrait faire. Si elle part, elle est en danger.

Je la quitte des yeux en entendant Tara bouger derrière moi et quand j'entends le moteur de ma voiture gronder, je reporte mon attention vers la rue.

– Putain, non !

Cadence est installée au volant de ma caisse et je comprends trop tard que, dans ma précipitation, j'ai laissé les clefs sur le contact.

– Attends ! je hurle en m'élançant dans la rue.

Les pneus crissent et la peur a beau décupler mes forces, je ne fais pas le poids. Les mains sur le crâne, dévasté, je regarde la voiture disparaître au coin de la rue dans un bruit de moteur assourdissant.

– Qu'est-ce qu'on va faire ? s'exclame Tara en cachant son visage derrière ses mains. Si Oncle Bobby la trouve avant nous…

– File-moi tes clefs, Tara, je vais la récupérer.

– Et tu feras quoi ? elle s'inquiète en se rapprochant de moi.

Je ne la regarde pas, je ne veux pas voir dans ses yeux l'image qu'elle se fait de moi.

– Je ferai ce qu'il faut.

Je n'aurais jamais cru devoir recommencer. Sauf que cette fois, c'est différent, Gin est… Cadence. Je ne me suis jamais senti aussi démuni. Si Tara n'avait pas été là, j'aurais pu…

– Appelle Garett, je lance en attrapant les clefs au vol. Dis-lui de venir te chercher et de faire le tour de la ville. Allez chez Britney, partout, quel que soit l'endroit où elle aurait pu aller. Si vous la trouvez, vous me la ramenez, ok ? Est-ce que je peux compter sur toi ?

Elle me dévisage longuement, et pour la première fois depuis que je la côtoie, je trouve en elle un aspect qui m'avait échappé. Je ne sais pas si c'est Cadence qui a ramené cette partie d'elle à la lumière comme elle l'a fait avec moi ou bien si j'étais trop enfoncé dans le Round pour m'en apercevoir. Mais aujourd'hui, la Tara qui m'observe semble plus humaine que jamais.

– Fais-moi confiance, si on la trouve avant toi, je t'appelle et… on verra.

Je claque la portière et au moment où je vais démarrer, elle se penche à la fenêtre passager.

– Mas, écoute, si tu la retrouves le premier, promets-moi de ne pas…

Je passe la première et appuie sur la pédale d'accélérateur pour ne pas entendre la fin de sa phrase. J'en ai marre de tout ça et il est temps de mettre un terme à cette histoire. Je pars à fond de train vers son appartement. J'ai peu d'espoir, mais avant de faire ce que j'ai en tête, je veux quand même vérifier là-bas.

Malheureusement, après avoir défoncé sa porte d'entrée, je vois mes maigres espoirs s'envoler très vite. Elle n'est pas chez elle et je ne prends même pas la peine d'aller chez moi. Impossible qu'elle soit là-bas.

Alors sans me soucier des limitations de vitesse, je fonce vers un endroit que je déteste, parce qu'il me rappelle la merde dans laquelle je suis enfoncé. Pourtant, je n'ai pas le choix, avant de faire quoi que ce soit, je dois lui parler.

Je gare la voiture au fond d'une impasse déserte et remonte trois rues avant de bifurquer dans la cour d'un petit immeuble. Je monte les escaliers jusqu'au dernier étage sans respirer. Avant de toquer, je réfléchis une dernière fois à ce que je m'apprête à faire. C'est risqué, je ne sais pas ce que ça va donner, mais je ne peux plus reculer. Ça fait des mois, peut-être même des années que je repousse l'instant où je ne pourrai plus être ce tuteur déshumanisé.

– Qu'est-ce que tu fais là ?

Je relève les yeux vers le visage tendu de mon frère.

– Laisse-moi entrer, il faut que je te parle.

Il jette un œil angoissé derrière moi et se décale pour me laisser passer.

– Qu'est-ce qui se passe, Thomas ?

Je ne sais pas par où commencer ni par où finir. Je tourne et vire dans cet appartement de malheur, cherchant autour de moi une solution miracle.

– Virgin est au courant.

– Au courant de quoi ?

– Pour Shana, je crache en lui adressant un regard noir plein de reproches.

– Ça devait finir par arriver, il souffle en regardant par la fenêtre pour s'assurer que personne ne m'ait suivi. Je suis même étonné que quelqu'un n'ait pas lâché le morceau avant ça.

– C'est la merde, Victor.

– Pourquoi ? Elle a si mal réagi que ça ?

– Évidemment ! Elle m'a braqué avec un putain de flingue, avant de se tirer au volant de ma caisse !

– Attends, quoi ? Elle est où, là ?

– J'en sais rien, putain ! je beugle en foutant un coup de pied dans la table basse qui glisse jusqu'au meuble télé.

Les verres qui sont dessus s'explosent par terre au passage.

– Tom, si elle prévient les flics, tu sais ce que ça implique…

– Bien sûr que je le sais, espèce d'enfoiré !

La colère qu'il m'inspire redouble et quand mon poing percute son menton sans crier gare, ça ne me soulage même pas.

– Non mais ça va pas ! hurle une voix féminine derrière moi.

Mon sang bat si vite dans mes tempes que je n'entends pas le reste de sa phrase. Je m'apprête à me jeter une seconde fois sur mon frère quand un corps fait barrage entre nous deux. J'ai encore la lucidité de m'écarter, pour ne pas la blesser.

– Dégage de là, toi, je gronde en faisant un pas de côté.

– Va te faire foutre, Mas ! Si t'es venu pour cogner sur mon mec, j'hésiterai pas à te fracasser cette lampe sur le crâne !

Je recule pour y voir plus clair, inspire et expire ma colère et repère, entre ses mains crispées, une lampe bon marché.

– Jusqu'au bout tu te mettras sur ma route, hein ?

– C'est bon, bébé, murmure Victor en se mettant devant elle. Laisse-le évacuer ses nerfs, son élève vient de découvrir ce qu'il a dû faire.

Il prononce ces derniers mots sur un ton entendu et la repousse plus loin derrière lui.

– Et ? elle s'inquiète soudain en posant une main tremblante sur son ventre.

– Elle s'est barrée…

– Tu crois pas qu'elle va…

– J'en sais rien ! Elle a pété un câble, je ne sais pas où elle est. J'ai mis Garett et Tara sur le coup. Si le Big Boss la trouve avant, elle est morte.

– Pourquoi ça ? m'interroge Victor.

– Parce qu'avant de découvrir le pot aux roses, elle a eu la merveilleuse idée de fouiller le bureau d'Oncle B.

– Pardon ? Mais c'est qui cette fille au juste ?

– Une cinglée, je souffle en me laissant tomber sur le canapé. Il faut que je la retrouve à tout prix.

Je frotte mon visage angoissé sous le regard de mon frère.

– Qu'est-ce que tu ne dis pas, Thomas ?

– Je vais la retrouver, je réplique avec force.

– Pourquoi t'es venu ici au lieu de la chercher, alors ?

– Parce que quand j'aurai mis la main sur elle, je veux lui dire la vérité.

J'entends un souffle qui s'étrangle, un grognement et des jurons. Je ne sais pas qui des deux vient de réagir à cette annonce.

– C'est hors de question ! rugit soudain Victor en faisant un pas vers moi. Qu'est-ce qui te prend, putain ? Personne ne doit savoir, personne ! C'est toi-même qui l'as toujours revendiqué, alors pourquoi tu veux tout avouer à cette pute-là ?

– Parce que…

– Crache le morceau, Thomas ! il s'impatiente juste au-dessus de moi.

– Tu sais très bien pourquoi…

– Mais non, j'en sais rien ! Explique-moi…

Il s'interrompt, jure à nouveau en passant une main dans ses cheveux. Puis éclate d'un rire tonitruant.

– Ne me dis pas que…

Il s'étouffe avec son rire et s'affale dans le fauteuil face à moi.

– Quelqu'un peut m'expliquer ? s'étonne mon cauchemar vivant.

– Le Master ici présent est tombé dans les filets de sa petite Virgin, raille mon frangin en adressant un clin d'œil à sa nana.

– Sérieux ? elle réplique, visiblement interloquée par cette révélation.

– Vous me cassez les couilles ! je beugle en me redressant.

Je rejoins la porte d'entrée, mais Victor s'élance depuis le canapé pour me barrer la route.

– Tu ne vas pas faire ça ! il crie en me tirant par le col.

– Lâche-moi, tu n'as aucun droit de m'en empêcher. Pas après ce que tu as fait. Pas après ce que j'ai dû faire pour toi et pour elle.

Je pointe mon doigt vers la fille qui nous regarde, ses yeux écarquillés.

– Mas, elle souffle en s'approchant. Tu ne peux pas tout balancer comme ça sur un coup de tête ! C'est trop dangereux, tu la connais à peine. Je t'interdis de mettre notre sécurité en jeu pour ses beaux yeux !

– Je ne te dois rien, j'articule en la toisant d'un œil amer.

– Et moi, je te dois tout, je le sais bien.

Elle ferme les yeux et se met à pleurer.

– Oh bon sang, tu vas pas recommencer à chialer ! je m'emporte en me détournant d'elle.

– Pourquoi est-ce que t'es là, Thomas ? me questionne Victor.

– Je voulais juste vous prévenir, je rétorque sans le regarder. Elle est dans la merde, je dois la retrouver et vite.

– Et après ?

– Après, on verra.

– Elle pourrait nous balancer, c'est trop risqué.

– Victor a raison, renifle une voix chevrotante derrière nous.

– Après tout ce que j'ai fait pour vous… je gronde les dents serrées.

– Justement, elle poursuit en essuyant ses larmes. Après tout ça, tu ne peux pas nous mettre en danger pour une fille comme ça.

– On l'a bien fait pour toi. Et Cadence n'est pas une « fille comme ça », je m'entends soupirer.

Je la vois vaciller et mon frère a juste le temps de se ruer vers elle pour l'empêcher de tomber.

– T'as dit quoi ? elle hoquète en clignant des paupières.

– De quoi ?

– Comment tu as dit qu'elle s'appelait ?

– Cadence.

Elle reste pantoise, ses lèvres bougent sans un son. Victor la fait asseoir sur le fauteuil derrière elle et la regarde sans comprendre.

– Qu'est-ce que t'as ? il s'inquiète en s'agenouillant devant elle.

– Cadence, elle répète d'un timbre bizarre. Décris-la-moi.

– Pourquoi ? je réplique, surpris par son teint devenu pâle.

– Décris-la ! elle crie en s'affolant.

Je la regarde en essayant de traduire son soudain sursaut d'humeur.

– Elle est brune, haute comme ça et vierge, je commence sans la quitter des yeux. Elle… elle est insupportable, gauche et magnifique, je murmure en fermant les paupières sous cet aveu.

Mon cœur se serre et l'adrénaline dans mon sang se réveille. Il faut que je la retrouve immédiatement, j'ai déjà perdu trop de temps.

– Il faut que je parte, je dois la trouver avant que…

– Est-ce qu'elle a une cicatrice sur le front ?

Je me fige, une main sur la poignée.

– Répète ça ?

– Est-ce qu'elle a une cicatrice, ici ? elle insiste d'une voix sourde.

Je me retourne au ralenti vers elle et regarde son doigt, posé au milieu de son front.

– Comment tu sais ça, toi ?

– Oh mon Dieu, elle s'étrangle en plaquant une main contre sa bouche. C'est impossible !

Ses joues blanches deviennent écarlates et j'entends sa respiration s'emballer.

– Calme-toi bébé, tu me fais peur, là ! s'affole mon frère en posant ses mains sur ses jambes animées de tremblements incontrôlables.

– Elle n'aurait pas fait ça… Elle n'a pas pu faire ça ! elle répète en regardant autour d'elle.

– Mais de quoi tu parles à la fin ? j'explose sans comprendre son manège.

– T'as dit qu'elle avait fouillé le bureau du Boss, pas vrai ?

– Oui, je ne comprends pas ce qu'elle cherchait d'ailleurs.

– Moi. C'est moi qu'elle cherchait.

Elle éclate en sanglots, laissant en suspens les réponses que j'attends.

– Oh mon Dieu, je savais que j'aurais dû la prévenir ! Tu aurais dû m'écouter ! elle crie sur mon frère qui ne comprend pas plus que moi.

– Merde, Ingrid ! Tu vas m'expliquer ! je la presse en perdant patience.

– Je la connais, Mas, je connais Cadence. On a grandi ensemble elle et moi, elle est comme une sœur pour moi, même bien plus que ça. Si elle est venue au Round, c'est pour moi. À cause de moi.

J'ouvre la bouche pour intervenir, mais les mots se perdent avant d'avoir atteint mes lèvres.

C'est impossible. C'est trop gros pour être vrai. Pourtant, depuis que je l'ai rencontrée, j'ai toujours senti que quelque chose clochait. Je savais que Cadence était trop spéciale pour devenir délibérément une prostituée.

Les paroles d'Ingrid sont en train de lever ce voile obscur que je n'avais jamais réussi à dépasser. Et je comprends soudain pourquoi elle a réagi si violemment en découvrant que j'ai tué Shana. Ou Ingrid. Peu importe.

– Elle croit que je suis morte, Mas. Il faut que tu la retrouves, Seigneur !

– Elle pense que je t'ai assassinée, j'ajoute en tapant mon front contre le bois écaillé de la porte. Bon sang, tout s'explique.

– Va la chercher ! m'ordonne Ingrid en se redressant difficilement.

– Reste tranquille, murmure mon frère.

– Je ne sais pas par où commencer, j'articule en sentant une peur indescriptible s'étendre dans mon thorax.

– J'ai peut-être une idée, elle poursuit en repoussant Victor qui l'entoure de ses bras. Un endroit où on avait l'habitude de traîner elle et moi.

Elle attrape une veste sur le porte-manteau et galère à l'enfiler.

– J'peux savoir ce que tu fais ? siffle mon frangin en lui attrapant le poignet.

– Je vais avec lui.

– Certainement pas ! Tu ne sors pas d'ici, Ingrid ! il rugit en faisant barrage avec son corps.

Je m'attends à la voir piquer une crise, mais le visage terrorisé de mon frère lui tire un sourire gorgé d'amour.

Putain, ces deux-là auront ma peau !

– Elle est persuadée que Thomas m'a étranglée, découpée et brûlée, elle énumère d'une voix horriblement calme.

– T'exagères pas un peu, là ? je grogne en grimaçant.

– Cad est comme ça, elle part en roue libre dès qu'on la bouleverse.

– J'ai remarqué, oui.

Et c'est peu de le dire.

– Elle ne te suivra pas, tu le sais aussi bien que moi. Il faut qu'elle voie que je suis en vie. Sinon, elle ne te croira pas.

– C'est vrai, j'acquiesce, mais Victor a raison lui aussi : tu ne peux pas sortir d'ici. Oncle Bobby et sa clique doivent tous tourner en ville à sa recherche. On n'a pas fait tout ça pour qu'il se rende compte maintenant qu'on les a baisés depuis le début. Dis-moi où elle est, j'arriverai à la raisonner. Ou à la balancer dans mon coffre, je conclus en haussant les épaules.

Elle me lance un regard meurtrier, mais derrière, je vois qu'elle est d'accord avec moi.

– Tu dois rester cachée ici, murmure mon frère.

– J'en peux plus de me planquer, elle sanglote à nouveau.

Merde, mais c'est pas vrai ! C'est dingue cette tendance à pleurnicher constamment !

– Dis-moi où elle est, Ingrid, j'insiste en ouvrant la porte. Dès que je l'aurai ramenée, on prendra le temps de réfléchir à la suite.

Elle laisse Victor lui retirer sa veste et se réinstalle sur le canapé à contrecœur. Elle attrape un stylo et un ticket de caisse qui traîne à côté d'elle et inscrit rapidement une adresse.

– Dis-lui que je suis désolée, elle souffle en me tendant le papier.

Je le froisse dans mon poing et me tire au plus vite.

Une fois dans la voiture, j'ai besoin de m'y reprendre à deux fois avant de pouvoir démarrer.

Je savais que je devais m'attendre à tout avec cette fille, mais ça, je ne l'ai pas vu venir. Je devrais être fou de rage maintenant que je réalise que Virgin comptait me baiser. Que ce serait-il passé si les choses avaient été différentes ? Si elle avait trouvé Shana comme elle l'espérait ? Elle aurait déserté sans se retourner et m'aurait laissé comme un connard.

Ouais, je devrais être hors de moi. Pourtant, tout ce que je ressens en roulant dans sa direction, c'est une admiration mêlée à du soulagement. Et je comprends que, depuis le début, ce n'est pas Virgin qui m'attire. Ça n'a jamais été elle. C'est Cadence et seulement elle.

CHAPITRE 21

Cadence

J'ai déjà vu la mort. Je sais exactement à quoi elle ressemble. Brune, des cheveux courts et indisciplinés. Un fin sourire figé dans un sommeil sans réveil. Ma mère.

Malgré toutes les années et même si les détails de son visage se sont estompés, je me souviens d'elle. Je me souviens de la sensation d'avoir été séparée d'elle.

Quand je suis arrivée au foyer, j'ai eu la chance de rencontrer Milo et Ingrid tout de suite. Au fil des années, ils ont été plus que des amis, bien plus qu'un frère ou une sœur. Ils étaient un bouclier, me protégeant des autres, me protégeant de ma peine et de ma solitude.

Ingrid. Entendre son prénom résonner dans ma tête brise tout ce qui m'empêchait de souffrir. Milo n'a jamais compris pourquoi j'avais tant besoin d'elle. Moi-même, je réalise seulement maintenant tout ce que j'ai mis en elle : mon équilibre, ma force, ma survie. Maintenant qu'elle n'est plus là, je me sens tanguer dangereusement et je ne vois rien à quoi me raccrocher.

Milo compte beaucoup, mais c'est différent. J'ai voulu l'appeler, j'ai utilisé la monnaie qui traînait dans la voiture pour le joindre depuis une cabine téléphonique. Mais en entendant sa voix au bout de la ligne, j'ai su que je n'y arriverais pas.

– Je suis arrivée trop tard.

C'est tout ce que j'ai pu prononcer avant de raccrocher le combiné. J'ai entendu sa voix s'affoler dans un écho lointain, mais j'ai reculé. Je me suis éloignée, de lui, de moi.

Assise au fond de mon trou, je me sens trop accablée pour lever la tête vers le ciel noir. On avait l'habitude de venir ici toutes les deux pour regarder les étoiles briller au-dessus de nous comme une lointaine promesse. La lumière au-delà de l'obscurité. Et ce soir, j'ai besoin de trouver une lueur, même minuscule, pour m'empêcher de sombrer.

Le skate-park abandonné dans lequel je suis venue me réfugier est l'endroit parfait. Personne ne me trouvera ici cette nuit. Même Milo ne connaît pas cet endroit, c'était notre repaire à Ingrid et moi. Notre sas de décompression. Quand elle m'a sortie des griffes de Mike et des autres, elle m'a emmenée ici.

« Regarde ce trou, Cadence, il a l'air profond vu d'ici, pas vrai ? Pourtant, une fois au fond, il remonte vers la surface de l'autre côté, tu vois ? Y a toujours une issue, même si elle semble inatteignable. »

Elle était comme ça avant de se laisser happer par le Round. Et elle n'est plus.

Les genoux repliés contre ma poitrine, je reste prostrée au fond de cette immense cuvette dans laquelle plus personne ne vient rider. Je regarde cette espèce de cratère duquel je n'ai pas envie de ressortir. Pas avant d'y avoir emmené ceux qui lui ont fait ça. Je caresse le canon de l'arme que j'ai posée à côté de moi, cherchant le courage de la venger.

Peu importe ce que je risque à présent, je ne les laisserai pas s'en tirer. Je ne le laisserai pas s'en tirer. Master.

Dire que j'ai aimé ce monstre, que mon cœur et mon corps se sont laissés séduire par ce type sans états d'âme. Comment ai-je pu à ce point me tromper, bon sang ? Je croyais l'avoir trouvé, j'ai voulu croire que derrière ce masque de tuteur il y avait un homme que je pourrais aimer. Celui que j'attendais.

J'avais tout faux, il n'y a jamais rien eu pour moi chez lui. Il est prêt à tous les sacrifices pour sa sœur, mais ça n'excuse pas ce qu'il a fait. Une vie pour une autre. Je le hais.

Je ferme les yeux, cherchant en moi les mêmes étoiles que celles qui brillent au-dessus de ma tête. Mais il n'y a rien, juste l'obscurité. Je me sens dégringoler dans un précipice sans fin. Sans rebord pour rejoindre la surface. Sans elle, je n'y arriverai pas. Sans lui, rien ne me retient. Je n'arrive même pas à pleurer.

– Cadence.

Je grogne en entendant mon esprit prendre sa voix. Les rares moments où Mas m'a appelée comme ça, mon cœur a explosé dans ma poitrine. C'était sa manière de me faire croire qu'il y avait quelqu'un d'autre en lui. Un homme en qui je voulais croire. Un homme qui n'existe que dans mes rêves de gamine.

– Cadence !

J'ouvre les yeux en entendant cette voix bien trop distinctement pour qu'elle ne provienne que de mes souvenirs.

Dans l'obscurité qui m'entoure, je me tourne vers les souffles hachés qui se rapprochent.

C'est impossible, comment est-ce qu'il m'a trouvée ?

– N'approche pas, je grogne en attrapant le flingue d'une main tremblante.

– Laisse-moi m'expliquer, il articule en approchant, ses mains levées devant son corps.

Mes pensées s'excitent, mais rien ne sort de ma bouche. Je ne sais même pas par quoi commencer. L'envie de lui tirer dessus me démange, mais je veux d'abord voir son vrai visage.

– Donne-moi une minute avant de tirer, Cadence.

– Ne m'appelle pas comme ça, je m'entends rugir malgré moi.

Il se fige et hoche la tête.

– Ce serait con, crois-moi.

Je rêve où il sourit ?

– Tu te fous de moi ? je hurle en me redressant, le flingue toujours pointé sur lui.

– Calmos, calmos ! il panique sans pourtant reculer.

– Tu viens me narguer avec ton sourire de connard, c'est ça ? C'est comme ça que tu fonctionnes, tu lâches ta gueule d'ange avant de les étrangler froidement ?

– Je n'ai étranglé personne.

Sa voix est calme, posée. Ce type est un monstre.

– Alors dis-moi comment tu t'y es pris, Master… Donne-moi les détails ! Tu lui as fracassé le crâne ? Tu l'as noyée ? Ou bien t'as utilisé ton arme pour lui tirer une balle dans la tête ?

Je suis en train de perdre pied. Le barrage qui retenait mes réactions vient de céder et ce que je déverse échappe à mon contrôle. Je ne veux pas savoir ce qu'il lui a fait, je refuse de vivre avec cette image ancrée à mes paupières.

– Ne réponds pas ! je crie alors qu'il ouvre la bouche.

– Je…

– Tais-toi ! je lâche en même temps qu'un horrible sanglot. J't'en prie, tais-toi…

Ma voix s'est faite soudain plus faible, suppliante. Mourante.

L'arme s'agite entre mes doigts tant mes tremblements montent en puissance. Les sanglots laissent place à de longues plaintes déchirantes qui semblent appartenir à quelqu'un d'autre. La douleur surpasse tout le reste : la colère, la vengeance, le sentiment de trahison. Elle est trop lourde, trop volumineuse pour me laisser une chance de ressentir autre chose. À l'exception d'une.

J'ai beau essayer de détourner la tête de ce visage devenu familier ces derniers mois, je ressens encore un amour que je voudrais voir mourir. Je voudrais mourir tout court, en fait, c'est la seule solution pour mettre un terme à tout ça.

– Prends-le, je murmure en m'accroupissant pour faire glisser le pistolet jusqu'à lui. Fais-le, j'ajoute en me redressant.

Je ferme les yeux. J'attends de me sentir libérée de tout ce que je ne sais plus gérer. J'entends Mas se baisser, je perçois distinctement le moment où le métal de l'arme quitte le sol.

– Ouvre les yeux, Cadence, il demande d'une voix douce.

Douce comme les flammes de l'enfer, ouais !

– Vas-y Master, ne m'oblige pas à te regarder droit dans les yeux au moment où tu…

– Arrête un peu, tu veux ! il s'impatiente en claquant sa langue. Viens avec moi, maintenant, on ne peut pas rester là.

– Oh je vois, tu préfères te débarrasser de moi dans un coin plus discret.

– J'me débarrasserai pas de toi, Cadence. Maintenant suis-moi, il faut que je te montre quelque chose.

– Je ne bougerai pas de là, je n'irai nulle part avec toi.

Je l'entends souffler et quand j'ouvre finalement les yeux, je suis surprise de le voir tout près de mon visage.

– Je ne l'ai pas tuée, ok ? Shana est en vie.

– Tu me prends vraiment pour une idiote ?

– Je devrais plutôt dire Ingrid, il ajoute avec un air indéchiffrable. Elle est en vie, d'accord ? Comment tu crois que je t'aurais trouvée dans ce trou perdu, sinon ?

La tête me tourne et il m'attrape le coude pour m'empêcher de m'exploser le crâne contre le béton lisse.

– Comment tu…

Mon cerveau est en *bug system* et je suis incapable de le faire redémarrer.

– Je pouvais rien dire devant Tara, il chuchote en ramenant mon corps glacé contre le sien. Mais je te promets qu'elle n'est pas morte. Fais-moi confiance et allons-nous-en d'ici. On n'est carrément pas en sécurité, même dans ce coin paumé de la ville.

– Mais… que… je… si… hein ? je bafouille en voyant les étoiles tant recherchées tourner devant mes yeux.

– Ouais, d'accord, il pouffe en me forçant à avancer.

– Si c'est une feinte pour me tuer dans un recoin…

– Ferme-la, tu veux ! Ne m'oblige pas à t'assommer avec la crosse, parce que ça commence à méchamment me démanger !

Je le suis sans broncher, trop sonnée pour mettre de l'ordre dans mes pensées. Il m'aide à remonter et me garde contre lui alors qu'il nous dirige vers le grillage rouillé.

– Je vais tout t'expliquer, Cad.

– Où on va ?

– Là où se trouve ce que tu cherches depuis le début.

Mon sang ne sait plus qui de mon cœur ou de mon cerveau il doit irriguer le premier et il décide finalement d'abandonner. Je ressens un froid glacial me tomber sur les épaules et l'instant d'après, je me sens partir en avant.

– Merde !

C'est la dernière chose que j'entends avant de perdre connaissance. Tout compte fait, il m'a peut-être bien tuée.

CHAPITRE 22

Cadence

J'entends des voix. Des voix bien trop bruyantes pour mon cerveau aussi réactif qu'un geek sans Wi-Fi. Malgré le brouillard ambiant, je reconnais l'une d'entre elles. *Ingrid.*

Je me sens apaisée, l'homme que j'entends parler ne peut être que Milo et je vais me réveiller entourée de mes amis, qui doivent encore être en train de se chamailler pour choisir quelle série regarder.

Je me sens grimacer alors que leur dispute se fait plus assourdissante.

– Mais fermez vos grandes bouches ! je m'entends râler.

Le silence retombe instantanément et je soupire d'aise. *Enfin un peu de quiétude, merci bien.* J'en ai besoin pour remettre un peu d'ordre dans mes idées. Pour refaire surface dans…

Je me redresse quand la réalité frappe mon esprit ramolli. Comment la voix d'Ingrid peut-elle retentir ici ? C'est impossible !

J'ouvre les yeux et une lumière aveuglante me tire un râle animal.

– Enlève ça de son visage ! grogne la voix que j'avais prise pour celle de Milo.

– Thor ? je demande d'une voix râpeuse.

– Je préfère que tu m'appelles Victor, il réplique en me souriant maladroitement. Bienvenue parmi nous, Virgin.

– Je préfère que tu l'appelles Cadence, rétorque quelqu'un d'autre.

Mon cœur le reconnaît avant mon cerveau et s'emballe si vite que je suis obligée de poser une main contre ma poitrine. Je scanne la pièce dans laquelle je me trouve et quand mes yeux tombent enfin sur lui, je mords ma lèvre pour vérifier que je ne suis pas en train de rêver. Mas se tient là, assis dans un large fauteuil, les doigts crispés autour de ses genoux.

Et derrière lui, comme un mirage trop beau pour être vrai après ce qui vient de se passer, Ingrid me dévisage, tendue et larmoyante. Les mains posées sur le dossier derrière lequel elle semble se cacher.

– Cadence, je…

Je lève une main pour l'interrompre et ferme les yeux, pour essayer d'assimiler tout ce bordel de dingue.

Je me rallonge sur le canapé qui m'accueille alors que je ne me souviens même pas avoir atterri ici. Je remonte le fil du temps, jusqu'au bureau de Bobby, puis je fais redéfiler la suite des événements : Tara, Mas, Shana. Ingrid, morte, tuée par mon tuteur.

J'ouvre une paupière pour regarder à nouveau celle qui me dévisage avec angoisse.

– J'y comprends rien.

– Je vais tout t'expliquer.

Je réalise que j'ai pensé à haute voix en entendant Ingrid parler.

– Tu étais morte, j'articule en posant mes mains sur mes yeux.

– Pour le Round, oui. Seulement pour le Round. C'était la seule manière de nous mettre à l'abri.

– Nous ? je demande complètement perdue en me rasseyant finalement.

Ingrid lance un regard bizarre vers Thor qui lui répond par un haussement d'épaules encourageant.

– Tout doux dans les révélations, gronde Mas en se levant.

Il avance droit sur moi, hésite, se stoppe à mi-chemin et m'adresse une question silencieuse. Je hoche la tête sans trop savoir pourquoi j'ai tellement besoin qu'il vienne plus près de moi.

Il était censé avoir tué ma meilleure amie et pourtant elle est juste là. Je suis perdue.

Il s'installe tout doucement à côté de moi, comme s'il craignait que je ne me mette à hurler.

– Tiens.

J'accepte le verre d'eau que Thor me tend et aspire un peu de liquide entre mes lèvres sèches.

Par-dessus le gobelet, je vois le frère de Mas contourner le canapé pour venir se placer derrière

Ingrid. Il lui murmure quelques mots dans le creux de l'oreille avant d'embrasser sa tempe dans un geste plein d'amour.

Je m'étrangle et Mas s'empresse de me prendre le verre des mains.

– C'est quoi ce bordel ? je croasse en les fixant.

– Victor et moi on est… ensemble, amorce Ingrid en pesant ses mots.

Mon genou se met à battre une mesure inexistante et quand Mas pose une main douce dessus, je ne me calme pas pour autant.

– Stop ! On rembobine tout, là !

Des idées toutes plus farfelues les unes que les autres se mettent à tournoyer dans mon esprit. *Ce n'est pas ce que je crois ?* Ingrid ne pouvait pas être tranquillement ici à roucouler au bras de ce type-là alors que je remuais mes fesses nues devant une brochette de macs pour la retrouver !

Un rire aigu résonne dans la pièce et je comprends qu'il m'appartient quand je sens tous leurs regards sur moi. Je devrais lui sauter au cou, elle est en vie et ma quête s'arrête ici. Pourtant, le soulagement que je devrais ressentir est recouvert d'une rancœur épaisse. D'une colère collante et brûlante.

– On devrait les laisser, j'entends Mas chuchoter à l'intention de son frère.

Je ne quitte pas Ingrid des yeux, même quand Mas me murmure quelque chose, je ne l'écoute pas. Toute ma concentration est portée sur cette fille qui me fait face. Celle pour qui j'ai fait tout ça, sans plus savoir pourquoi en cet instant.

– Je suis tellement désolée, elle souffle, alors que nous ne sommes plus que toutes les deux dans ce salon inconnu. Je n'aurais jamais cru que tu ferais ça. Si j'avais su, je…

– Tu aurais quoi ? Tu m'aurais passé un coup de fil ? Tu m'aurais avertie que je n'avais plus besoin de t'imaginer en proie à des clients écœurants ? Putain, Ingrid, j'ai cru que tu avais des ennuis ! J'étais morte d'angoisse à chaque instant parce que je croyais que tu étais en train de vivre l'enfer ! Alors que tu roucoules avec Thor comme s'il n'y avait personne en dehors de ces murs qui s'inquiétait pour toi !

Je suis hors de moi. Une vanne s'est brisée et je déverse des mois d'angoisse sur elle.

– Ça va, Victor, t'en fais pas.

Je tourne la tête et remarque son mec – putain, mais je rêve ! – qui vient de passer la tête par une porte du fond.

– Tu devrais la rejoindre, je vais peut-être bien la tuer de mes propres mains, tout compte fait ! je crache en me relevant. Non mais à quoi tu pensais ? je reprends sur le même ton à l'intention d'Ingrid.

– Laisse-moi tout t'expliquer depuis le début, tu veux ?

– Oh, mais je t'en prie ! j'ironise en agitant mes mains vers elle. Je suis curieuse d'entendre les raisons qui t'ont poussée à venir faire la pute au Round !

– Ne me regarde pas comme ça… elle soupire en grimaçant.

– Comme quoi ? Comme une pute ?

– Ne lui parle pas comme ça, j'entends Thor grogner depuis la pièce d'à côté.

– Pute, pute, pute ! je chantonne plus fort encore.

Il me semble entendre Mas se marrer, mais je suis trop assourdie par ma colère pour en être sûre.

– Ça semblait être la seule solution à ce moment-là.

– Mais bien sûr !

– Arrête de m'interrompre, putain !

Je me fige et la laisse continuer en rongeant mon frein.

– Des types sont venus me voir un soir dans un bar, ils m'ont parlé de cet endroit, ils m'ont dit que l'argent était facile. Je suis pas comme toi, Cad ! Je voulais gagner de l'argent rapidement, beaucoup d'argent pour pouvoir me tirer de cette ville !

– Pour te tirer ? je demande sans comprendre.

– Je déteste Reno, ça me rappelle sans cesse que je ne suis qu'une orpheline à la peau trop bronzée pour être adoptée. Une fille du service social sans diplôme et sans avenir.

– Mais qu'est-ce que tu racontes ? Ce n'est pas ce que tu es et tu le sais !

– J'en savais plus rien à ce moment-là… elle murmure en laissant couler ses larmes.

– Pourquoi tu m'en as pas parlé ?

– Tu m'as toujours vue comme quelqu'un que je ne suis pas, Cad, je ne pouvais pas affronter ton regard. C'était trop dur.

Je secoue la tête, terrassée par cet aveu incompréhensible. La personne que dépeint Ingrid n'est pas cette fille-là. Comment a-t-elle pu le croire une seule seconde ?

– Peu importe. Je suis entrée au Round sans rien dire à personne. Ils m'ont attribué un tuteur et l'enfer a commencé.

– Mas n'est pas si terrible que ça, je rétorque malgré moi.

Elle ricane et je détourne le regard, gênée.

– Au début, ça m'a fait du bien d'oublier celle que j'étais, de devenir une autre. Master est très fort dans ce domaine.

Je hoche la tête, je comprends ce qu'elle veut dire par là. Ce sentiment de fausse liberté. Je l'ai ressenti moi aussi.

– Et puis je l'ai rencontré.

Elle regarde le mur du fond en souriant.

– Thor, je commente tout bas.

– Victor, elle me reprend en me regardant à nouveau.

– Alors quoi ? Fous d'amour, vous avez pris la fuite en simulant ta mort ? j'ironise en secouant la tête.

– C'est à peu près ça… À un détail près.

Depuis le début, elle est restée derrière ce fichu canapé et c'est seulement maintenant, alors qu'elle se décale sur la gauche pour se rapprocher de moi, que je comprends de quel détail elle parle. Un énorme détail.

– Oh putain ! je jure en reculant comme si elle me menaçait avec une machette.

Mais la seule chose qui se tend devant elle est un ventre gigantesque.

– Tu… tu…

Je perds mes mots devant cette nouvelle révélation.

– Je suis enceinte ! elle lance sur un ton faussement joyeux. Tu vas être tata, elle ajoute avant de mordre l'intérieur de sa joue.

– Tu te fous de moi ?

Elle se fout de moi !

– C'était pas du tout prévu, mais c'est arrivé. Et quand je m'en suis rendu compte, il était clair que je ne pouvais pas rester au Round. Sauf que, si tu y entres volontairement…

– Personne ne quitte le Round, je termine en repensant aux mots de Mas.

Elle vient se mettre juste devant moi et je n'arrive pas à quitter son ventre des yeux.

– Y en a combien là-dedans au juste ? Tu es… imposante.

– C'est bientôt la fin, elle pouffe en tendant sa main vers la mienne.

Je l'évite et ses doigts se referment sur du vide. Je la sens se raidir, mais je ne peux pas faire comme si toute cette histoire n'était pas grave.

– Tu aurais dû me prévenir.

– J'ai voulu le faire, au moins cent fois, Cadence. J'te le jure. Mais c'était trop risqué, il fallait que je disparaisse le temps de me faire oublier. Mas a pris de gros risques, je ne pouvais pas l'enfoncer davantage.

Je digère tout ce qu'elle est en train de m'avouer, sans cesser de penser à Mas. Pendant tout le temps où je l'ai pris pour un tuteur sans cœur, il faisait son possible pour protéger Ingrid et son bébé. Pour protéger son frère. Et sa sœur. *Ce mec est un ange, ma parole !*

J'éclate d'un rire nerveux et Ingrid me regarde comme si j'étais folle.

– Et maintenant ? je lui demande une fois calmée.

– On a presque fini de préparer la dernière étape. On devait quitter Reno dans une dizaine de jours.

Outch ! Double coup de couteau.

– Je sais ce que tu te dis, Cadence…

– Que tu es une salope, la pire des amies, une égoïste engrossée par un mac prête à fuir sans se retourner ?

– Touchée, elle grommelle blessée.

– Tu n'imagines pas ce que j'ai dû faire pour essayer de te retrouver… Jusqu'où j'étais prête à aller…

– Je suis tellement désolée.

– Je sais, mais je ne suis pas sûre d'être capable de te pardonner ce coup-là, Ingrid.

J'entends son sanglot étouffé, je regarde sa main encore tendue vers moi et son ventre.

Dire que je suis soulagée est loin de la réalité, je suis plus que ça évidemment. Mais merde, elle aurait pu… Elle aurait dû… J'ai pris des risques inconsidérés pour… que dalle.

Milo avait raison, à force de faire passer les autres avant moi, j'ai bien failli en payer le prix fort. C'est la morale de cette histoire, point final.

CHAPITRE 23

Mas

Appuyé contre l'encadrement de la fenêtre, dans la petite chambre à peine meublée, j'écoute le silence qui vient de retomber dans le salon.

– Je devrais peut-être aller vérifier que Virgin n'est pas en train d'étrangler Ingrid, non ? me demande Victor en faisant les cent pas autour de moi.

– Détends-toi, tu veux, je râle en frottant mon visage fatigué. Et arrête de brasser de l'air, sinon c'est moi qui vais t'étrangler.

– Qu'est-ce qu'on va faire, frérot ?

Tiens, ça fait un moment qu'il ne m'avait plus appelé comme ça ! Bizarrement, ces derniers mois de tensions entre lui et moi semblent s'être évaporés à l'instant où j'ai ramené Cadence ici.

– Tu vas la tuer, elle aussi ? il lance le plus naturellement du monde.

Maintenant que je connais ses motivations profondes, elle mériterait que je m'occupe de son cas. Elle vient de passer des mois à se jouer de moi. Ça me rend fou quand j'y pense. Si j'avais effectivement des soupçons sur son instabilité, je n'aurais jamais imaginé ses raisons profondes. Mais à présent, est-ce que ça change quelque chose, de toute façon ?

– J'en sais rien, je souffle, complètement paumé. Les choses sont différentes, cette fois. On est dans une merde noire. Shana n'est pas Virgin, ça va être plus compliqué de la faire sortir du rang.

Il hoche la tête, pensif, je m'attends à une intervention constructive de sa part. Mais à la place, il m'adresse un rictus de con.

– Quand je pense à ce que tu m'as mis dans la gueule… il ironise en me regardant de biais.

– Ça n'a rien à voir ! je m'emporte bien trop vite.

– Ah bon ? Et quelle est la différence, selon toi ?

– Ferme-la, je maugrée en me mettant à mon tour à tourner en rond dans cette pièce.

Il se fout de moi, sans pour autant insister. De toute façon il se plante, je ne suis pas comme lui. Cadence et moi, ça n'a rien à voir avec Ingrid et lui. Victor est… Je ne suis pas…

Le visage de Cadence pénètre dans mon esprit et malgré toute ma mauvaise foi, difficile de continuer à me mentir. Si, je suis comme lui, à ma façon. *J'aime cette fille, putain de merde.*

Je ne suis jamais tombé amoureux, alors cette pensée ne trouve aucun écho en moi. C'est énervant, troublant. C'est même pire que ça, parce que je ne sais pas dire depuis quand, ni comment c'est arrivé. Je me souviens combien elle m'exaspérait, combien elle me poussait au-delà de mes limites. Est-ce que je détestais vraiment ça, tout compte fait ? Je ne suis plus sûr de rien.

– Arrête de te marrer, Victor, je gronde en lui lançant le premier truc qui me tombe sous la main.

– Le karma, mon pote ! Tu peux pas lutter !

– Il faut trouver une solution, je reprends plus sérieux. Les enjeux financiers sont si énormes que le Round ne laissera rien passer, cette fois. La virginité de Cadence a soulevé de gros clients et…

Je m'interromps et ravale la bile infecte qui vient de remonter dans mon œsophage.

– Je ne parle même pas de l'argent pour Abby…

Bon sang, ma sœur compte sur moi, je ne peux pas la laisser tomber. Mais Cad est tout aussi importante à mes yeux.

– Thomas, tu connais déjà mon avis sur la question. On ne peut plus continuer à faire ça.

– Facile à dire ! On a besoin de ce fric, Victor. Si toi tu l'as oublié, moi non.

– T'es dur, là… il rétorque en serrant la mâchoire.

– Je dois juste trouver un compromis, je poursuis en ignorant son air blessé. Le Round paie bien, alors même si j'ai envie de gerber chaque fois que j'y mets les pieds, je ne peux pas arrêter.

– On trouvera quelque chose, j'te le promets. Autre chose, n'importe quoi, mais pas ça. Ça va mal finir… Mais pour l'instant, la priorité absolue est de mettre ma femme et mon fils en sécurité. Ça vaut aussi pour ta nana.

– Cadence n'est pas ma nana.

– Comme tu veux, il soupire, las. Quoi qu'il en soit, il faut mettre un terme à tout ça.

– J'irai voir Tara et Garett demain, je sonderai un peu l'atmosphère, je lâche en avançant vers la porte. Mais là, j'ai la tronche à l'envers, cette journée a été horrible, je réfléchirai mieux après avoir dormi.

– Dormi, tu dis ?

Je sors de la chambre sans répondre à son insinuation et retourne au salon.

– Où est Cadence ? je m'inquiète soudain en repérant Ingrid, seule sur le canapé. En train de pleurer, encore.

Elle renifle et lève une main pour m'indiquer l'étage. Je monte les marches une par une, ce qui est rare. J'hésite même à repartir en arrière, pour les remonter encore deux ou trois fois supplémentaires. Ouais, j'appréhende de me retrouver face à Cadence avec tout ce qui vient de se passer.

Avec Virgin, c'était facile, finalement, nos rôles étaient clairs, tracés. J'étais *un* et elle était *une*. Mais là, derrière cette porte qui me retient encore un peu de la rejoindre, je suis *moi* et elle est *elle*. Ça change tout. Et je flippe comme un connard.

– Je t'entends grogner derrière la porte, Mas. Tu vas te mettre à gratter ou tu te décides à entrer ?

Je me marre en actionnant la poignée, toujours pas habitué à ses répliques inattendues, mais jamais rassasié.

Quand je referme derrière moi, ma main humide glisse sur le métal et je la frotte contre mon jean en me tournant vers elle. Son front est posé contre la fenêtre, je ne vois que son dos, qui se soulève au rythme de ses soupirs. Elle ne dit rien, mais ses respirations hachées la trahissent.

– Tu es en colère.

Ce n'est pas une question, ni même une révélation.

– Non, elle ricane nerveusement en faisant craquer ses doigts. La pluie sur un brushing, ça, ça met en colère. Les frites oubliées dans ton menu mettent en colère aussi. Une série télé qui n'est plus diffusée, une moustache qui a trop vite repoussé…

Elle s'interrompt et prend la plus longue inspiration des États-Unis.

– Je suis furieuse, elle articule sans se retourner. Même pire que ça. Toute cette histoire, c'est…

– Dingue ?

– C'est trop. Beaucoup trop, Mas.

Je tique en l'entendant m'appeler comme ça, mais pour autant, je ne saurais dire précisément celui que je suis en cet instant. Tout ce que je sais, c'est que c'est elle qui me connaît le mieux. Et ça suffit à me donner le courage d'approcher. Elle est tout près, pour la première fois il n'y a rien entre nous, mais je ne l'ai jamais sentie si éloignée. Je me sens coupable de la voir si blessée, même si c'est trop tard, je regrette de ne pas avoir découvert plus tôt les raisons de sa venue au Round. J'aurais pu tout arrêter, j'aurais pu la protéger de tout ce qu'elle a dû traverser. À cause d'Ingrid, à cause de moi.

– Arrête.

Je sursaute et lève les yeux vers elle. J'étais tellement perdu dans mes sombres pensées que je ne l'ai même pas entendue se retourner, encore moins s'approcher.

– J'en veux à la terre entière, elle murmure en s'immobilisant face à moi.

Si je tendais la main, là, je pourrais effleurer sa joue.

– Je suis désolé.

– Mais certainement pas à toi.

Je fronce les sourcils, pas foutu de savoir quoi dire. Dans le fond j'y suis pour rien, c'est vrai, je ne l'ai pas poussée à faire ce qu'elle a fait. Pourtant, je ne me suis jamais senti aussi mal que maintenant, devant cette fille qui a misé beaucoup trop pour son amie. Qui a pris tous les risques parce qu'elle se faisait du souci. Une fille faite pour un mec comme moi.

– Je me sens mal, elle continue en grimaçant. Maintenant que tu sais qui je suis et pourquoi j'ai fait tout ça… Tu dois m'en vouloir à mort et j'le comprends. Si j'avais su pour Abby, pour toi, jamais je n'aurais continué à jouer ce rôle. J'aurais pris quelqu'un d'autre, un tuteur sans âme et sans cœur.

Comment peut-elle dire ça après tout ce qu'elle a traversé ?

Ses paupières se ferment, se crispent pour retenir ses émotions. Et mon cœur en fait autant devant son visage peiné. Sauf que je ne veux plus le museler, je ne peux plus le supporter.

– J'ai eu envie de te faire bouffer le micro, le soir où tu as choisi le numéro neuf, je démarre en me rapprochant d'elle. J'ai bien failli t'étrangler un nombre incalculable de fois, parce que tu m'avais choisi moi. Moi, putain, alors que j'avais besoin d'une fille parfaite pour m'en sortir.

Je l'entends déglutir, ses yeux brillent davantage.

– Foutu hasard de mes deux… elle raille tout bas, avant d'expirer longuement. Je suis tellement désolée…

– J'avais tort, je murmure en posant mes mains sur ses joues humides. Tu es parfaite.

J'aimerais lui dire, lui avouer que ce que je ressens dépasse l'entendement. Mais j'ai peur que le moment soit mal choisi. Je ne parle même pas de mon envie viscérale de lui sauter dessus maintenant que je n'ai clairement plus l'intention de la renvoyer là-bas. Elle n'a plus aucune raison d'aller au bout de sa mission-suicide.

Je veux juste passer la nuit avec elle, et demain, je trouverai un moyen de régler ce merdier.

Elle dégage son visage de mes mains et s'éloigne. *Merde, est-ce qu'elle a compris ce que j'ai voulu lui dire ?*

– Qu'est-ce que je vais faire, maintenant ? elle soupire en s'asseyant au bord du lit.

– Tu vas te reposer, digérer tout ce que tu viens de découvrir, et ensuite, on verra ce qu'on fait.

– On ? Y a rien que tu puisses faire, Mas. Pas cette fois !

– On va trouver, fais-moi confiance.

– J'te fais confiance depuis le début, tu sais, elle réplique tout doucement. J'essaie encore de comprendre pourquoi, d'ailleurs.

J'ai mis du temps moi aussi, trop de temps, et je refuse d'en perdre davantage. Pas avec cette menace qui plane au-dessus de nous.

Je la dévisage, dans l'attente qu'elle m'avoue ce que j'aimerais l'entendre dire. Je ne me suis jamais senti aussi vulnérable, dépendant d'une femme qui tient mon cœur entre ses mains sans le savoir. Je comprends alors que j'ai peur qu'elle rejette tout ce qui lui rappelle le Round. Moi y compris.

– J'aurais dû te faire confiance moi aussi, je murmure en la rejoignant sur le matelas, ma cuisse contre la sienne.

– T'as eu raison, dans le fond, je ne jouais pas franc jeu avec toi.

– J'm'en fous, je te l'ai dit.

– Si j'avais trouvé Ingrid à ce moment-là, je serais partie et je t'aurais laissé. Exactement comme tu le craignais. Je ne t'en veux pas d'avoir agi comme tu l'as fait.

– Est-ce que tu jouais la comédie à chaque instant ?

Ma voix est à peine audible, je n'avais pas l'intention de lui poser cette question, mais je me demande jusqu'où elle est allée pour obtenir ce qu'elle cherchait. Elle cesse de triturer sa manche et lève le visage vers mon profil contrarié.

– Pas toujours, non. Pas pour tout. Pas pour toi.

L'emprise glaciale qui serrait mon cœur se défait et je me sens plus léger. Je suis con, le plus important concerne la suite des événements, certainement pas ses sentiments.

– Mas, elle m'appelle tout bas. Thomas.

Je souris et change de position pour lui faire pleinement face. On reste silencieux, à regarder tantôt nos lèvres, tantôt nos yeux. J'ai envie de l'embrasser comme si ma vie en dépendait. Alors je le fais. Quoi qu'il se passe quand le soleil se sera levé, j'aurai au moins fait ce que j'aurais dû faire il y a des semaines.

À mesure que j'efface l'espace entre nos bouches, je ne la quitte pas des yeux. Je veux qu'elle lise en moi tous mes regrets, mes excuses et mes nouvelles certitudes à son sujet. Et plus que tout, je veux trouver dans ses prunelles l'écho de ce qui emplit les miennes.

Elle cille à la seconde où nos chairs humides se trouvent et je retiens ma précipitation. Je me cale sur sa retenue, même si elle me tord la poitrine. Je voudrais retrouver la Cadence qui s'accaparait mes lèvres, mais je suis obligé d'admettre que celle qui me rend mon baiser, c'est cette Virgin que j'ai façonnée.

Pourtant Cadence est là, quelque part, et ma langue qui cherche à franchir la barrière de ses lèvres veut la trouver. La ramener dans la lumière qu'elle a créée en moi et que je suis enfin prêt à accepter. À partager.

Mais elle se recule avant de m'en laisser l'opportunité. La douleur que je ressens doit imprégner mes traits, parce qu'elle me dévisage, les sourcils froncés de regrets et de culpabilité.

– J'ai tout gâché, pas vrai ? je lâche, amer. Cette nuit où je t'ai jetée chez Lincoln… Si je ne l'avais pas fait, si je… J'ai foiré, putain.

– Pas du tout, elle s'empresse de me rassurer en caressant ma joue du revers de sa main. Tu as rendu tout ça tellement plus facile, Mas. Sans toi, je…

Elle s'interrompt et se relève. Je la suis des yeux tandis qu'elle fait le tour du lit, j'ai un mauvais pressentiment.

– J'ai bien réfléchi, elle démarre, sans terminer et sans me laisser le temps de respirer pour éloigner le malaise qu'elle vient de créer.

– Je flippe de t'entendre dire un truc pareil, j'ironise en serrant mes genoux entre mes doigts.

– Je me suis trompée, elle enchaîne, le regard au loin. Je croyais que ce serait simple, que je pourrais m'en aller après l'avoir trouvée. Sauf que j'avais pas compris dans quoi je mettais les pieds…

– Écoute, Cadence, je…

– Laisse-moi terminer, elle balance d'un ton brusque que je ne lui connais pas. Tu as assez de responsabilités sur les épaules, tu en as assez fait pour aider ceux que tu aimes.

– Et je veux t'aider toi aussi ! je réplique pour qu'elle comprenne qu'elle en fait partie, elle aussi, de ces gens que j'aime plus que ma vie.

– Pas cette fois, Thomas. C'est à moi de régler ça.

La conversation est en train de prendre un tournant qui ne me plaît pas du tout. Je la sens me glisser entre les doigts et je ne sais pas quoi faire pour la rattraper. Quoi qu'elle ait derrière la tête, ça sent mauvais.

– Je vais appeler Oncle Bobby pour négocier.

J'éclate d'un rire acide, devant cette connerie aberrante.

– Le Big Boss ne négocie rien, Virgin ! je rétorque hors de moi.

Son surnom est sorti tout seul, parce que c'est à elle que je m'adresse. À mon grand regret.

– Et je peux savoir ce que tu comptes lui proposer ?

– Il ne me laissera pas tranquille, Mas. Tu le connais, tu ne peux pas me contredire. Si je veux sortir de ce merdier, il faut que je lui donne ce qu'il veut.

Je dois mal comprendre, elle n'est pas en train de parler de ce que je crois.

– Tout ça, c'est une question d'argent, elle poursuit comme si son discours était préparé. Je vais lui laisser prendre ce que j'ai mis en jeu. Cette putain de virginité est le prix de ma liberté. De notre liberté à tous.

Je me prends ses mots en pleine poitrine comme une rafale de mitraillette. Je suis sur mes pieds la seconde d'après, me raccrochant à ses épaules pour ne pas tomber.

– Jamais, je souffle contre sa nuque en plaquant mon torse contre son dos. Ja-mais, je répète en la serrant plus fort.

– Cette décision ne t'appartient pas, elle murmure dans un sanglot qu'elle n'arrive plus à ravaler.

– Si, Cadence. Je te veux pour moi, je t'en prie.

Je t'aime, putain !

Je n'arrive pas à le formuler à voix haute, je veux qu'elle me laisse une place avant ça.

– Je suis prête à le faire pour toi.

Je fais non de la tête, appuyant mon front contre ses cheveux.

– Je ferai comme si c'était toi. J'étais sincère quand je disais ça. Il n'y a toujours eu que toi dans ma tête.

– Tais-toi, je gronde, le visage enfoui entre ses mèches emmêlées. Tu es à moi, depuis le soir où tu as tiré mon numéro, tu es toute à moi.

Son petit corps imbriqué dans le mien, je la sens trembler contre ma poitrine. Je respire ses cheveux, embrasse doucement l'arrière de son crâne en laissant mes mains caresser ses bras. Sa respiration devient plus bruyante, ses inspirations plus profondes. C'est ma dernière chance de la faire changer d'avis, l'ultime ouverture pour la convaincre que sa place est entre mes bras.

– Depuis qu'on s'est rencontrés, on agit chacun de notre côté, alors qu'on avait les mêmes objectifs sans le savoir. Et regarde où ça nous a menés. Tu voulais qu'on forme une équipe, tu te rappelles ?

Associée, je chuchote contre son oreille avant de l'aspirer entre mes lèvres.

Elle frissonne, et pendant que je laisse ma bouche remonter sur sa joue, je la sens sourire faiblement.

– On peut le faire tous les deux. Toi et moi, on peut y arriver, ensemble.

– Mas, je ne veux pas t'embarquer là-dedans, je refuse de te faire payer mes secrets.

– Mais de quoi tu parles ? T'es venue là pour Ingrid, alors maintenant que tu l'as retrouvée, qu'est-ce que tu veux de plus ?

– Je veux juste reprendre ma vie sans flipper. Et surtout, sans culpabiliser.

– T'es pas croyable… Tu penses encore aux autres avant toi ? Ça ne t'a pas servi de leçon toute cette histoire, sérieux ?

– Faut croire que non… elle réplique, résignée.

– Tu penses vraiment qu'Oncle Bobby se contentera d'une unique fois ? Tu crois que ta virginité envolée il te laissera tomber ? Ouvre les yeux, putain ! T'as déjà oublié tout ce que je t'ai appris ? Le premier client va payer le maximum, mais le suivant mettra le paquet lui aussi. Tu passeras sous un tas de connards avant que le Round veuille bien te foutre la paix.

Elle sait tout ça, mais elle refuse d'être celle qui dit stop. C'est à la fois bluffant et rageant.

– T'as besoin de cet argent, Thomas… elle reprend en essayant de se soustraire à mon étreinte.

– Alors c'est moi qui retournerai là-bas. Sans toi, j'assène d'une voix rauque. Je dirai que tu as pris la fuite, que j'ai retourné Reno sans succès. Et pour ce putain de fric, je continuerai à être ce tuteur inhumain et épuisant.

– J'ai pas envie que tu retournes là-bas, Mas.

– Moi non plus, Gin.

– Je suis morte de trouille…

Je continue à entourer ses épaules de mes bras, j'espère y imprimer combien je veux être celui qui la protégera. Je veux remplacer le poids qu'elle y a déposé, et par là même, qu'elle accepte d'être celle sur qui je peux me reposer.

– Dis-moi que tu ne ressens pas la même chose que moi, je chuchote dans le creux de son cou. Dis-moi non et je te laisserai en paix.

C'est faux, bien sûr, mais je veux la pousser à admettre que ce qu'il y a entre nous est plus fort que tout.

Je la fais pivoter sans résistance de sa part et parsème son visage de petits baisers. Je cherche à l'amadouer, je la sens encore trop sur la corde raide, susceptible de me lourder rien que pour me préserver.

Je n'ai jamais agi ainsi avec une autre avant elle. Parce qu'il n'y a jamais rien eu avant elle. Je le comprends, alors que je la tiens entre mes bras. Elle est celle qui met un terme à une existence trouble, celle qui crée un changement dont je ne croyais pas avoir besoin à ce point.

– J'ai besoin de toi, Cadence, je lui avoue avant d'emprisonner sa bouche dans un court baiser.

– Moi aussi, mais j'ai tout ce poids qui m'entaille les épaules, je ne sais pas quoi faire. Je suis perdue.

– Si tu retournes là-bas, tu le seras vraiment. Tu perdras plus que tu n'imagines et tu me perdras moi.

Elle sursaute, comme si je venais de proférer la pire des menaces.

– Ce qu'on a là, est-ce que tu es vraiment prête à le sacrifier ?

– On parle de nos vies, Mas, elle murmure contre mes lèvres, ses prunelles plongées dans les miennes.

– Eh bien, peut-être que tu as davantage d'importance à mes yeux, j'avoue d'une voix rauque.

– Tout ça pour être le premier ? elle rétorque en se raidissant.

– Tu ne comprends pas, Cad. Je veux être celui que tu attendais, celui que ta mère te promettait, celui sur qui tu peux compter pour continuer à respirer.

Elle se met à trembler, un sanglot silencieux fait vibrer sa poitrine. Je ne sais pas trouver les mots précis pour lui délivrer le fond de mes pensées, alors j'agis. Je caresse son visage de ma main comme une promesse d'être là pour essuyer toutes ses larmes. Je pose ma paume contre sa poitrine, comme un serment de veiller sur son cœur si elle m'en laisse l'accès. Puis je masse ses épaules, pour lui jurer qu'on peut se défaire de ce qui nous entrave en restant unis. Envers et contre tous, pour nous et pour ceux que l'on aime.

L'atmosphère crépite, avant de chavirer. Un éclair traverse ses iris, cette faille que j'espérais et dans laquelle je m'engouffre sans peur.

Cette fois, elle ne me repousse pas. Elle reste figée une dernière seconde, avant de se laisser enfin aller. J'entoure son visage de mes mains et approfondis le baiser que je brûlais de lui donner. J'aspire sa langue, la fais tourner contre la mienne et avale son gémissement. Elle enfonce ses ongles dans mes flancs, fait remonter mon tee-shirt pour toucher ma peau. Un feu embrase immédiatement mes reins et je ne sais pas si c'est moi qui la pousse sur le matelas ou si c'est elle qui nous entraîne plus bas.

Je retrouve enfin celle qui m'a fait sortir du noir. Et c'est à mon tour de la ramener définitivement vers la lumière.

Allongé sur son corps, je recule mon visage, pas foutu de savoir quelle partie d'elle j'ai envie de m'approprier en premier. Je suis tenté de me dépêcher, pour l'empêcher de changer d'avis, mais je veux aussi profiter de chaque seconde.

– Tu es belle, je m'entends soupirer en faufilant une main sous son haut.

Elle hoquète, me sourit et avance son visage pour retrouver mes lèvres. Je l'embrasse plus lentement, en prenant tout mon temps pour lui montrer tout ce que je lui promets. Elle monte en température, son corps réagit au mien de la plus délicieuse des manières. Ses hanches s'animent, se collent aux miennes. Je sens sa chair de poule se répandre sous la pulpe de mes doigts, elle bourgeonne et quand ma main se pose sur son sein, tous ses frissons se réunissent au sommet de son téton vaillant. Dressé, pour embraser le creux de ma paume. Tendu, pour rouler entre mes doigts pressés.

– Qu'est-ce que j'aime tes seins, je grogne contre son menton.

Elle glousse et m'offre un peu plus son cou. J'entends mes gémissements résonner contre sa peau douce tandis que je descends plus bas.

Mon autre main relève son tee-shirt et je prends mon temps avant de fondre sur sa poitrine. Je la contemple, détaille chaque partie de cette anatomie tant de fois fantasmée.

Elle retient sa respiration pendant que je prends encore le temps de la regarder.

– La première fois que j'ai vu ces tétons fabuleux, j'aurais dû savoir qu'ils auraient raison de moi.

Elle remue, juste assez pour les faire s'agiter devant mes yeux.

– Seins patrons, priez pour nous, elle pouffe en les tendant vers ma bouche.

Voilà, ça c'est ma nana ! Je pense en fondant sur sa poitrine. J'agrippe sa hanche d'une main, laisse l'autre jouer avec un téton, pendant que je délivre des mois de frustration sur son nichon bouillant. Oh bon sang, c'est tellement bon que j'en ai la tête qui tourne et la bite qui s'agite.

Elle me pince les épaules, avant de tirer sur mon tee-shirt jusqu'à le faire passer par-dessus ma tête. Elle s'accapare mon dos, le masse et le griffe au rythme de ses gémissements excités. Je cajole ses seins l'un après l'autre, conscient que rien ne pourrait m'en rassasier.

J'ai besoin de reprendre mon souffle, alors je me lève sur un coude et en profite pour lui retirer son haut. Elle se dandine, s'impatiente quand je reste un moment à la contempler. Je connais ce corps, mais tout est différent, maintenant. Il n'y a plus rien pour se dresser entre lui et moi. Et je jure que je ne laisserai personne s'interposer. Je ferai tout ce qu'il faut, n'importe quoi pour la protéger et la garder pour moi.

– Rien qu'à moi, je murmure au-dessus de son nombril.

Je l'embrasse ici, là, langoureusement, puis plus violemment. Le feu qu'elle a attisé en moi est en train de grandir. Et je ne fais plus rien pour le contenir. Il est libre, tout comme moi.

Arrivé à la lisière de son pantalon, je galère à le faire descendre le long de ses jambes, à la fois pressé, excité et gêné, comme si c'était ma première fois.

– Tu flippes ou quoi ? se moque Cadence en se relevant sur ses coudes.

– Pas toi ?

– Moi ? elle fait mine de réfléchir en tordant sa bouche dans une moue adorable. Je t'ai déjà tellement de fois imaginé me faire jouir…

– Putain…

Ma queue se gorge d'un désir resté trop longtemps inassouvi. Elle durcit plus encore que permis et vibre entre mes jambes. J'ai tellement envie de l'enfouir entre ses cuisses qui s'écartent devant mes yeux. Je n'ai presque jamais respecté les préliminaires, mais avec elle, je veux y aller doucement. Normalement. Comme quand un homme et une femme se découvrent pour la première fois. Sans me soucier de l'urgence qui pèse sur nous.

Totalement ouverte, offerte, j'observe son intimité brillante, sans plus rien pour me voiler les yeux. Hormis cette envie viscérale de la dévorer. J'approche doucement, son ventre se contracte dans l'attente de notre contact. Ma langue glisse sur mes lèvres affamées, avant de caresser les siennes. Elle gémit instantanément et si je voulais prendre mon temps, le coup de hanche qu'elle donne m'en empêche. Ma bouche se retrouve déjà au cœur de son excitation trempée et j'oublie ce à quoi je pensais. Il ne reste que le charnel et nos plaisirs connectés.

Mes mains remontent sur son abdomen jusqu'à recouvrir ses seins. Je les malaxe, dans un rythme parfaitement calé sur nos gémissements, nos tremblements et mes coups de langue affolés. J'ai déjà léché des dizaines de chattes, mais cette fois ça n'a rien à voir. Je ne cherche pas seulement son plaisir, ni même le mien au sommet de son clitoris parfait. Je n'attends pas sa jouissance derrière les pulsations de ses chairs. Je veux sa vie, faire osmose avec tout ce qu'elle a à m'offrir. Je veux l'amour. Lui faire l'amour, avec ce cœur qu'elle a libéré.

Mes mains glissent sur sa peau humide et à mesure que ma langue échauffe ses lèvres, j'ai de plus en plus de mal à ignorer les pulsations rageuses de ma queue, qui me hurle de mettre fin à son calvaire.

J'éloigne mon visage, essuie ma bouche contre l'intérieur de sa cuisse et la regarde. Ses yeux sont fermés, mais elle finit par les ouvrir et quand je croise ses prunelles incandescentes, je n'ai pas besoin de lui demander la permission d'aller plus loin. On est sur la même longueur d'onde, remplis par ce besoin trop longtemps refoulé et qu'on ne veut plus repousser.

Je me défais de mes derniers vêtements et avance vers elle, sur elle. Quand nos positions sont parfaites, je contracte les fesses et glisse mon sexe entre ses jambes.

– Tu es sûr de toi ? elle murmure en posant sa main contre ma joue. Tu as conscience qu'après ça, il sera trop tard pour revenir en arrière ?

– Je ne veux pas reculer, Cadence, je souffle en m'approchant de ses lèvres, aussi bien les hautes que les basses. Je ne veux pas reculer, j'articule en insérant mon gland dans son entrée.

Des gouttes de sueur dégoulinent entre mes omoplates, sur mes tempes, tandis que je la pénètre doucement. Mon ventre se contracte, ses mâchoires se crispent et sa bouche s'ouvre, en un « O » magnifique.

Mon cœur s'enflamme, se consume, et je le sens renaître dans ma poitrine. Plus gros, plus vaillant.

Destiné à une seule personne, cette fille qui se tend sous mon corps gainé, tremblant du plaisir qui est train de jaillir entre nos cuisses.

– Oh ! elle gémit alors que je progresse en elle.

– Je vais trop vite ? je m'inquiète en voyant ses yeux brillants papillonner.

– Non, elle gémit encore en enfonçant ses ongles dans mes épaules. Continue…

Je cherche à me souvenir comment respirer, ma vue se trouble et mes oreilles se mettent à siffler. Ce que je ressens alors qu'elle m'avale tout entier dépasse tout ce que j'avais imaginé. Des mois de fantasmes partent en fumée, remplacés par une réalité bien plus percutante.

J'effleure enfin cette virginité tant convoitée. Mon gland vient de trouver la lumière au bout de son tunnel et je comprends seulement maintenant qu'elle n'est pas la seule à perdre une partie d'elle. Si, à compter de cette seconde où un courant électrique remonte jusqu'à ma poitrine, je suis en train de lui prendre l'essence même de sa féminité, elle me prend tout autant en retour.

Par les doux va-et-vient mesurés que j'entame, je me perds en elle et sa virginité charnelle se dissout dans ma virginité émotionnelle.

CHAPITRE 24

Cadence

Avant que toute cette histoire ne commence, j'avais le sentiment de savoir qui j'étais. Je me connaissais, je n'étais jamais prise au dépourvu par mes réactions, jamais perdue dans mes émotions. Mon cap était clair.

Et puis je suis entrée au Round. Plus que ça, le Round est entré en moi, balayant tout ce que je croyais maîtriser. Remplaçant mon identité par celle d'une autre, créée par un tuteur que j'avais sous-estimé. Cet homme qui m'a d'abord fait peur, avant de m'électriser. Il m'a percuté de plein fouet, créant une étincelle que je n'avais pas soupçonnée.

Master. Il n'a jamais aussi bien porté son nom qu'aujourd'hui. Dans cette chambre, après avoir encaissé le résultat de mes recherches désespérées, alors que je venais de faire le pire choix de toute mon existence, il a de nouveau pris l'ascendant sur ma volonté. J'ai eu beau essayer de lutter, je ne peux plus renier cette maîtrise qu'il a de moi.

Parce que, si je ne sais plus qui je suis vraiment, perdue entre une Cadence bouleversée et une Virgin finalement adoptée, près de lui, entre ses bras qui m'entourent, je me sens entière. Comme s'il était le seul à pouvoir terminer ce puzzle. Le seul à savoir recoller les morceaux de moi qui me glissent entre les doigts.

Si l'appréhension me fait trembler, je ne me détourne jamais de ses yeux qui scannent mes réactions. Il est doux, je vois combien il a peur de me faire mal, combien il se retient. Il est parfait, à la fois celui que j'attendais et celui auquel je n'aurais jamais pensé. Je caresse ses bras, son dos, dans une invitation à continuer. Malgré la peur du Round, en cet instant, je ne ressens rien d'autre que les battements enragés de mon cœur. Je ne suis entourée que par son souffle et mes sentiments.

Nous sommes si proches, dans tous les sens du terme. C'est la première fois que nous sommes connectés de la sorte, défaits de nos faux-semblants et de nos vêtements.

Il inspire en s'engageant en moi, j'expire en sentant mes chairs s'ouvrir pour lui. Je serre les lèvres, je m'attends à avoir mal, à percevoir une déchirure s'étendre à l'intérieur de moi. Au lieu de s'élargir, mes parois se resserrent davantage dans un sursaut douloureux. À mesure qu'il progresse, l'adrénaline se diffuse dans mes veines. Mon corps bouillant devient glace, quelque chose en moi se débat sous cette présence inédite.

Son sexe redescend et mon sang suit le même mouvement. Mas est attentif à mes réactions, il s'inquiète et se montre patient. Je sens combien c'est dur pour lui de se contenir, à quel point son excitation lui rend la tâche difficile. Je serais presque gênée si l'extase qui imprime ses traits n'était pas si flagrante.

Ce que je ressens est si nouveau que je ne sais pas traduire les messages que m'envoient mon vagin. Je cherche le plaisir qui devrait jaillir, j'attends ce que le sexe est censé offrir. Ce n'est ni bon ni mauvais, c'est juste trop nouveau pour être compréhensible.

– Dis-moi si je vais trop vite, il halète en parsemant mon cou de baisers.

– Tu es parfait, ne t'en fais pas.

J'aimerais être plus décontractée, mais ma voix me trahit.

– C'est nouveau pour moi, il continue en stoppant ses mouvements. J'ai l'impression de prendre trop de place en toi. On arrête, si tu veux ?

Il prononce cette dernière phrase d'une manière presque désespérée qui me fait rire.

– Non ! Je te mentirais en disant que c'est l'extase, mais te sentir en moi, plus près que tu ne le seras jamais, c'est une sensation que je ne veux pas éloigner.

Il embrasse ma frange, mon nez et pose son front contre le mien.

– On a tout le temps d'apprivoiser cette petite chatte sauvage, il articule en traçant les contours de mon pubis sous son doigt. Même si j'adore sentir ses griffes se resserrer autour de ma queue.

– Tu sais parler aux femmes, toi ! je glousse en passant ma main dans ses cheveux humides.

Cette petite pause a le don de me détendre et lorsque Mas reprend ses pénétrations, la sensation de brûlure est beaucoup moins vive. Un gémissement m'échappe même quand une vague de plaisir surgit brièvement. Si vite que je n'ai pas le temps de l'apprécier pleinement. Mais peu importe, je l'ai sentie.

Je noue mes mains dans sa nuque et mon corps ne sait plus à qui il appartient. La seule chose qu'il sait, c'est que cet homme est en train de faire entrer en lui le ciment qu'il lui manquait. Et maintenant qu'il me remplit tout entière et que la douleur a presque disparu, son sexe agit comme un pilier. *Un énorme pilier.*

Seigneur, j'étais tellement loin du compte quand j'imaginais coucher avec un homme. Ce que Mas est en train de me faire est bien plus fort, si intense que mes neurones fabriquent beaucoup trop d'électricité. Chaque parcelle de mon corps s'échauffe et vibre. C'est… indescriptible.

– Comment j'ai pu vouloir passer à côté de toi ? je l'entends grogner contre mes lèvres.

Je souris, incapable de lui répondre. Je n'arrive même pas à bouger, trop engourdie par le plaisir qui naît lentement en moi.

Il parle encore, mais je n'entends pas ce qu'il me dit. La bulle qui m'entoure s'épaissit, grossit. Toute ma conscience est focalisée sur sa peau qui glisse contre la mienne, sur sa virilité qui s'est fait une place plus confortable entre mes chairs et qui embrase maintenant mon intimité dans un feu chatoyant.

Soudain, le son revient et mes oreilles s'emplissent de gémissements. Les miens, qui deviennent de plus en plus forts. Les siens, qui résonnent en moi et me font perdre la tête. Je retrouve l'usage de mes membres, tandis qu'ils s'enroulent autour de ses hanches.

Mes doigts s'agitent, fouillent son dos, ses épaules, ses flancs. Comme pour chercher quelque chose à quoi se raccrocher alors que je me sens m'élever. J'oublie de réfléchir. Mon cœur bat trop vite, il veut rivaliser avec mon clitoris qui palpite à toute allure. Rivaliser avec le sexe de Mas qui entre en moi de plus en plus rapidement, de plus en plus fort. La retenue qu'il avait jusqu'ici, par peur de me faire mal, a disparu. Ne restent que nos deux corps enfin apprivoisés, trop heureux de concrétiser cette attraction hors du commun.

– Tu es à moi… il halète avant d'enfoncer sa langue dans ma bouche.

– Oui !

Je n'ai pas voulu crier si fort, mais je suis prise dans une frénésie incontrôlable. Je serre plus fort mes jambes autour de lui, mords sa bouche, le griffe.

– Je suis clean, il murmure en me regardant droit dans les yeux, pour me rassurer sur l'absence de protection entre nous.

Je hoche la tête et reprends possession de sa bouche. Je le sens grossir, encore et encore, et quand je crois défaillir, le corps de Mas devient soudain plus lourd et il s'affale sur moi dans un râle érotique déconcertant.

On reste ainsi, à chercher nos souffles. Pendant un temps infini, aucun de nous ne parle, mais nos corps transis restent l'un contre l'autre, l'un en l'autre, réunis par les répliques de plaisir qui nous traversent encore. Je ne sais pas si l'orgasme tant vanté m'a traversée, mais je me fous de mettre des mots sur mes sensations. Je ne me suis jamais sentie si bien que maintenant et c'est tout ce qui m'importe.

– Ça va ?

La voix de Mas est rauque, haletante.

– Plus que tu ne peux l'imaginer.

La mienne est méconnaissable. À l'image de tout mon être, de toute mon âme, qui vient de se transformer.

Il bouge enfin et je gémis quand il quitte mes replis. Il roule sur le côté, je me mets à trembler, soudain vide et frigorifiée. J'ai peur que l'angoisse de la réalité ne revienne, mais il pose une main contre mon ventre et cale son menton dans le creux de mon cou, ancrant une plénitude que je veux ressentir pour toujours.

Je voudrais lui dire des milliers de choses, mettre des mots sur tout ce qu'il m'inspire, me fait ressentir. Mais pour la première fois depuis que ma mère s'est éteinte dans son sommeil, a rendu le mien terrifiant, je n'ai plus peur. Et sans m'en rendre compte, je glisse doucement dans un sommeil nouveau, rempli d'espoirs si forts que je ne pense pas au lendemain orageux.

Je l'ai trouvé, celui qui me protégera, celui qui éloignera la mort que je redoutais tant. Du moins, c'est ce que je crois en cet instant.

Et je le crois encore en ouvrant mes yeux le lendemain matin.

Il me faut un moment pour mettre de l'ordre dans mon esprit et reprendre pleinement conscience. Je passe spontanément une main sur le drap à côté de moi. Je soupire en remarquant qu'il est inoccupé, froid.

Heureusement, je sais que je n'ai pas rêvé ce qu'il s'est passé entre Mas et moi cette nuit. Mes muscles sont encore douloureux, je ressens des courbatures jusqu'au plus profond de moi.

Je reste là, pendant de longues minutes, à me recueillir sur ma virginité disparue. Je devrais me sentir mal, j'ai laissé passer mon unique chance de pouvoir traiter avec le Round sans y laisser ma peau. Pourtant, je ne me suis jamais sentie aussi heureuse. Je suis libre, prête à démarrer une nouvelle existence, même si elle doit être régie par la peur des représailles. J'ai envie de cultiver l'espoir que Mas a introduit en moi, je veux croire que cela suffira à nous tirer de ce mauvais pas.

C'est regonflée à bloc que je sors du lit et que je renfile mes habits sales de la veille. Je n'ai rien d'autre ici et je suis encore trop énervée contre Ingrid pour lui demander de me prêter des affaires. De toute façon, vu son énorme ventre, pas sûre qu'elle ait des trucs à ma taille.

Je descends les marches avec précaution. Je ris doucement en sentant encore l'empreinte de Mas à l'intérieur de moi, puis je rougis en imaginant notre prochaine fois. J'entre dans le salon et je suis étonnée par le silence qui règne dans l'appartement.

– Hey oh ? je lance en promenant mes yeux partout.

J'avance, et alors que je m'apprête à ouvrir la bouche à nouveau, Ingrid me fait sursauter.

– Putain, tu m'as fait peur ! je grommelle en posant une main sur mon cœur.

C'est dingue, j'ai encore du mal à la voir là, en face de moi, après tous ces mois passés à la chercher. Et enceinte, qui plus est !

– Désolée ! elle s'excuse, la bouche pleine.

– Pas de problème, je rétorque en ignorant son air coupable. Où est Mas ?

Elle avale sa bouchée et me dépasse pour s'installer dans un fauteuil.

– Victor et lui sont partis tôt ce matin.

– Pour quoi faire ? je m'affole soudain.

– À ton avis ? Ils cherchent un moyen de protéger nos petits culs. Quoique, le mien n'est plus si petit, elle soupire en enlevant les miettes de son décolleté.

Une boule se forme dans ma gorge. Je n'aime pas savoir que Mas est parti chercher une solution, avec Oncle Bobby et sa clique qui rôdent en ville. S'il devait lui arriver quelque chose maintenant, je ne pourrais pas me le pardonner.

– Détends-toi, intervient Ingrid en remarquant mon souffle qui s'est emballé. Fais-leur confiance, ils savent ce qu'ils font. Moi aussi j'ai peur, elle ajoute plus bas, mais je sais que ces deux-là sont forts.

– Ils t'ont dit où ils comptaient aller ?

– Non, mais je suis sûre qu'ils ne vont pas tarder. Victor ne s'éloigne jamais longtemps de moi.

Elle ne peut retenir un sourire et mon cœur se gonfle. Malgré tout ce qu'elle endure depuis des mois, malgré ce qu'elle m'a fait endurer à moi, je suis contente de voir combien elle aime cet homme.

Je l'observe encore quand des coups résonnent contre la porte d'entrée.

– Tu vois, qu'est-ce que je disais, reprend Ingrid en s'appuyant sur les accoudoirs pour se redresser. Attends une minute, Cad, il ne faut pas…

Trop pressée de retrouver Mas, je suis déjà devant la porte, une main sur la poignée.

– Cad, non, n'ouvre pas. On est pas sûres que…

Je ne l'écoute pas, déverrouille le loquet et ouvre la porte en grand.

Le sourire soulagé qui étire mes traits reste en suspens un instant, devant le visage d'un inconnu. Puis il se transforme, quand un autre homme apparaît derrière lui.

– Surprise !

J'ai le réflexe de repousser la porte de toutes mes forces, mais c'est trop tard. Reda est plus rapide que moi et se jette dans ma direction, m'empêchant de les tenir à distance.

– Ttt, ttt, ttt, il gronde en interceptant mon poing qui essaie d'atteindre son visage dans un réflexe désespéré. Pas de ça entre nous, Virgin chérie.

Il serre mon poignet et me tord le bras si fort que les larmes me montent aux yeux. Je le défie encore du regard avant qu'il ne me retourne contre son torse.

– T'étais pas si difficile à retrouver, tout compte fait, il susurre contre mon oreille.

Il me fait avancer, avant de se figer.

– J'y crois pas, il s'exclame en resserrant son étreinte autour de moi.

Il s'est immobilisé devant Ingrid, qui nous fait face, une main sur le ventre, l'autre enroulée autour d'une lampe.

– Incroyable… poursuit Reda en bougeant sa tête pour la détailler de haut en bas. Alors celle-là, je ne m'y attendais pas !

Il se met à rire si fort que mes oreilles en souffrent.

– Shana. Shana, putain de merde ! il répète comme s'il était sujet à une apparition divine. Quand le Boss va me voir revenir avec vous deux, il va me sucer si fort que je vais en pleurer. De joie bien sûr !

J'essaie de me débattre, mais il me tient trop près de lui, avec bien trop de force.

– Maïky, occupe-toi de notre fantôme engrossé, il lance à son acolyte.

Ingrid me lance un regard désespéré, jette la lampe devant elle, avant de se ruer vers la cuisine. Mais elle a seulement le temps de faire trois pas que le molosse lui saute dessus, la faisant tomber au sol.

– Non ! je hurle en la voyant grimacer.

Reda se marre et je recommence à bouger, plus violemment, en envoyant ma tête en arrière pour essayer de le toucher.

– Tu fais pas le poids, bébé, il articule dans mon oreille, avant de me lécher la tempe.

J'essaie de le frapper avec mon crâne, mais rien n'y fait, il a raison, je ne fais pas le poids. Quand bien même, deux autres hommes venant d'entrer dans l'appartement, ils sont trop nombreux pour qu'on puisse s'en tirer.

Pitié, faites que Mas et Victor arrivent ! S'ils nous entraînent hors d'ici, ce sera fini.

Je prie, encore et encore, mais je suis déjà dans les escaliers étroits de l'immeuble, puis très vite, sur le trottoir désert.

– Laisse-la, je supplie Reda en voyant Ingrid se débattre sous la prise de l'autre type. Je ferai tout ce que tu veux, mais laisse-la partir je t'en prie…

– Tu m'as toujours sous-estimé, Virgin, il se contente de répondre en me tirant vers la camionnette garée devant.

Oui, lui, comme tout le reste. Et c'est maintenant que je vais en payer le prix.

Il me jette sans délicatesse à l'arrière de la fourgonnette, Ingrid suit derrière et j'ai juste le temps de l'attraper par les épaules pour lui éviter une nouvelle chute sur le ventre.

Elle est terrifiée. Elle tremble et pleure contre moi tandis que les portes coulissent et que nous nous retrouvons plongées dans le noir.

Le moteur démarre, rugit, et quand le véhicule se met en mouvement, je la serre plus fort encore.

– Mon Dieu, Cadence, ils vont nous tuer… elle gémit dans mon cou.

Nous tuer ? Pas sûr que ce soit le pire. Au contraire, c'est peut-être le mieux qu'on puisse espérer.

Le trajet semble durer des heures, l'angoisse est un mauvais repère temporel. Je tiens toujours Ingrid fermement collée à moi, pour l'empêcher de subir les mouvements brusques du fourgon. Mes doigts sont crispés contre un rebord pour me retenir de bouger, mes mâchoires sont tellement contractées que mes oreilles sifflent. J'essaie de contrôler mes respirations, de contenir mon cœur et mes larmes.

Le véhicule pile et l'arrière de mon crâne cogne la tôle.

– Non, non, non, geint Ingrid en s'agitant, alors que des pas résonnent autour de nous.

La portière coulisse dans un grincement sordide et Ingrid se met à hurler quand l'un des hommes la tire par les pieds. Elle échappe à mes bras et j'en profite pour me jeter sur le type qui la malmène.

– Espèce de connard, je rugis en lui griffant le visage.

Surpris par mon attaque, il recule et tombe en arrière sous mon poids. Je continue à le maltraiter, à lui infliger tout ce que je suis en mesure de lui faire subir. Poings, gifles, griffures, je ne lui épargne rien, jusqu'à ce que quelqu'un attrape mes cheveux pour me tirer en arrière.

– Cette chienne est enragée, crache celui qui me retient.

Il me retourne d'un geste brusque et je me retrouve face à un homme que je ne reconnais pas tout de suite.

– Tu te souviens de moi ?

En détaillant son nez gonflé, ses cernes violacés et les bleus qui s'étalent sur son visage, la mémoire me revient. *L'agresseur du bar.*

– C'est toi qui m'as fait ça, salope !

J'ai envie de lui répondre que c'était seulement pour me défendre face à sa tentative de kidnapping. Mais j'ai la présence d'esprit de garder mes lèvres scellées, ce qui ne l'empêche pas de se venger.

J'étouffe le cri de douleur qui monte dans ma gorge quand son poing s'enfonce dans mon ventre.

– J'en ai pas fini avec toi… il gronde contre mon oreille avant de me tirer en avant.

Je me laisse traîner, je n'ose plus ouvrir les yeux. J'entends Ingrid les supplier, mais rien ne les arrête. Puis, sans un mot, ils nous enferment quelque part.

J'ouvre enfin les yeux et me redresse pour me ruer sur mon amie.

– Ça va ? je m'inquiète en la voyant grimacer de douleur.

– Ils m'ont fait mal au ventre, elle souffle dans une complainte qui me déchire le cœur.

Je l'aide à s'installer plus confortablement, en tout cas aussi bien que je le peux vu l'endroit où ils nous ont enfermées. Il n'y a qu'un lit défait, recouvert de draps froissés qui sentent le sexe forcé. *Mon Dieu, où est-ce qu'on est* ?

Malgré mes réticences, j'installe Ingrid sur le matelas avant de rejoindre la fenêtre. Par les lattes de bois qui l'obstruent, je discerne une large esplanade sans âme qui vive. On est en hauteur, le sol ne semble pourtant pas si loin en dessous. Je me tords le cou pour essayer d'en voir davantage et tout au bout, j'aperçois la circulation. La vie. L'espoir.

– Je suis tellement désolée, Cadence, tellement désolée, sanglote Ingrid en me regardant.

– Chut, calme-toi.

– Tout est ma faute. Tu as raison de m'en vouloir, tout ça, c'est à cause de moi !

Elle est en train de se laisser happer par la panique et ma rancune s'évapore instantanément.

– Je ne t'en veux pas Ingrid, j'te le jure. On va s'en sortir. Je ne laisserai rien t'arriver.

– Pourquoi est-ce que tu es si bonne avec moi, Cad ? Je ne te mérite pas !

– Bien sûr que si ! Tu m'as sauvée ce soir-là, tu te souviens ? Sans toi, Mike m'aurait laissée bien plus de traces que cette foutue cicatrice sur le front, je poursuis en levant mon rideau de cheveux.

– Jolie frange, d'ailleurs, elle pouffe malgré elle.

– Sans toi, je ne serais pas celle que je suis aujourd'hui, j'ajoute en lui souriant.

Et en disant ça, je parle aussi de celle que le Round a fait émerger. Celle que Mas a su trouver.

– Je ne t'en veux pas, Ingrid, je murmure en posant mon front contre le sien.

– Je t'aime, elle répond en enroulant ses bras autour de moi.

On reste ainsi quelques secondes, le temps de redonner de la force à notre lien si fusionnel.

– Comment est-ce qu'on va faire pour s'en sortir ? Tu crois qu'ils vont nous faire quoi ? elle m'interroge en se reculant sur le matelas.

– J'en sais rien, mais je ne vais pas rester là, à attendre qu'ils reviennent.

Je retourne à la fenêtre, malmène la poignée, en vain. Je fais le tour de la pièce, repère une porte qui mène sur une minuscule salle d'eau. Je tire sur les tiroirs, renverse tout par terre, priant pour trouver de quoi forcer le loquet.

Oui ! Je repars en courant vers la seule issue viable, une barrette minuscule à la main. J'espère que ça suffira.

– Qu'est-ce que tu fais ? chuchote Ingrid en m'entendant pester.

– J'essaie de forcer cette merde ! je rétorque en essuyant des gouttes de sueur sous ma frange.

– Laisse-moi faire, j'ai toujours été meilleure que toi là-dedans.

Je grogne en lui laissant la place, et moins d'une minute plus tard, j'entends le déclic libérateur.

Elle ouvre la fenêtre doucement, pour ne pas attirer l'attention, et pousse à peine le volet pour jeter un coup d'œil dehors.

– Euh… ouais… Écoute Cadence, c'est bien gentil, mais si tu crois une seule seconde qu'on va pouvoir descendre par là, tu oublies que je suis aussi grosse qu'un cachalot.

– On a déjà fait ça, je rétorque en la poussant pour me pencher à mon tour.

J'évalue la distance qui nous sépare du sol, détaille le mur en réfléchissant à toute vitesse.

– On avait quinze ans, Cad…

Je l'ignore et file jusqu'au matelas pour attraper le drap. Je retiens un haut-le-cœur en remarquant les traces qui le salissent et retourne jusqu'à la fenêtre. Je vérifie une fois de plus que personne ne rôde en bas, avant de pousser complètement le volet.

– Je ne vais pas descendre par là, s'inquiète Ingrid alors que je noue le drap à la balustrade rouillée.

– Oh que si ! je grommelle en tirant sur le tissu plusieurs fois pour tester la solidité du nœud.

– Non, non, non, elle s'affole quand je me tourne vers elle.

– Tu préfères rester ici ?

Elle regarde autour d'elle, paniquée, sans cesser de triturer son ventre.

– Ingrid ! je grince en l'attrapant par ses épaules. Fais-moi confiance, tu peux le faire, ok ? Je reste en haut pour t'assurer et dès que t'es en bas, j'te rejoins et on file.

– Mais, je…

– Allez !

– Ok, ok !

Je lui tiens le coude tandis qu'elle galère à faire passer son corps de l'autre côté.

– C'est comme le vélo, ça ne s'oublie pas, je chuchote alors qu'elle laisse le drap lui glisser doucement entre les doigts.

J'entends son ventre râper contre la façade et me penche davantage pour suivre sa descente. Le drap n'est pas assez long pour toucher le sol, mais ça devrait suffire pour qu'elle n'ait pas à tomber de très haut ensuite.

Je me retourne soudain en entendant des bruits provenir de derrière la porte.

– Dépêche-toi ! je m'affole en entendant des pas se rapprocher.

Elle est à mi-chemin, elle ne va pas assez vite.

Je garde les doigts sur le nœud qui tire sous son poids. Le drap souffre, et moi, j'hyperventile.

Vite, vite, vite…

Je me retourne encore vers la porte, il n'y a plus de bruit. *Merci mon Dieu !*

Je m'apprête à vérifier à nouveau où elle en est quand j'entends le verrou s'ouvrir et le bois grincer contre le sol.

Non ! Je passe une jambe par-dessus la rambarde, tant pis si mes fesses risquent de percuter le visage de mon amie. J'attrape le drap, prête à passer ma deuxième jambe à l'extérieur.

– C'est quoi, ce bordel ? beugle une voix rocailleuse. Elles se font la malle, les gars !

J'entends Ingrid s'étrangler et notre corde improvisée se met à bouger de tous les côtés.

– Oh mon Dieu ! elle crie en comprenant qu'ils nous ont surprises.

– Continue à descendre ! je hurle alors que l'homme est en train de se ruer vers moi.

Je suis entièrement à l'extérieur, mais c'est trop tard. Avant que je puisse me laisser glisser, avant même que je puisse me jeter du haut de la fenêtre, préférant mourir que de rester leur prisonnière, des mains puissantes m'attrapent par le tee-shirt, empoignant mes cheveux au passage.

Et avant d'avoir pu faire quoi que ce soit, je me retrouve propulsée à l'intérieur de la pièce. Je distingue la voix d'Ingrid qui hurle depuis en bas.

– Va-t'en Ingrid ! je crie de toutes mes forces, en me jetant sur celui qui vient de ruiner mes espoirs de fuite.

Il est sur le point de se pencher par la fenêtre quand je l'assomme avec le tiroir de la salle de bain que j'avais laissé par terre. Il beugle, titube et se retourne. Je profite de son petit moment d'égarement pour le pousser de toutes mes forces sur le côté.

– Cours, Ingrid ! Cours ! je hurle en agitant mes bras dehors.

Elle a fini sa descente et me regarde d'en bas, en pleurs, impuissante.

– Cadence, je ne peux pas ! J'vais pas t'abandonner, putain !

– Si tu ne pars pas, on est mortes toutes les deux ! Va chercher Mas et Victor ! Allez !

Je n'ai pas le temps d'en dire plus que je sens mon corps partir en arrière. Je fais un vol plané et quand mon crâne percute le mur du fond de la pièce, la douleur explose si fort que le noir tombe devant mes yeux. Je voudrais me lever, me battre encore un peu, mais c'est trop dur.

Courage, Cad !

Si je laisse l'obscurité gagner, je fais un trait sur ma liberté.

J'ouvre un œil, aperçois la fenêtre lumineuse devant moi. Proche et si lointaine à la fois. Trop lointaine pour moi. Trop tard pour moi.

CHAPITRE 25

Mas

Je roule depuis trente minutes dans les rues de Reno pour rejoindre Garett et Tara. Trente minutes les mains crispées sur le volant pour m'empêcher de le tourner à fond, pour me retenir de faire demi-tour et de rejoindre le lit que j'ai quitté à regret.

Je veux retrouver Cadence, son corps nu, son odeur qui subsiste encore sur ma peau. Et ses seins. Surtout ses seins.

J'aurais voulu ne jamais quitter ce lit, faire durer encore cette nuit qui m'a retourné. Rien que d'y penser, j'en ai des bouffées de chaleur. C'était parfait, bien trop court à mon goût, mais parfait. J'aurais pu lui faire l'amour pendant des heures si elle ne s'était pas endormie si vite. J'ai bien failli la réveiller en introduisant ma langue entre ses cuisses, mais je me suis retenu. Elle avait besoin de se reposer, après cette journée chargée.

– Ça doit vraiment être un bon coup, raille mon frère depuis le siège passager. Tu verrais ta tête, frangin !

Il se marre, plus fort encore quand je lui fous mon majeur sous le nez.

Cadence n'est pas un bon coup. Elle est *le* coup qui met K.-O, l'uppercut parfaitement placé qui fait exploser des étoiles dans le crâne. *Bordel, je pense comme une gonzesse amoureuse et ça ne me fait même pas chier.*

– Tu crois que Garett acceptera de nous aider ? m'interroge Victor en redevenant sérieux.

Je l'ai appelé tôt ce matin, sans prendre le risque de lui expliquer plus que ce qu'il ne sait déjà. C'est-à-dire pas grand-chose. Je m'attendais à ce que le Boss ait fait filtrer l'info sur Cad, qu'il ait ameuté tous les tuteurs de la ville pour les lancer à ses trousses, mais il semblerait qu'il préfère agir à couvert. Ce qui est une très mauvaise nouvelle quant à ce qu'il a derrière la tête.

Garett a pourtant eu l'air inquiet, comme s'il se doutait depuis le début que les choses dégénéreraient avec Cadence. Je lui ai demandé de contacter Tara, pour qu'elle le rejoigne chez lui avant qu'on arrive. Je vais avoir besoin de quelques alliés si je veux nous sortir de ce merdier.

– J'ai confiance en lui, je lâche d'une voix franche.

Je ne lui ai jamais avoué que Shana n'était pas morte. J'aurais bien aimé, ça aurait rendu plus facile cette guerre intérieure que j'ai dû mener seul pendant des mois. Mais je crois que, dans le fond,

Garett n'a jamais réellement cru à ma mascarade. Je n'ai pas lu dans ses yeux ce que je lisais dans ceux des autres.

– Et Tara ?

Bonne question. Cette fille est aussi insaisissable que l'était Virgin jusqu'à hier.

– J'en sais trop rien, je rétorque en faisant le compte mental de ce que je sais sur elle. Ce qui est certain, c'est qu'elle a pris des risques énormes pour Cadence, quand Tiago l'a agressée. Dès le départ, elle a noué un lien étrange avec elle, j'espère vraiment qu'elle nous aidera. Elle a une place importante dans le Round, si on l'a de notre côté, ce sera plus facile.

– Rien que pour Tiago, j'ai envie de me prosterner devant elle, pour lui baiser les orteils ! rétorque Victor en haussant le ton. Savoir que ce type est mort, putain ce que ça m'fait du bien !

– Pas moi, je grogne en me remémorant son corps sur celui de Cadence. J'aurais voulu être celui qui lui explose la cervelle. J'aurais aimé voir ses yeux d'enfoiré juste avant de tirer.

– T'es pas un tueur, Tom. Je suis content qu'elle l'ait fait à ta place.

Le silence retombe alors que je m'engage dans la rue où habite Garett. La tête encore pleine de tourments, je freine brusquement et bifurque dans une perpendiculaire *in extremis*.

– Merde ! je rage en tapant sur mon volant alors que mon pied s'enfonce sur la pédale d'accélérateur.

Je veux mettre de la distance entre nous et la voiture garée devant chez mon pote. Une voiture de laquelle viennent de sortir trois hommes que je connais trop bien. *Putain, c'est encore pire que ce que je croyais.*

– Ils ont de la visite, souffle Victor en se pinçant l'arête du nez. J'ai reconnu Trevor et MJ, mais pas le troisième type.

– Peu importe qu'on les connaisse ou non, ce sont des types du Round et pas des tuteurs.

– Tu crois que c'est Garett qui les a prévenus qu'on allait se pointer ?

– Non, enfin je suis presque sûr que non ! Fait chier ! Je ne sais pas à qui me fier !

– Je crois qu'on ne peut compter que sur nous deux, frangin. C'est trop risqué de faire confiance à ceux qui baignent dans le Round depuis tout ce temps.

Je mords si fort dans ma lèvre que le goût de mon sang remplace celui de ma bile. Si je ne peux même pas compter sur Garett, je ne vois pas comment arrêter ce glissement de terrain monstrueux.

Je passe une main dans mon dos, attrape mon téléphone dans ma poche arrière et le lance à mon frère.

– Essaie de joindre ton pote au Canada, préviens-le que vous serez trois à débarquer, finalement, plus tôt que prévu, qui plus est.

– Tu vas pas gérer ça tout seul, Tom. Pas encore cette fois !

– Appelle-le, ok, ton bébé va bientôt se pointer, c'est ça ta priorité.

Il me regarde un moment, avant de détourner ses yeux sur l'écran.

– Garett t'a envoyé un texto pour te prévenir que les gorilles venaient d'arriver. C'était y a dix minutes.

Je ferme les yeux une seconde, soulagé comme jamais.

– On retourne à l'appart, on prend des affaires et on dégage aussi sec, je lance sans respirer. Ça devient beaucoup trop dangereux. Vous n'auriez jamais dû rester ici tout ce temps.

On retraverse Reno à toute allure, en évitant les grands axes exposés. Je suis cerné par une angoisse étouffante.

– Quinze minutes, je crache en sortant de la voiture.

Victor est déjà devant le petit immeuble et je cours derrière lui dans les escaliers.

– Le Canada ça ira un temps, mais ensuite on fera quoi ? On a réussi à protéger Maman et Abby, mais ils pourraient remonter jusqu'à elles.

– C'est pour ça que je dois rester, je rétorque, la gorge serrée. Je suis le seul à pouvoir nous sortir de là.

– À quel prix ? soupire mon frère en s'arrêtant devant la porte de l'appart.

Je suis encore en train de réfléchir à sa phrase, tandis qu'il toque avec empressement. C'est seulement quand il frappe plus fort en jurant que je prends conscience du fait que quelque chose cloche.

– Qu'est-ce qu'elles foutent ? s'impatiente Victor en cherchant les clefs dans ses poches.

– Elles sont peut-être en train de se doucher ?

Il met enfin la main sur son trousseau et quand il pousse la porte, l'angoisse qui cernait mon cœur se referme sur lui comme un étau meurtrier. On ne dit pas un mot, tous les deux trop accablés par le spectacle qui nous entoure.

La chaise de la cuisine est renversée, des débris de vaisselle jonchent le sol et une lampe beige a dû servir de projectile car elle a laissé une marque sur le mur à ma gauche.

Je ne me rends pas compte que j'avance, je le réalise seulement en entendant le crissement de mes semelles sur les vestiges d'une altercation.

– Non ! hurle soudain mon frère, si fort qu'un sursaut affreux fait vibrer ma nuque tendue.

Il se rue à l'étage tandis que je reste immobile, figé dans ce décor qui m'imprègne lentement. Les mots se bousculent dans ma tête, mais la terreur que je ressens est trop grande, elle paralyse mes réactions. Mon pire cauchemar est en train de devenir réalité et je ne sais pas l'affronter.

– Ingrid !

– Cadence !

On vient de crier en même temps et quand Victor redescend, le visage tordu d'horreur, une explosion retentit dans mon crâne.

– Elles ne sont pas là !

Il sort son téléphone de sa poche arrière, balade un doigt agité sur l'écran, la sonnerie d'Ingrid retentit instantanément. Depuis le canapé du salon.

– Si le travail avait commencé, elle ne serait jamais partie à l'hôpital sans son téléphone ! Pas dans un moment pareil ! il s'affole en retournant les coussins. Ils nous ont trouvés, putain ! Ils les ont chopées ! Quelqu'un a dû te suivre quand t'es venu ici !

Il enchaîne les phrases sans reprendre son souffle, beugle si fort que sa voix devient rocailleuse. Il fait le tour de la maison, comme s'il espérait encore que les filles soient en train de jouer à un putain de cache-cache.

Regarde autour de toi, bon sang !

– Pourquoi tu ne réagis pas, Thomas ? il rugit en me secouant par les épaules.

Je ne sais pas. Je suis figé dans mon cauchemar sans frontières. En réalité, je sais exactement pourquoi je retarde le moment où je vais exploser. Parce que quand mes émotions jailliront de ma poitrine encore verrouillée, je vais faire un carnage.

– Rappelle Garett, il me supplie en serrant plus fort mes bras. Il pourra forcément nous en dire plus. Des gars du Round étaient chez lui, ça ne peut pas être une coïncidence ! J'te jure que s'il est pour quelque chose dans tout ça, je le tuerai de mes mains !

– On retourne à la voiture, je lâche d'une voix blanche. Ça sert à rien de rester là.

Je marche jusqu'à la cuisine, les jambes tremblantes des nerfs que je garde encore emprisonnés. Je veux conserver toute ma haine pour la laisser exploser le moment venu. Je dois avoir les idées claires.

Je respire, pour contrôler mes mains qui attrapent l'arme cachée sous une pile de torchons. Victor me regarde bizarrement quand je la glisse sous la ceinture de mon jean, avant de hocher la tête.

On est sur la même longueur d'onde, prêts à tout pour les récupérer. Prêts à tuer.

On redescend jusqu'à la voiture sans prendre la peine de claquer la porte derrière nous. La seule chose de valeur que nous possédons l'un comme l'autre n'est plus dans l'appartement de toute façon.

Je cours derrière mon frère, on déboule sur le trottoir, et le temps de lever la tête, je me prends son dos en pleine figure.

Il est plus grand que moi, je ne vois pas ce qu'il regarde, mais je distingue sans peine ses biceps se contracter. J'entends un râle résonner, ma main est déjà sur la crosse de mon flingue. Il se met à beugler un truc incompréhensible avant de se jeter en avant. Il vient enfin de libérer mon champ de vision et mon cœur se contracte si fort que ma vue se trouble.

– Seigneur, il souffle en attrapant la silhouette arrondie d'Ingrid. Qu'est-ce qu'il s'est passé ? J'ai eu la peur de ma vie !

– Cadence, elle… Lâche-moi Victor, il faut…

– Où est-elle ? je gronde soudain en les rejoignant.

Je tire sur le coude de mon frère pour le faire lâcher prise, avant d'attraper l'épaule d'Ingrid.

– Doucement ! il s'emporte devant mon empressement.

– Où est-elle ? je répète plus fort en cherchant une réponse derrière ses larmes.

– Je suis désolée, Mas, elle sanglote en posant sa paume contre ma poitrine.

Désolée ? De quoi ?

– Elle est encore là-bas, elle articule entre deux spasmes larmoyants. On a forcé la fenêtre de la pièce dans laquelle ils nous avaient jetées. Je suis passée la première mais Cadence n'a pas eu le temps de me suivre, l'un des types l'a attrapée avant qu'elle puisse s'enfuir avec moi.

– Et tu l'as laissée ? je me mets à hurler sans réfléchir.

– Je ne voulais pas l'abandonner ! elle rétorque plus fort. Mais c'était la seule solution pour pouvoir vous prévenir ! Elle m'a crié de fuir, de courir jusqu'ici. J'ai fait aussi vite que j'ai pu.

– Lâche-la ! grogne mon frère en me tirant en arrière.

Je titube, la tête en feu et les oreilles hors service.

– Tout va bien, chérie, murmure Victor en la rassurant.

– Il faut se dépêcher, elle reprend en le repoussant doucement. Je vais vous conduire à l'entrepôt où ils nous ont enfermées. J'espère qu'ils n'ont pas bougé… elle ajoute dans un souffle terrifié.

– Tu ne peux pas venir avec nous ! il contre en posant une main sur son ventre. C'est trop dangereux !

– Je viens avec vous et c'est non négociable !

– Ils sont combien ? je l'interroge sans réussir à la regarder.

– Au moins cinq, mais je n'ai pas eu le temps de faire le compte et l'endroit avait l'air vraiment grand…

– Donne-nous l'adresse, Ingrid.

– Non ! Tu me prends pour une idiote ou quoi ?

Elle avance jusqu'à la voiture et s'installe avec peine sur la banquette arrière.

– Je vais vous guider, elle lance par la fenêtre. C'est ça ou rien.

Putain ! Cette nana me rend dingue !

– Tom, elle ne peut pas venir, s'affole mon frère en me voyant rejoindre le siège conducteur.

– T'as choisi la pire casse-couilles de la ville, alors tu fais avec ! je crache, amer. Maintenant tu montes si tu ne veux pas que je parte sans toi.

La seconde qui suit il est installé à ma droite, jurant dans sa barbe en enclenchant sa ceinture.

Je démarre et pars en trombe, comptant dans ma tête pour m'empêcher de péter un plomb. Cadence est seule, aux mains des pires raclures de cette organisation de malheur. Si j'arrive trop tard, je ne donne pas cher d'eux. Ni de moi.

– Je dois vous dire quelque chose, intervient Ingrid d'une voix hésitante.

Je croise son regard dans le rétroviseur et la boule dans ma gorge double de volume.

– J'en peux plus de cette situation, elle bafouille devant mon regard noir.

– Qu'est-ce que t'as fait ? s'emballe Victor en comprenant qu'elle a fait une connerie.

– J'ai prévenu les flics, elle lâche comme une bombe avant de se renfoncer dans son siège.

– Quoi ? je beugle en même temps que mon frère qui se retourne vers elle, furieux.

– Qu'est-ce qui t'a pris, putain ? C'était la dernière chose à faire !

– Et tu leur as dit quoi ? je m'emporte en grillant un stop, puis un feu.

– On ne peut pas faire confiance aux flics ! m'interrompt Victor en tapant sur le tableau de bord.

– J'ai confiance en celui que j'ai contacté, elle murmure en se tordant les mains.

– C'est qui ?

– Il s'appelle Milo, je le connais très bien. On a grandi ensemble et je sais qu'il…

Je ne l'écoute déjà plus. Je répète ce prénom dans ma tête, plusieurs fois, cherchant le souvenir qui va avec. *Milo*… Pourquoi est-ce que ce nom me dit quelque chose ?

Putain ! La mémoire me revient subitement. *La garce ! Son pote est un putain de flic !*

– J'y crois pas… je grommelle en secouant la tête.

– Dis-moi que tu ne lui as pas donné l'adresse, je reprends à son attention. Dis-moi que tu n'es pas aussi stupide !

– On ne peut plus gérer ça seuls… elle réplique tout bas. Je ne veux pas de cette vie-là.

– Tu ne te rends pas compte, putain ! Quand ils vont voir les flics débarquer, ils la tueront, Ingrid ! Tu viens de signer l'arrêt de mort de Cadence en agissant comme ça ! T'es complètement folle !

Elle se met à pleurer et la colère grésille si fort dans ma poitrine que j'ai du mal à rester concentré sur la route. J'entends à peine ses indications. Je tourne une dernière fois et déboule devant un large entrepôt désaffecté. Les alentours sont déserts, si on exclut les trois voitures de flics en faction.

Je ne coupe même pas le moteur et fonce déjà vers l'entrée du bâtiment, ignorant ces connards en uniforme qui arrivent droit sur nous. J'entends Ingrid s'adresser à l'un d'entre eux, mes yeux sont obsédés par les grandes portes derrière lesquelles Cadence est retenue prisonnière.

Je cours, ma main se dirige automatiquement vers l'arrière de mon jean pour attraper le flingue.

Des cris me parviennent de loin, je crois qu'ils essaient de m'empêcher de rejoindre l'entrée. Qu'ils aillent tous se faire foutre, plus rien ne se dressera entre Cadence et moi. Je vais la sortir de là. Je vais…

Bam. Je pars en avant sans pouvoir retenir ma chute. Mon crâne percute le bitume et je sens un poids s'abattre sur mon dos. J'ai le tournis une seconde, avant de retrouver mes esprits. Je cherche à me débattre, mais des mains bloquent mes bras dans mon dos.

– Bouge plus !

– Lâche-moi, connard ! Lâche-moi ! je rugis en bougeant mes jambes et en lançant ma tête en arrière.

Mes cris sont étouffés contre le sol et la prise se resserre autour de mes poignets. J'entends un cliquetis et je sens des doigts remonter mon tee-shirt pour attraper mon arme.

L'homme qui me tient à sa merci me tire finalement en arrière et je me retrouve debout, les mains menottées dans le dos, à insulter sur dix générations celui qui me maintient contre lui.

– Ça suffit ! gronde une voix dans ma nuque.

– Va te faire foutre !

Je sens le canon de mon arme contre ma nuque et quand je me retrouve propulsé contre le capot d'une voiture, je prends des inspirations rageuses.

– Milo, t'es pas obligé d'être si brutal !

C'est Ingrid qui a parlé et je comprends que celui qui me bloque est l'ami de Cadence.

– Laisse-moi y aller, je grogne en me dévissant le cou pour croiser son regard.

– Moi aussi je veux la sortir de là, il murmure sans me lâcher. Mais si tu déboules comme un furieux, ils vont l'exécuter.

– Bien sûr que si ! je rétorque hors de moi. Relâche-moi, on perd trop de temps, putain ! J'te jure que si elle…

Mes mots meurent sur mes lèvres. Mon cœur s'arrête. Je n'entends plus ses battements emplir mes oreilles. Le seul bruit qui prend toute la place, c'est celui des coups de feu. Trois détonations qui viennent de résonner entre les murs qui emprisonnent Cadence.

CHAPITRE 26

Cadence

Je ne compte plus les coups que m'a assenés celui qui me tire par les cheveux. Il me traîne maintenant à sa suite, jurant sans interruption, m'éloignant de la seule issue que j'avais.

Malgré la peur qui recouvre chaque centimètre de mon corps, je prie pour qu'Ingrid ait réussi à s'enfuir et qu'une de nous deux survive.

– L'autre s'est enfuie ! beugle une voix quelque part.

Merci mon Dieu ! Peu importe ce qu'ils vont me faire à présent, savoir qu'Ingrid est à l'abri me donne le courage d'affronter ce qui m'attend.

– Des gars tournent en ville, s'ils ne la trouvent pas avant que le boss arrive, on est morts !

Je ricane malgré moi, mais mon rire s'étrangle dans un gargouillis provoqué par le coup supplémentaire que je viens de recevoir.

– Salope !

Il me chope l'épaule et me jette sur une chaise, si fort qu'elle bascule en arrière. Il me remet droite et pince mon menton entre ses doigts râpeux.

– Si ça ne tenait qu'à moi, je te ferais ravaler ton petit rire, siffle le type au nez cassé. Je briserais cette mâchoire et tout le reste.

– Œil pour œil… nez pour nez ? j'articule tout bas avec insolence.

Je l'entends gronder tandis qu'il colle davantage son visage au mien.

– Arrête de faire ta maligne et reste tranquille. Si tu tentes quoi que ce soit, tu vas le regretter, crois-moi.

Oh, mais je te crois…

Je reste sagement assise, à observer discrètement autour de moi, avec l'espoir fou qu'une porte grande ouverte fasse son apparition. Mais au milieu de gros containers rouillés, entourée d'une odeur de vieux pneus cramés, je ne repère aucune issue. De toute façon, seule face à trois hommes dangereusement armés, je ne fais pas le poids. Je n'ai plus qu'à attendre mon heure.

Ils discutent entre eux, pendant que mon esprit part à la dérive.

Je pense à Mas, à tout ce que nous avons partagé, le bon comme le pire. Je savais déjà que mes sentiments pour lui étaient établis, mais leur force en cet instant me déclenche un sanglot silencieux. Je ferme les yeux, me remémorant cette nuit entre ses bras. Il nous aura fallu tout ce temps pour conclure et assouvir enfin cette passion dévorante. *Quel gâchis !*

Je reçois une gifle qui me ramène à la réalité.

– Oncle Bobby vient d'arriver, m'informe le même type, avec un rictus dangereux.

– Chouette, je raille en souriant sans pouvoir m'en empêcher.

– Continue à te foutre de ma gueule, petite pute. Souris, vas-y ! Quand il en aura fini avec toi, tu ne sentiras plus ton visage. Ni ta chatte ! il ajoute sur un ton écœurant.

Il éclate d'un rire gras, rejoint par ses compères. Il s'allume une cigarette, me souffle la fumée dessus, avant de s'éloigner pour disparaître derrière une large benne.

Les minutes s'égrainent, me rapprochant inexorablement de ce qui m'attend. Je suis mortifiée, terrorisée, mais je fais bonne figure. Je ne veux pas que ces sales types puissent se repaître de ma peur. Je ne leur laisserai pas cette joie.

– Virgin !

Je sursaute en reconnaissant cette voix et cherche à localiser son propriétaire. Je repère enfin Reda, qui avance vers moi, son visage exprimant un mélange de fureur et de joie. Derrière lui, des yeux meurtriers me détaillent, avec tant de rage que je peine à déglutir.

Oncle Bobby est là, prêt à s'occuper de mon cas.

– J'avais placé tant d'espoir en toi, il débute d'une voix traînante.

Terrifiante.

– Ma petite vierge inestimable…

Ex-vierge, connard !

Je me retiens de lui annoncer qu'il peut se foutre ma virginité où je pense, c'est la meilleure chose à faire si je veux me suicider. Je dois gagner un peu de temps, même si je ne vois pas comment sortir de cette situation.

– Laissez-nous ! il ordonne à ses hommes dans un aboiement lugubre. Reda et toi, il ajoute à l'attention de celui qui m'a violentée plus tôt, vous prenez la voiture et vous retournez chez cette petite merde de Garett. Vous deux, il s'adresse ensuite au binôme de l'enfer, vous filez au QG, je vous rejoins dès que j'ai terminé.

Je suis presque tentée de les supplier de rester, mais je reste silencieuse, les regardant disparaître dans le fond de cette immense salle.

– Est-ce que t'es de la police ? il entame immédiatement. J'ai déjà eu quelques infiltrées, j'ai le chic pour les coincer, tu sais. Et j'ai suffisamment de contacts dans les commissariats de l'État pour anticiper ce genre de manœuvre.

Il tire une chaise face à moi et s'installe lourdement.

– Alors ?

– Non, je réponds du bout des lèvres.

– Qu'est-ce que tu foutais dans mon bureau ? il poursuit d'une voix tranchante.

– Je suis désolée, Monsieur, j'articule en jouant la carte des faux aveux. Je voulais connaître la vérité sur celle que Mas avait avant moi. Personne ne voulait me dire ce qu'il lui était arrivé.

Il m'observe, pas vraiment dupe.

– Tu aurais pu me poser la question.

– Vous m'auriez répondu ?

– Explique-moi en quoi ça t'intéressait autant.

– Je voulais être sûre de Mas, il semblait si…

Sa gifle part sans me laisser le temps de terminer ma phrase. Je cligne des yeux, la tête toujours tournée.

– Pour qui tu me prends, espèce de petite salope ? il siffle en me dominant de sa hauteur toute relative. Je sais que tu es venue pour elle ! Mes gars m'ont rapporté que tu as tout fait pour la protéger quand ils sont venus vous récupérer.

Je garde le silence. Je ne vois pas comment argumenter.

Je sens un objet froid sur ma tempe. Mes yeux s'agitent et quand je repère une arme posée sur une table plus loin, je comprends que c'est un flingue qu'il appuie contre ma peau. Alors je ferme les yeux, attendant ma fin.

– J'étais sur le point de signer un gros contrat te concernant, il susurre contre mon oreille. Tu aurais pu me rapporter gros… Tu serais devenue la pute la plus riche du pays.

– Je suis prête à aller jusqu'au bout, je murmure sans jamais le regarder.

– Tu aurais dû y réfléchir avant, Virgin. Je ne tolère pas des filles comme toi. Tu es trop insaisissable, trop dangereuse pour les affaires. Et puis ta virginité à prix d'or a soulevé de nouvelles vocations. Rien que ce matin, j'ai reçu plusieurs coups de fil de mes chargés de sélection. J'ai déjà trois vierges qui attendent sagement leurs tuteurs.

Ma poitrine se resserre, c'était ma dernière carte et il vient de la déchirer.

Je l'entends bouger et je ferme les yeux plus fort encore, agrippant les accoudoirs. *Merde, je vais mourir dans cet endroit dégueulasse, d'une balle dans la tête.* Puis il jettera mon corps au fond d'une benne d'acide et personne ne me retrouvera jamais. Ensuite il continuera sa petite affaire, comme si de rien n'était.

Et Mas… Seigneur, il va se faire tuer lui aussi… Et Victor, Ingrid… Tant que Bobby vivra, personne ne sera jamais à l'abri de sa folie.

Je ne sais pas d'où me vient la force qui surgit soudain en moi. Je me retourne vers lui d'un seul coup, le prenant au dépourvu. Il se recule d'un pas, suffisamment pour que je puisse me jeter sur lui et le déséquilibrer. J'entends son arme rebondir contre le sol, je n'essaie même pas de la ramasser. À la place, je me rue vers la table, attrape le pistolet qui me fait de l'œil depuis que je l'ai repéré. Mes doigts ne tremblent même pas, fourmillant d'un instinct de survie que je n'avais jamais ressenti jusqu'à maintenant. Je ne réfléchis plus, je suis seulement poussée par le besoin de tirer.

Je me retourne d'un geste sec, remerciant Mas d'avoir ordonné à Britney de me faire une frange au début de ma formation. Je n'ai pas de cheveux devant les yeux, j'y vois bien, très clair, quand je lève le canon devant moi.

Le Boss a ramassé son flingue et se tient dans une position identique à la mienne. La première chose qui me traverse l'esprit est un réflexe acquis pendant les longues heures passées à jouer au billard. Ma paupière gauche se ferme d'elle-même, mon bras se relève de quelques centimètres, se stabilise. J'appuie sur la détente.

J'entends la déflagration exploser dans mes tympans alors que mon corps part en arrière, butant contre la table en fer, certainement à cause de l'onde de tir. Je ne sais pas combien de fois je presse la détente, tout ce que je discerne, c'est le visage figé d'Oncle Bobby, défiguré par la stupeur et par la balle qui vient de traverser son front.

Je l'entends toucher le sol dans un bruit sourd, je ne le regarde déjà plus. Mes yeux sont collés au canon fumant qui vise à présent un espace vide.

Est-ce que j'ai... Est-ce que...

Mon esprit est hors contrôle et je ne sens plus mon corps. J'ai l'impression d'en être sortie et d'assister à cette scène hallucinante comme une simple spectatrice. Ce qui vient de se passer est arrivé trop vite, c'est impossible que j'aie pu faire ça. *Pas moi.*

Pourtant, c'est bien dans ma main que le flingue tremble encore. Je n'arrive pas à le laisser tomber au sol. Oncle Bobby ne bouge plus, j'observe alors son sang couler inexorablement de son front, s'étendant en une flaque épaisse autour de son corps. J'entends mes propres cris prisonniers de ma tête, incapable de les laisser sortir. J'ai mal dans la poitrine, mon cœur doit encore subir des décharges d'adrénaline.

Mon Dieu, j'ai tué un homme.

Je ne sais même pas vraiment comment j'ai fait. Je ne me rappelle déjà plus comment cette arme a atterri dans ma main. Ni même comment j'ai réussi à la pointer sur lui sans m'évanouir. Je sens encore l'empreinte de la détente sur la pulpe de mon index, stigmate brûlant d'un acte désespéré. Affreux, mais salutaire.

C'était lui ou toi, Cadence !

Mes pieds se mettent en route, indépendamment de mon esprit encore obsédé par le cadavre de Bobby. Ma semelle glisse sur son sang et laisse des traces au sol alors que je contourne son corps pour rejoindre le fond de la salle. Je suis la direction des hommes partis plus tôt, gardant mon flingue fermement ancré dans ma main. Je crois qu'ils sont tous partis, mais dans le doute, je préfère garder de quoi me défendre. Même si je ne suis pas sûre de pouvoir recommencer.

Je déambule dans l'entrepôt. J'ai du mal à respirer quand j'atteins enfin un couloir éclairé. Il est nimbé d'une lumière qui provient d'une large porte vitrée. *Une sortie !*

Je supplie mon cerveau de faire accélérer mes jambes, je suis si près de cette issue tant espérée.

À chaque instant, je m'attends à voir l'un des types du Round se jeter sur moi.

Je pose une main tremblante contre le battant, pousse dessus avec peine et cligne des yeux, éblouie par les rayons de soleil qui pénètrent dans ce lieu de mort. J'avance, j'ai l'impression de sortir d'un caveau qui aurait dû porter mes initiales.

Il me faut plusieurs secondes pour y voir clair, plus de temps encore pour percevoir des cris émanant de quelque part. Je tourne la tête, sûrement trop vite, parce que je vacille dangereusement. Je me rattrape à une rampe qui vient d'apparaître à ma gauche et cherche à localiser les voix qui deviennent de plus en plus fortes.

– Cadence !

Je me fige, aperçois enfin celui qui hurle mon nom depuis le fond de l'esplanade qui me fait face.

– Mas !

J'ai voulu crier, mais je ne suis pas sûre que ça ait marché. Ma gorge me brûle, elle semble encombrée. Mais je suis trop obnubilée par celui que je croyais ne plus revoir. Pas dans cette vie.

Je lève la main qui tient encore mon arme devant moi, l'agite fièrement pour qu'il comprenne ce que j'ai fait. Je lui avais dit que je mettrais une balle dans la tête de celui qui se dresserait sur mon chemin. Je disais ça pour l'impressionner, à l'époque, je ne croyais pas que ça arriverait vraiment.

Mes jambes acceptent enfin de mettre un peu plus de cœur à l'ouvrage et je dévale les escaliers sans le quitter des yeux. Je vois sa bouche bouger, malgré le voile opaque qui recouvre de plus en plus mes yeux.

Merde, mais qu'est-ce que j'ai ?

Je devrais courir jusqu'à me jeter dans ses bras, mais je n'y arrive pas. Et lui, pourquoi est-ce qu'il ne vient pas ?

Je remarque alors ceux qui l'entourent, mon cœur chavire en reconnaissant Ingrid qui me fait signe. *Elle est en vie, merci !* Milo est là lui aussi. Je suis trop bouleversée pour réaliser que ce n'est pas normal. Je le vois en train de me parler, mais je suis sans doute trop loin, c'est pour ça que je ne l'entends pas. D'ailleurs, je n'entends strictement plus rien. C'est étrange, il n'y a qu'un vrombissement latent au creux de mes tympans.

Mes pieds continuent leur progression, je les sens fouler le béton sale. Pourtant, je n'ai pas l'impression d'avancer.

Pourquoi est-ce qu'ils reculent tous ? Plus j'avance, plus leurs silhouettes s'éloignent de moi.

– Mais qu'est-ce que vous foutez ? j'essaie de crier vers eux.

Le soleil qui brillait si fort, il y a peu, semble perdre en intensité. Ma vue se rétrécit, une ombre m'entoure inexorablement. Je secoue la tête, porte une main à ma poitrine qui pulse douloureusement.

Je dois faire une crise d'angoisse, je suis en état de choc, c'est tout. *Ça va passer. Ça va aller...*

Je pose une main sur mon front, elle y laisse une empreinte humide. Je l'approche de mes yeux, force pour essayer de comprendre pourquoi elle est recouverte de sang. C'est probablement celui du Boss, pourtant, je n'ai pas le souvenir de l'avoir touché. *À moins que…*

Je baisse les yeux sur ma poitrine, tire sur le col de mon tee-shirt. Je mets un temps infini à comprendre ce que je vois. Du sang. Beaucoup trop. J'ai du sang partout, qui suinte sous le tissu noir imbibé. Comment c'est possible ? Je ne suis pas blessée ! C'est moi qui ai tiré la première. Oncle Bobby a levé son arme vers moi et j'ai entendu les coups de feu exploser entre nous. Les miens, j'en suis sûre ! Je l'aurais senti si ses balles m'avaient atteinte. Tout ce liquide chaud que je sens maintenant couler sur mon ventre ne peut pas être le mien…

J'ai arrêté d'avancer et je relève mon visage perplexe vers ceux qui m'appellent au loin. Des hommes en uniforme sont en train de courir vers moi, mais l'obscurité les engloutit petit à petit.

Je m'entends murmurer son prénom, avant de sentir mes genoux se dérober.

Ma perspective change, c'est le ciel qui me surplombe maintenant, son bleu filtrant à travers mes paupières qui papillonnent. La chaleur du soleil ne m'atteint plus, je ne ressens qu'un immense froid me recouvrir comme une couche de verglas meurtrière. Je le sens s'insinuer en moi. Jusqu'à ce que je ne sente plus rien.

CHAPITRE 27

Mas

Les détonations ont surgi comme un orage inattendu balayant tout sur son passage. Les mains de Milo ont quitté mes bras menottés, son visage horrifié est maintenant tourné vers le bâtiment désaffecté.

– Détache-moi, je gueule plusieurs fois en tirant sur mes poignets.

L'acier s'enfonce dans ma chair, mais je ne ressens aucune douleur. Seulement une urgence démesurée qui est en train de mettre le feu à chacune de mes terminaisons nerveuses. Milo ne réagit pas, je le vois analyser, avec sa foutue cervelle de flic, ce qui est en train de se passer.

– Putain, Milo !

Il sursaute, se retourne vers moi et m'adresse un regard affolé, désolé, empli de regrets.

– Allez !

Je ne m'attends pas à ce qu'il obtempère. Ses collègues postés derrière leurs portières, le flingue en l'air, le somment de me laisser menotté.

Ça gueule dans tous les sens mais il ne les écoute pas, parce qu'il sait. Il est trop tard, ces coups de feu ne peuvent avoir qu'une seule issue. Qu'une seule victime. Alors autant me relâcher et me laisser extérioriser la douleur atroce que tout ça est en train de provoquer en moi.

Ses mains tremblent tellement qu'il lui faut une minute entière pour me libérer. Quand je me retourne enfin, ce n'est pas le policier qui me fait face, mais l'ami effondré. Mon cœur s'agite, essaie de s'échapper pour rejoindre la moitié qu'il a donnée à Cadence.

J'ai la tête qui tourne, je vais gerber. Je cherche mon frère des yeux pour qu'il comprenne ce que je m'apprête à faire. Pour lui dire que je suis désolé. Je vais entrer dans l'entrepôt et je ne sais pas si j'en ressortirai.

La rage qui s'approprie mon corps est en train de grandir, comme une traînée de poudre qu'on aurait embrasée.

Quand je le trouve enfin, je remarque immédiatement ses yeux exorbités, orientés derrière moi. Il me regarde finalement, juste une seconde, comme s'il ne voulait pas risquer de détourner les yeux plus longtemps, et tend un doigt dans la même direction.

Je me retourne au ralenti et manque de défaillir. C'est Milo qui me retient, ou peut-être qu'il a juste besoin de moi pour ne pas tomber lui aussi.

– Cadence !

Mon cri est un cocktail de soulagement, de peur et de détresse. Des dizaines de sentiments se succèdent, se percutent, dominés par le plus fort de tous, celui que je n'ai jamais ressenti avant elle : un amour plus puissant que le reste.

Je reste immobile, à l'observer sans réussir à bouger. Elle semble désorientée, mais en vie. *Elle est en vie, putain !*

Je l'appelle encore une fois, j'ai peur de la rejoindre, peur qu'elle ne soit qu'un mirage fabriqué par mon esprit torturé. Elle croise enfin mon regard et l'oxygène revient, redonnant à mon cerveau une décharge de vie. Ma bouche s'ouvre dans un souffle stupéfait, alors qu'elle agite une arme devant elle. Je sens les flics se tendre, du coin de l'œil j'en aperçois même un la mettre en joue.

– Baisse ton arme, Cooper ! siffle Milo. Elle est inoffensive !

Il se retourne vers Cadence, fait un pas vers elle en lui criant de se dépêcher d'approcher. Je ressens la même urgence chez lui que celle qui pulse en moi. Je la veux en sécurité, entre mes bras qui ne la libéreront plus jamais.

Je la regarde avancer. *Elle est trop lente !*

Je m'apprête à courir vers elle, mais Milo pose une main sur mon torse.

– Tu attends là, il m'ordonne, sourcils froncés. C'est à nous de gérer, tu n'as pas à interférer.

J'ouvre la bouche pour l'inviter à aller se faire foutre, mais il est plus rapide.

– Ne m'oblige pas à te les remettre, il ajoute en me montrant les menottes d'un mouvement de tête. J'essaie de rester professionnel, ne rends pas les choses plus compliquées.

Il laisse sa paume contre mes pectoraux contractés et lance un ordre silencieux à ses collègues. Je les entends courir, avant de les voir apparaître entre Cadence et moi.

Hors de question de rester plus longtemps inactif. Je me dégage de l'emprise de Milo, il m'insulte sans essayer de me rattraper. Je ne la quitte pas des yeux et ce que je vois manque de me faire trébucher. Je m'immobilise sans le vouloir, obsédé par la main couverte de sang qu'elle est en train de contempler. Sa main, putain.

Impuissant, j'assiste alors au pire des spectacles. Elle tire sur son tee-shirt, se parle à elle-même. À cette distance, je vois sans peine ce qu'elle semble découvrir seulement maintenant.

– Non !

Je m'entends crier et mes jambes s'emballent, foulant le sol dans un désespoir incontrôlé. J'ai l'impression d'être dans l'un de ces rêves insupportables, ceux dans lesquels on essaie de courir mais où tout marche au ralenti. Je voudrais voler jusqu'à elle, mais l'horreur entrave mes mouvements, les rendant lourds et inconsistants. Je lutte contre moi-même, mais je suis trop loin pour l'empêcher de s'effondrer, pas assez rapide pour retenir son corps qui s'affale contre le bitume.

Je la rejoins enfin, repousse les deux flics qui viennent de s'accroupir à côté d'elle.

– Dégagez ! je rugis en me jetant sur elle. Cadence ! Regarde-moi, bébé !

Ses yeux sont au ciel, je refuse que son âme les suive.

Je déchire son tee-shirt en deux et la vision de son corps sanglant me tire un râle d'agonie.

– Appelez une ambulance ! je hurle si fort que ma gorge brûle. Vite !

Je ne contrôle plus mes doigts qui fouillent sa poitrine, cherchant l'origine de ses blessures. Quand je repère deux orifices entre son abdomen et ses seins, j'appuie dessus de toutes mes forces.

J'entends vaguement les officiers demander des renforts, avant de partir en direction du bâtiment.

– Regarde-moi, Cad… je la supplie en cherchant ses iris.

– Mas, elle murmure en me regardant enfin.

Une larme coule sur sa joue, jusqu'au faible sourire qu'elle m'adresse.

– J'ai tué Oncle Bobby, elle articule avec peine. Une balle en pleine tête, elle ajoute, aussi surprise que moi en entendant ses mots.

– T'es pas croyable… je bafouille en appuyant plus fort sur sa poitrine.

– J'ai pas senti qu'il avait tiré lui aussi…

– Chut, chut… N'essaie pas de parler. L'ambulance va arriver, garde tes forces, s'il te plaît.

Je me mets à pleurer comme un gosse quand elle pose une main humide et glacée contre ma joue. Comment est-ce que j'ai pu la repousser tant de fois ?

– Je t'aime, je souffle en posant mon front contre le sien.

C'est la première fois que je le dis à une femme. La première fois que je lui avoue à *elle*, ce que j'aurais dû admettre bien avant. *J'ai perdu un temps si précieux, bon sang !* Je ne supporterai pas que ce soit la seule et dernière chance de lui confier combien elle fait battre mon cœur.

– Je t'aime tellement, je répète encore et encore, en embrassant son visage trop froid.

– Je…

Elle déglutit, grimace, puis reprend :

– Je te remercie, elle murmure. Grâce à toi, je ne vais pas mourir vierge.

Un rire nerveux ricoche sur mes lèvres et se répand contre les siennes. Même dans un moment pareil, elle ne peut pas s'en empêcher. Même quand je crois m'attendre à tout avec cette nana, elle me surprend encore. En fait, c'est ça l'amour, il m'aura fallu tout ce temps pour le comprendre.

Je sens sa poitrine s'agiter, je crois pendant un court instant qu'elle est aussi en train de rire de ses propres conneries. Sauf que ce n'est pas ça.

– Cadence !

Elle me regarde toujours, incapable de contenir les tremblements de son corps, qui se muent doucement en convulsions.

– Je t'aime aussi, elle souffle dans un soupir empreint de fin.

– Non, non, non !

J'appuie plus fort sur ses plaies, mais le sang qui s'en échappe coule trop vite, en trop grande quantité. Je regarde mes doigts écarlates s'affoler sur sa peau trempée. Je suis en train de la perdre !

– Où est cette putain d'ambulance ? je hurle comme un dément à qui voudra bien m'entendre.

– Ils arrivent, crache Milo qui vient de me rejoindre, à bout de souffle. Enlève tes mains, je prends le relai, il faut appuyer encore plus fort.

Il pose une lourde sacoche à côté de lui, en sort d'épaisses compresses et les enfonce de toutes ses forces sur les blessures. Il est blême, ses gestes sont saccadés, des larmes roulent sur ses joues malgré son masque de flic. Il essaie de rester pro, c'est ce qu'il m'a dit plus tôt, mais j'ai beau le connaître à peine, je sais exactement ce qu'il ressent.

– T'as intérêt à t'en sortir, Caddie, tu m'entends ? il gronde en s'affairant. Tu vas survivre, seulement pour me laisser la joie de t'étrangler de mes propres mains ! Je t'avais prévenue, je t'avais dit que c'était de la folie ! Mais comme d'habitude, tu n'en fais qu'à ta tête, espèce de saloperie !

Je le dévisage, l'écoute déblatérer un monologue intime et maladroit. Je bois ses paroles, découvrant à travers ses mots des morceaux inconnus de Cadence. Et j'en tombe un peu plus amoureux.

Je le quitte des yeux pour les poser sur elle. Elle n'a pas perdu connaissance et le regarde en battant des paupières, comme si ça lui demandait un effort surhumain. Elle fronce les sourcils, ouvre la bouche pour lui répondre. J'imagine déjà très bien la pique ironique qu'elle s'apprête à lui lancer.

Mais il ne résonne rien d'autre qu'un gargouillis terrifiant, remontant de sa gorge jusqu'à ses lèvres en une vaguelette de sang. Elle tousse, s'étouffe, se crispe de douleur.

– Chut… ça va aller, l'ambulance arrive, bébé…

Comme pour la supplier de tenir le coup encore un peu, les sirènes se mettent à retentir au loin, avant de devenir de plus en plus bruyantes. Je suis concentré sur le visage de Cad, priant et suppliant n'importe qui de la maintenir en vie.

– Le Boss est mort, je chuchote contre son front. On est tranquilles à présent, alors tu dois vivre pour qu'on puisse en profiter tous les deux. On a des tonnes de trucs à faire, juste toi et moi.

Mes sanglots deviennent de plus en plus durs à maîtriser à mesure que je vois ses yeux se voiler. Dans un brouillard affreux, je perçois les gémissements d'Ingrid quelque part derrière moi, les supplications de Milo, les cris des policiers, les pas des ambulanciers.

Je me sens comme prisonnier au cœur d'un ouragan meurtrier. Alors je me raccroche un peu plus à elle, enfonçant mes ongles dans sa chair glacée. Quelqu'un m'ordonne de m'écarter, mais je n'arrive pas à bouger. Je sais que je dois me pousser, les laisser la soigner, mais je suis incapable de reculer. Si mes mains quittent sa peau, j'ai peur de ne plus jamais la sentir sous mes doigts. Je ne veux pas laisser cet ouragan gagner.

C'est cet instant particulier que choisit mon cerveau pour partir en couille. Quelqu'un essaie de me tirer en arrière, je me débats. Ce n'est pas ce que je veux, mais je ne me contrôle pas. J'entends ma propre voix mugir, je sens mes poings rencontrer une résistance humaine. Le désespoir est plus fort que tout, la vision de Cadence étendue sur ce sol couvert de son sang me fait tomber dans un trou sans fond qui l'éloigne de moi. Je tends les bras en avant, j'entends mon frère crier, je cligne des yeux et me retrouve alors le nez contre le béton, encore une fois. Quelqu'un me maîtrise, pendant qu'un autre la ranime. Quelqu'un me chuchote de me calmer, un autre crie de la brancarder. Quelqu'un hurle, si fort que j'ai mal à en crever.

C'est moi. C'est moi qui crie comme ça. Les mêmes mots, encore et encore, comme s'ils pouvaient redonner à son cœur un rythme viable. Les mêmes mots encore et encore, comme s'ils pouvaient la retenir de partir.

Pourtant, malgré la brume qui entrave mon esprit, je perçois sans mal le visage résigné de l'un des ambulanciers. J'entends bien trop clairement des mots que je refuse d'accepter. Je préfère me répéter ceux qui m'ont redonné une impulsion de vie : *Cadence, je t'aime*. Ceux que j'ai formulés trop tard. Bien trop tard.

CHAPITRE 28

Mas

La cérémonie va commencer et je ne sais pas rester en place sur cette chaise trop étroite, trop rigide pour mon corps déjà bien assez crispé. La moitié des gens présents m'est inconnue, l'autre moitié a des larmes plein les yeux. Du coup, ça me fout tellement les boules que je préfère regarder mes pieds, qui frappent le sol plus vite que cette musique insupportable qui résonne partout.

– Comment ça va, mon chéri ?

Je me redresse et dévisage ma mère qui se tient devant moi. Son maquillage a coulé, ses paupières sont gonflées. Elle m'adresse un doux sourire et attend le mien en retour.

Je suis encore étonné qu'elle réagisse de la sorte, maintenant qu'elle sait tout ce que nous lui avons toujours caché Victor et moi. Je m'attendais à ce qu'elle soit rouge de colère, déçue, honteuse. Quand vous découvrez que vos fils baignent dans des activités douteuses et que l'un d'entre eux a même mis enceinte l'une des prostituées, il y a de quoi exploser.

– Tu as le droit de pleurer, tu sais, elle murmure en posant une main délicate sur mon épaule tendue.

Je grogne et me dégage de son contact. J'ai assez pleuré, mes larmes ont disparu en même temps que Virgin.

Je recommence à m'agiter, pressé que cette journée se termine. Je n'ai qu'une envie : retrouver mon lit que j'ai à peine quitté ces dernières semaines.

Des gens arrivent encore, se saluent, s'installent sur les bancs de l'église. Le brouhaha se fait de plus en plus entendre et j'étouffe. Je me retourne vers l'entrée, j'hésite à ressortir. Malheureusement, mon absence passera difficilement inaperçue.

Les va-et-vient continuent inexorablement. Je serre des mains sans les compter. Je réponds par des *hum*, des *oui*, des *non*…

Qu'est-ce qui prend autant de temps, putain ?

Ma poche se met à vibrer et ce qui s'affiche sur l'écran m'apporte enfin la libération que j'espérais. Je me lève précipitamment, cours presque jusqu'à la sortie. Ma mère et mon plus jeune frère me regardent passer sans comprendre et je m'engouffre dans les escaliers menant à l'étage de l'église. J'ouvre une première porte, la referme aussitôt sur une Ingrid hystérique qui me hurle de dégager. Elle est encore en train de chialer. C'est dingue ! Je pensais qu'après avoir accouché elle arrêterait de sangloter toutes les cinq minutes, mais il semblerait que cette fille soit une pleurnicheuse confirmée.

Je me demande bien ce que mon frère lui trouve ! J'ai intérêt à m'y faire, cette journée est là pour me le rappeler.

Après avoir ouvert toutes les pièces sans rien trouver, je repère un autre escalier en colimaçon que j'emprunte en courant. Je pousse le battant si fort qu'il frappe contre le mur en pierre. Une croix en bois vacille et tombe au sol. Rien à foutre, ce que je m'apprête à faire n'a rien de catholique.

– Tu devrais pas être avec Ingrid, en train de la coiffer ou de la complimenter ? Un truc de gonzesses, quoi ? je lance d'une voix faussement sévère.

– Elle ne fait que pleurer, c'est insupportable.

Je verrouille la porte d'une seule main en souriant, pendant que l'autre défait la boucle de ma ceinture.

– Vilaine Cadence, je raille en la rejoignant.

Alors qu'elle est appuyée contre le bureau du curé, je prends une minute pour la contempler. Malgré la robe affreuse que sa meilleure amie l'a obligée à porter, elle est magnifique.

– Tu vas arrêter de me dévisager et approcher ?

Je secoue la tête et même si l'envie de fondre sur elle me prend aux tripes depuis qu'elle m'a laissé aux portes de l'église, je reste encore un peu à profiter de cette vision.

J'ai failli la perdre, ce jour-là. Devant cet entrepôt puant, j'ai vu son cœur s'arrêter, j'ai senti l'odeur de son sang sur moi. Elle était aux portes de la mort en arrivant à l'hôpital. Ils ont mis tant de temps à la réanimer… les médecins pensaient qu'elle ne se réveillerait jamais.

Cadence est la femme la plus forte que j'aie rencontrée.

– Thomasss… elle s'impatiente en s'asseyant sur le bureau.

Elle remonte sa robe, écarte un peu les jambes et joue avec ses lèvres dans une invitation des plus directes.

– Ils vont nous défoncer si on se pointe en retard, je grogne en effaçant la distance qui nous sépare. Ton comportement n'est pas très charitable…

– Oh ? Très bien, elle rétorque en amorçant un geste pour se rhabiller.

– Ttt, ttt ! je l'avertis en posant mes mains sur ses cuisses. Je disais ça pour lui, j'ajoute en montrant d'un signe de tête l'énorme Christ accroché sur le mur derrière nous. Tu sais très bien qu'en réalité, j'en ai rien à carrer.

– Tu es le diable, elle pouffe en enroulant ses bras autour de ma nuque.

Je l'embrasse, d'abord doucement, puis très vite, le feu qu'elle libère en moi prend le pas sur ma retenue. J'enserre sa taille, fais glisser son corps vers le mien. Une de mes mains glisse sur sa hanche jusqu'à finir entre ses cuisses. J'interromps notre baiser, lève un sourcil curieux vers son visage coquin.

– Qu'est-ce qu'il y a ? elle me demande en attrapant un morceau de dentelle à côté d'elle.

– Y a rien, j'articule en remettant ma langue dans sa bouche.

C'est faux, il y a *tout*. Tout ce dont j'ai besoin pour être le plus heureux entre tous.

Je la caresse, la pénètre d'un doigt qui pourrait passer son temps enfoui en elle. Depuis qu'elle est sortie de l'hôpital après y avoir passé un long mois, il nous est presque impossible de ne pas passer tout notre temps l'un sur l'autre, l'un en l'autre. Je n'avais jamais ressenti cette soif intarissable. À chacun de nos ébats, j'ai l'impression que c'est la première fois.

Elle remue ses fesses sur le bois en gémissant dans ma bouche. Si ça ne tenait qu'à moi, je resterais là jusqu'à ce soir, jouant avec son feu qui m'offre la plus belle des brûlures.

Mais ma queue rivalise avec mon index, elle se fait si lourde qu'elle remporte ce combat haut le gland.

Comme si elle lisait dans mes pensées, Cadence tire sur mon pantalon de smoking, entraînant mon caleçon dans le même mouvement.

J'entre en elle, appréciant l'adrénaline qui se diffuse dans un plaisir exquis. Elle cale ses talons contre mes fesses, rejette sa tête en arrière en se retenant à mes épaules. Je me retire presque entièrement, repars plus loin, recommence encore et encore, en écho à ses prières érotiques qui colleraient presque au décor.

– Je jure de te faire jouir chaque jour de notre vie, je lâche en sentant son intimité se refermer davantage sur mon sexe.

– Jusqu'à ce que l'orgasme nous sépare… elle gémit avant d'exploser autour de ma propre jouissance.

Je retrouve mon rythme cardiaque entre son épaule et sa nuque, embrassant sa peau avec déjà l'envie de recommencer. Elle rigole contre mes cheveux, avant de me repousser avec son genou. Face-à-face, on se dévisage longuement, partageant le même sourire amoureux.

Elle se laisse finalement tomber du bureau, remet sa culotte et sa robe en place, puis sa frange trop longue qui lui tombe dans les yeux.

– Tu comptes la laisser repousser ? je l'interroge en refermant ma braguette.

– J'en sais trop rien. Je crois que je m'y suis habituée, elle répond en haussant les épaules avec nonchalance.

– Ma jolie prude à frange, je la taquine en tirant sur ses cheveux.

– Prude ? elle ironise en posant ses mains sur mes hanches. Prude ? elle insiste en les faisant glisser sur le devant de mon pantalon.

J'aime la titiller, elle a toujours une réplique parfaite sur le bout de la langue.

Pas cette fois néanmoins, sa bouche est soudain bien trop occupée à me prouver que j'ai tort.

– Il faut vraiment y aller, je grommelle en refermant ma braguette pour la troisième – quatrième ? – fois de la journée.

Elle remet une couche de rouge à lèvres pour effacer les raisons de notre absence trop longue et s'engage dans l'escalier. Elle ouvre la porte de la pièce dans laquelle Ingrid se préparait plus tôt.

– Merde ! elle jure en m'adressant une grimace faussement coupable. Je crois qu'elle est déjà en bas.

Je ricane, lui attrape la main, et on s'empresse de rejoindre le rez-de-chaussée.

– Je vais les tuer ! Je vais les tuer ! s'égosille une voix qui surgit devant nous. J'en peux plus de ces deux-là !

Une tornade de tulle manque de nous foncer dessus.

– Ah ! elle crache en pointant un doigt sur Cadence. T'étais où, Seigneur ?

– Juste là, répond Cad en désignant un vitrail représentant une scène divine.

– C'est pas le moment pour tes blagues à deux balles ! s'emporte Ingrid.

– Je te laisse, je chuchote en reculant discrètement vers l'entrée de la grande salle.

– Lâche, elle siffle en essayant d'attraper ma main.

Je fais un bond en arrière, lui offre une révérence malicieuse, avant de rejoindre l'autel sous le regard entendu de mon frère. Il attend patiemment, dans son smoking de prisonnier, prêt à se faire passer la menotte au doigt.

– Faut vraiment vous faire soigner, il articule derrière son sourire figé.

Je lui lance un clin d'œil discret, fourre les mains dans mes poches alors que la marche nuptiale s'enclenche.

Ingrid apparaît au bout de l'allée, j'entends mon frère rater son inspiration. Des murmures s'élèvent, complimentant la mariée. Mais moi, je n'ai d'yeux que pour la plus jolie des demoiselles d'honneur.

Elle me rejoint enfin, collant son bras au mien.

– J'en reviens toujours pas… elle chuchote en observant les futurs mariés se dévorer des yeux.

– Sacrée histoire, pas vrai ?

– Ouais…

Ma main trouve la sienne et nos doigts s'entremêlent naturellement. Mon pouce caresse sa peau pendant le discours du curé.

– C'est long… je soupire en faisant craquer ma nuque.

– Chuut !

Je grimace, articule un « désolé » devant le visage meurtrier d'Ingrid qui m'a entendu. Cadence essaie de contenir un rire, sans succès.

– Et ce truc minuscule qui ne fait que brailler, j'ajoute en regardant mon neveu s'énerver dans les bras de sa grand-mère.

Ingrid a accouché pendant que Cad était hospitalisée, et depuis, ce nouveau membre de notre famille sait se faire remarquer.

Merde, cette fois, c'est ma mère qui m'a entendu, et quand je la vois se lever et avancer vers moi, je secoue la tête dans un avertissement à peine caché.

– Oh que non ! je lance en levant une main entre nous.

– Il adore son tonton ! elle raille en me le fourrant dans les bras, sans me laisser le choix.

Elle repart s'asseoir aussi sec et j'adresse une moue blasée à Cadence qui se marre toujours.

– C'est dingue le pouvoir que tu as sur lui ! elle commente en remarquant que Jonas s'est déjà calmé.

Le calme avant la tempête. Ce bébé me veut du mal, j'en suis persuadé !

– Prends-le, je grogne en essayant de lui refourguer. Chaque fois que je l'ai dans les bras, il…

Voilà. Une fois de plus, je suis l'heureux propriétaire d'un neveu qui pue.

Cadence éclate de rire, Ingrid nous balance une énième menace assassine, le bébé gazouille en me regardant.

Personne ne me vient en aide jusqu'au baiser qui clôt enfin cette effusion d'amour.

Je rends Jonas à ses heureux propriétaires, l'embrassant rapidement pour que personne ne remarque combien j'aime ce chieur. J'adore jouer au tonton râleur, même si Cad est loin d'être dupe.

Je m'écarte et avance seul vers l'un des bancs du fond, reconnaissant des visages amicaux.

– Ça va, mon pote ? me lance Garett en se levant.

– J'ai hâte que le bar ouvre, je rétorque en plaisantant à moitié.

– Je suis vraiment heureux pour eux, il poursuit en regardant mon frère et Ingrid s'étreindre. Et pour vous aussi, il ajoute en faisant un signe de la main à Cadence de loin.

– Ouais, j'ai encore du mal à croire que tout est réglé. Je regarde constamment derrière moi pour vérifier que le Round n'est pas sur le point de m'égorger.

– Tu peux avancer sans te retourner, intervient une voix traînante.

– Tu es très chic, Tara.

Je contourne mon ami pour saluer celle sans qui je n'aurais jamais pu me sortir de ce merdier.

– Madame, je raille en lui faisant un baisemain. Comment je dois t'appeler à présent ? Tante Tara ?

Elle pouffe, lance ses cheveux derrière ses épaules dans un geste exagéré et m'adresse un regard perçant.

– J'ai suggéré La Grande Tara, elle souffle en ajoutant un clin d'œil.

À la mort d'Oncle Bobby, c'est elle qui a repris le trône du Round. Les flics ont bien essayé de démanteler l'organisation, mais ils n'ont réussi qu'à remonter jusqu'à un bureau vide ne laissant aucune trace des activités.

Pour ce qui est de Victor et moi, grâce à l'appui de Milo et de son mec, Marley, les enquêteurs n'ont rien pu retenir contre nous. Ils ont joué la carte du hasard, Cadence s'était retrouvée au mauvais endroit, au mauvais moment, témoin d'une chose pour laquelle le Boss voulait la faire disparaître.

– J'ai repris les choses en main, elle poursuit en souriant.

– Je n'en doute pas !

– J'ai effacé vos traces et j'ai suffisamment graissé Reda pour qu'il ne vienne pas vous causer d'ennuis.

– Pourquoi tu fais tout ça ? je l'interroge, toujours stupéfait par son comportement.

– Aucune idée, elle élude en laissant son regard dévier vers Cad. Je l'aime bien, elle conclut en haussant les épaules.

Je regarde derrière moi et contemple cette nana si particulière sans laquelle je ne veux plus vivre.

– Virgin va me manquer, elle reprend sans cesser de la regarder. Même si quelques vierges sont entrées dans nos rangs depuis, y en a pas deux comme elle.

– Ça, c'est sûr.

Virgin ne me manque pas. Elle est morte le jour où Oncle B lui a tiré dessus !

La journée se poursuit, je reste sage et bien élevé, réprimant mes envies et mes vilaines pensées.

– Le chauffeur est arrivé ! m'interpelle Victor depuis le jardin qui nous accueille tous.

Je lui fais signe que j'arrive, j'ai encore une dernière chose à faire avant de partir.

Quand je repère ma sœur et Luke, j'esquive une vieille bonne femme endimanchée qui essaie à nouveau de me pincer le fessier et cours jusqu'à eux.

– Ça va frérot ? je lance en lui ébouriffant les cheveux.

– Bouge ! il râle en se dégageant de mon attaque.

– C'est qu'il est hargneux…

Je tire une chaise pour m'installer à côté d'Abby et la soulève de son fauteuil pour la caler sur moi.

– Tu es bien plus jolie que la mariée, tu le sais ?

Elle ne répond pas, je n'ai pas besoin de ça pour lire dans ses yeux ce qu'elle ne peut pas formuler. On se regarde longtemps, échangeant notre amour si particulier. Je lui murmure des idioties, lui avoue qu'elle est la meilleure sœur que je pouvais rêver d'avoir.

J'ai encore beaucoup de mal à ne plus être celui qui se battait pour elle. Subvenir à ses soins était un combat qui avait pris tant de place en moi qu'il a fallu un moment avant que je puisse accepter de passer le flambeau. Aujourd'hui, c'est Luke qui tient ce rôle.

– Tu vas pas recommencer à te répandre en remerciements, j'espère ? il lance alors que j'ouvre la bouche.

– Tu as ma reconnaissance éternelle, frangin. Je ne sais pas comment te remercier.

– Arrête un peu ! Je t'ai connu moins dégoulinant d'amour ! Je crois que je préférais encore le tuteur…

– T'étais au courant tout ce temps… je souffle, encore étonné qu'il ait gardé ce secret toutes ces années.

– Je suis un petit con de geek, tu te souviens ? il ironise en remettant ses lunettes en place. J'ai pas mis longtemps à vous griller, t'imagines pas comme c'est facile en deux trois clics.

Je hoche la tête et regarde à nouveau Abby. Son nouveau traitement lui fait beaucoup de bien et savoir que nous avons assez d'argent pour veiller sur elle me libère d'un poids inimaginable. Et tout ça, c'est grâce à Luke. Ce petit con de geek, comme on le charrie depuis son adolescence, a mis au point un programme informatique qu'il vient de revendre à une énorme entreprise. J'ai encore du mal à croire au chèque qu'il a reçu. J'ai dû recompter les zéros trois fois d'affilée pour être sûr de ne pas rêver.

– Il faut y aller, Thomas.

Cadence s'avance et prend ma sœur dans ses bras pour que je puisse me lever. J'aime les regarder toutes les deux. Elles se découvrent à peine, et pourtant, elles semblent se connaître depuis toujours.

Je suis un putain de chanceux, mon karma n'est pas si mauvais, tout compte fait.

– Prête ? je lui demande alors que nous marchons tous les deux vers la voiture qui nous attend.

– Je sais pas, peut-être que j'aurais bien aimé rester encore un peu pour écouter Ingrid vanter les mérites du traiteur.

– Qu'est-ce qu'ils sont chiants ces gens qui se marient ! je raille en lui ouvrant la portière arrière.

– Grave !

Je fais le tour de la voiture, adresse un dernier signe de la main à Victor qui me sourit, une coupe de champagne à la main.

– Alors, les amoureux ? Prêts pour le voyage de noces ? lance le chauffeur en se tournant vers nous tout sourire.

Il nous dévisage étonné et quand il remarque la mariée sur le trottoir, en train de nous faire au revoir de la main, il nous adresse un regard perplexe.

Cadence éclate de rire, envoie un baiser à son amie par la fenêtre.

– C'est nous qui avons le plus besoin d'égoïsme ! elle s'exclame tout sourire.

– D'exotisme ? il lui demande en croyant avoir mal compris. Vous partez où ?

Loin de tout. Rien qu'elle et moi. On a assez mis nos vies de côté pour les autres, il est temps penser à nous. Victor et Ingrid nous ont offert leur voyage de noces, on va sacrément en profiter.

La voiture démarre et je passe un bras autour des épaules de Cadence. Elle se blottit contre moi, soupire d'aise et me regarde sous sa frange épaisse. Je sais alors qu'elle pense à la même chose que moi. Elle se rappelle de cette première nuit, quand je n’étais qu’un numéro neuf et qu’elle était cette Virgin entrant dans le Round.

Aujourd’hui, il n’y a plus qu’elle et moi, et nos mains liées forment le seul *round* que je ne veux jamais quitter.

LA PLAYLIST DE PRUDE À FRANGE

Second Round

T.N.T – AC/DC

Unsteady – X Ambassadors

Mind – Skrillex and Diplo feat. Kai

Game Of Survival – Ruelle

Million Eyes – Loic Nottet

War Of Hearts – Ruelle

I Hate U I Love U – Gnash, Olivia O'Brien

Beggars – Krewella, Diskord

Gotta Love It – Ruelle

All We Do – Oh Wonder

Deep End – Ruelle

You Don't Own Me – Grace, G-Eazy

New Blood – Zayde Wolf

Black Sea – Natasha Blume

The Reason – Hoobastank

Heart of the Darkness – Sam Tinnesz

REMERCIEMENTS

Chaque fois que je termine une histoire, je me rends compte combien les remerciements sont aussi importants que tout le travail accompli. On pourrait croire que c'est un passage formel, une étape servant seulement à taper sur l'épaule de ceux qui m'ont accompagnée à leur manière durant ma phase d'écriture. Pourtant, c'est bien plus que ça. Écrire est une passion brûlante et si je mets tout mon souffle pour faire grandir ce feu, il ne serait pas si exceptionnel sans ces personnes qui m'aident à l'attiser.

Marine, tu es mon miracle éditorial sans qui rien ne serait possible. Une fois de plus, tu as été le prolongement de mes mots et je remercie chaque jour le Dieu Fyctia de t'avoir mis sur ma route. Tu es ma super guerrière, je pourrais écrire un livre entier rien que pour te remercier de tout ce que tu fais.

Fyctia, mon incontournable, ma plus belle découverte. Si j'ai décidé d'écrire *Prude à Frange* sur Fyctia, c'était pour chercher une réponse aux doutes que je pouvais rencontrer sur cette histoire. Grâce aux membres, ces doutes de départ se sont transformés en un soutien incroyable et un véritable booster. Merci de m'avoir encore offert plusieurs semaines de concours, c'est un défi perpétuel dont je ne suis jamais rassasiée. Je ne peux pas me passer de cette plateforme et surtout, de sa communauté. Partager avec les auteurs et les lectrices, c'est mon moteur. Je n'aime pas écrire autrement. Alors merci pour cette place que j'ai parmi vous, merci d'éclairer mon chemin.

Anne, pour m'avoir boostée dès le premier chapitre. Tu es une amie géniale. Cette histoire est pour toi depuis le début, bébé !

Cécilia, pour avoir supporté mes jérémiades et mes baisses de motivation. Une fois de plus, tu es mon gouvernail à chaque nouvelle traversée.

Mary, Charlène et Véronique, ma super team rencontrée grâce à Fyctia. Merci pour vos conseils, vos avis et vos blagues.

Nicolas, pour ton soutien et ta patience envers mes nombreuses heures passées à écrire. Je t'aime.

Lauriane, pour tes relectures et ton entrain bouillant.

Céline et Shirley, pour les nombreux cafés et les synonymes difficiles à trouver.

Léo Mirabel, pour ton travail de correction et tes encouragements.

La collection Hugo Poche, pour votre confiance à nouveau et les opportunités fabuleuses offertes. Je suis fière de faire partie de cette équipe !

Toutes mes lectrices, les anciennes et les nouvelles, sans qui rien ne serait possible. Avec vos messages, vos commentaires et vos lectures, vous n'imaginez pas combien vous êtes importantes. J'écris pour vous toutes et vous me le rendez si bien.

Avant de refermer ce livre, un dernier mot pour toutes celles et ceux qui ressentent ce même besoin d'écrire : osez, continuez, persévérez… partagez ! Je ne peux que vous conseiller de vous inscrire sur Fyctia, il y a une magie sur cette plateforme qui n'attend que vous pour grandir.

« Écrire : essayer méticuleusement de retenir quelque chose, de faire survivre quelque chose : arracher quelques bribes précises au vide qui se creuse, laisser, quelque part, un sillon, une trace, une marque ou quelques signes. »

Georges Perec

Composition et mise en pages
Nord Compo à Villeneuve-d'Ascq